中阿典籍互译出版工程
مشروع تبادل الترجمة والنشر بين الصين والدول العربية

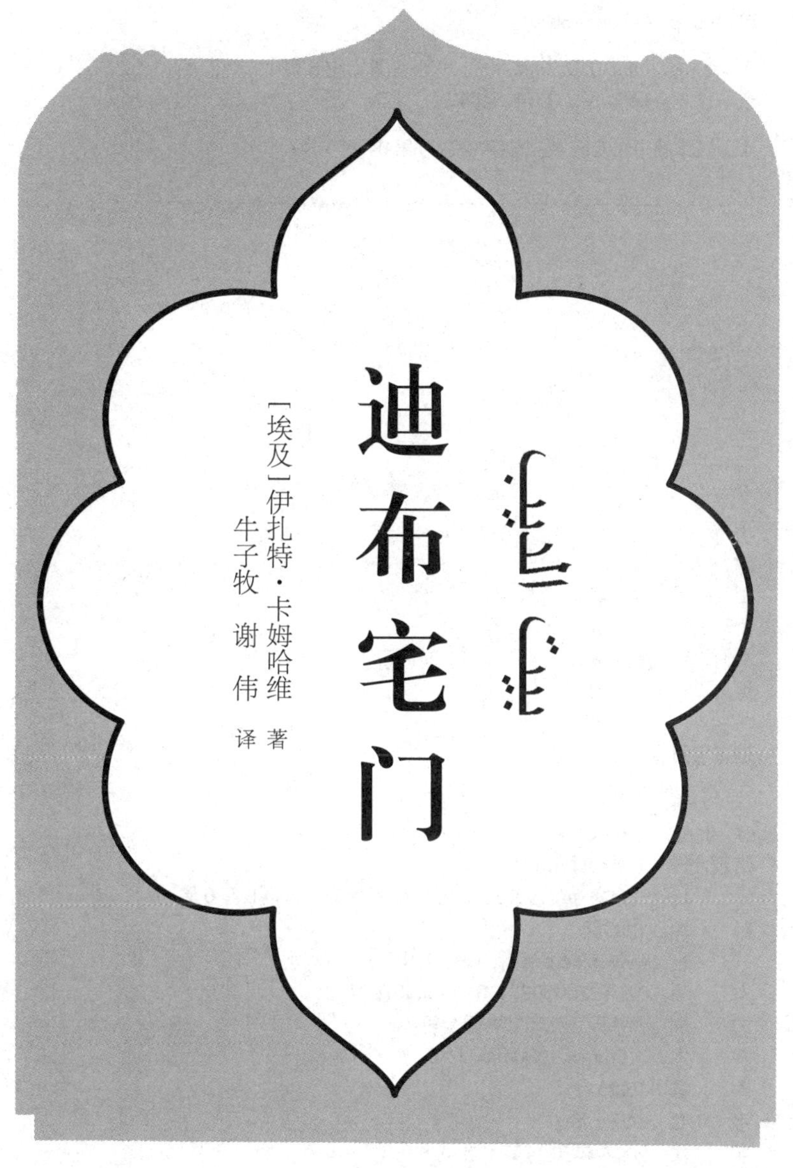

迪布宅门

[埃及]伊扎特·卡姆哈维 著
牛子牧 谢伟 译

五洲传播出版社

图书在版编目（CIP）数据

迪布宅门 /（埃及）伊扎特・卡姆哈维著；牛子牧，
谢伟译．-- 北京：五洲传播出版社，2017.2（2023.6重印）
ISBN 978-7-5085-3056-7

Ⅰ．①迪… Ⅱ．①艾… ②牛… ③谢… Ⅲ．①长篇小
说－埃及－现代 Ⅳ．①I411.45

中国版本图书馆 CIP 数据核字（2017）第 043690 号

出 版 人：荆孝敏
策划编辑：郑　磊
责任编辑：姜　珊
助理编辑：杨　雪
装帧设计：管　斌
内文设计：高　洁

迪布宅门

作　　者：伊扎特・卡姆哈维（埃及）
译　　者：牛子牧　谢　伟
出版发行：五洲传播出版社
地　　址：北京市海淀区北三环中路 31 号生产力大楼 B 座 6 层
邮　　编：100088
网　　址：www.cicc.org.cn www.thatsbooks.com
电　　话：010-82005927，010-82007837
印　　刷：北京天正元印务有限公司
开　　本：710mm × 1000mm 1/16
印　　张：16.25
字　　数：240 千字
版　　次：2017 年 6 月第 1 版
印　　次：2023 年 6 月第 2 次印刷
书　　号：ISBN 978-7-5085-3056-7
定　　价：68.00 元

译者序

平凡人的历史
——《迪布宅门》

《迪布宅门》是埃及作家伊扎特·卡姆哈维（1961-）于2010年在贝鲁特文学出版社发表的长篇小说。

身兼小说家和记者二职的卡姆哈维在埃及和阿拉伯文坛一贯享有较高声誉。他早年在开罗大学主修新闻专业，曾参与组建在埃及和整个阿拉伯世界都享有盛名的《文学消息报》，2011至2013年任《多哈文化杂志》(Al-Doha Cultural Magazine)的主编，现为《今日埃及人》(Al-Masry Al-youm)和《阿拉伯耶路撒冷报》(Al-Quds Al-Arabi)撰写专栏。卡姆哈维自幼有志于文学创作，高中时期就开始在报刊发表作品，现已出版著作十余部，其中包括长篇小说四部，即《欢乐之城》《俯瞰尼罗河的房间》《守卫》和《迪布宅门》；短篇小说集两部，即《尘埃和泥土之上》《快乐时光》，部分作品被译介为英语等世界主要语言。《迪布宅门》是卡姆哈维最新的长篇小说，

2012 年荣获纳吉布·马哈福兹文学奖，2013 年其英译本在开罗美国大学出版社出版。

故事在一座名为“欧希”（巢）的埃及村庄拉开帷幕，讲述了一户叫“迪布”（狼）的人家四代人的喜怒哀乐。故事的时间跨度接近两百年，始于 19 世纪初，奥斯曼帝国埃及总督穆罕默德·阿里在埃及版图上发现他们居住的村庄，终于 2003 年，美国入侵伊拉克。作者巧妙地将埃及国内的社会变迁和国际局势的风云诡谲折射在主人公迪布一家几代人的人生际遇之中，把殖民统治、革命、战争和社会的变迁等宏大历史事件映照进平凡人物的个人生活中，以讲述民间故事的口吻从另一种角度记录了埃及和世界的一段历史，令人掩卷沉思。

一、记录人的情感的历史

小说中对欧希村由来的介绍大概会让很多中国读者联想到陶渊明笔下的桃花源乌托邦。根据村民的追忆，先辈们由于不堪重税，逃到一片人迹罕至的荒芜沼泽，改良土地，建起了欧希村，并且改名换姓，开始新生活。自此大家同甘共苦，亲如手足，以致于随后几代人心中已经没有了“领袖”的概念，村子俨然成了一个与世隔绝自得其乐的乌托邦。然而好景不长，几代之后的欧希村民还是被卷入了历史的洪流：一方面，19 世纪埃及总督在地图上发现这一片未知领域，中央委任的村长就进驻了这片乌托邦，村民们不得不重新适应“官员”的专横跋扈和“赋税”的压力，甚至逃不过强制的兵役；另一方面，时代的发展和社会的进步也让村民们自给自足的小农生产生活方式逐渐变化，例如服役归来的萨拉迈就曾经在村里创办纺织厂，业务范围远远超过欧希村，成为远近闻名的企业家，而随着文化的发展和人们观念的更新，萨拉迈年轻的继母穆芭拉珂为了陪儿孙进城念书，走进了城市生活。除了历史的必然趋势，人生际遇中的偶然事件也可能成为村民们走入外部世界的动因：穆芭拉珂的初恋情人穆泰沙尔负气出走，只是因为为老不尊的叔父竟然霸占了侄儿的心上人；而穆泰沙尔的堂姐娜吉娅，则是因为先天残疾找不到婆家，被父母半卖半嫁地许给了一个巴勒斯坦老头。

无论是偶然还是必然，通过作者设置的各种契机，作为乌托邦的欧希村消失了，就像是陶渊明笔下“不复得路”的桃花源。读者跟随村民们走入历史的洪流，一连串的大事件让人应接不暇：读者跟随村民看到了 19 世纪埃及遭到的外来殖民、国内奥斯曼政权与马穆鲁克人的恩仇，跟随被抓到英军后勤队伍的萨拉迈领略了一战中欧洲各国的风土人情，跟随穆芭拉珂与 20 世纪初埃及城市居民相识相交，跟随负气出走的穆泰沙尔结交了侠肝义胆的英雄好汉，也看到了世纪之交阿拉伯启蒙思想家的风采，还跟随远嫁巴勒斯坦的娜吉娅目睹了巴以冲突的惨烈，跟随迪布家子孙后代体验了共和国的建立，纳赛尔时代的开启和随后的萨达特，又跟着穆泰沙尔的孙子从美军轰炸下的伊拉克回到祖父离开的村落。

有评论者把卡姆哈维这种写作思路与埃及老牌作家纳吉布·马哈福兹的经典之作《开罗三部曲》和埃及女作家里德娃·阿舒尔的长篇小说《坦图里亚的女人》相比，因为三人不约而同选择了从普通人生活的视角观照历史事件和社会变迁，同时似乎暗訾卡姆哈维在涉及宏大事件时往往浅尝辄止，更多地关注人物的心理和行为，而不像马哈福兹和阿舒尔“对改变人物命运的宏大事件真正表示兴趣”①。在这里，且不论这位评论者对于马哈福兹和阿舒尔的评价是否中肯，对宏大历史事件的关注是否应该成为衡量小说作品的一大标准呢？

我国作家莫言曾经正面回答过这一富有争议的问题。2009年，莫言在北京大学以《历史与语言——我的创作经验》为题进行讲座，阐明了自己对文学家特别是小说家任务的理解。他主张，文学/小说创作的取材固然源于历史和现实，但小说家的任务与历史学家、经济学家、军事学家到底是不一样的，如果他们在创作中重点关注社会历史事件本身，试图记录这些事件，那么他们就不再是文学家，而成为了历史学家、经济学家和军事学家中的一员。因此，莫言认为，文学家的关注点恰恰应该是社会历史事件中的人，而社会历史事件则必须弱化为他们笔下的背景，用来烘托人，人的情感和人与人的关系。

就这样，莫言在小说家与历史学家等社会学者之间画出了分界线，指出小说家关注的应该是“人的情感的历史”。根据莫言的标准，创作了《迪布宅门》的卡姆哈维的确是一位称职的小说家。

二、塑造立体多面的人物群像

正因为作者的关注重点始终在“人”，小说不仅人物众多，

---

① https://arablit.org/2014/09/20/review-house-of-the-wolf-a-multigenerational-novel-with-womens-lives-at-the-center/]

而且人物形象非常丰满。与同样讲述大家族几代人生活经历的《开罗三部曲》的不同之处是，《迪布宅门》对女性人物着墨较多，男性人物常常以配角的形象出现，成为女性人物生活经历中的支线。作者的这一选择与上文提到的他对小说的定位同样是分不开的——既然他放弃对宏大事件的记录和评论，关注人物的生活，那么家庭就成为情节展开的重要舞台，这个舞台的主角自然是女性。宏大事件被淡化以后，人物更不必成为责问是非功过的脸谱，他们洋溢着人间烟火的气息，让读者觉得更加熟悉和亲切。

穆芭拉珂的人生经历无疑是整个故事的主线，开篇以年事已高的穆芭拉珂要求孙子替她发电子邮件给真主为引子展开倒叙，将读者带回老祖母的少女时代，追忆了她以悲剧告终的初恋，阴错阳差成了心上人的婶娘，迪布家的二房夫人。读者跟随加入迪布家的穆芭拉珂与丈夫、丈夫第一个妻子哈菲沙、几个继子女和后来出生的子女和孙辈展开互动，最后，她初恋情人的孙子从他乡归来，恍惚间穆芭拉珂似乎看到昔日恋人的影像。可见，作者重点塑造的是父权家庭中的一位女性，可是这位女主人公面对父权家庭和父权社会，立场十分暧昧：她虽不情愿，却对父亲安排的婚姻毫不反抗，她虽对出走的恋人一往情深，却又听从父亲的教唆，对丈夫提出各种物质上的无理要求。由于对包办婚姻不满，她一直不让丈夫靠近自己，并似乎把握住了卧室中的主动权，但后来却因为与继子偷情，怕丈夫怀疑而主动迎合了他。当读者认为她忘记了旧日的恋人，又见她给新生的儿子起了恋人的名字。实际上，穆芭拉珂既不是父权制度的叛逆者，也谈不上是父权制度的迎合者或帮凶。她只是受制于父权制度的千万女性之一，和历史上数不清的平凡女性一样，她无法超越父权家庭的限制，她向往简单的幸福，又因为软弱与幸福失之交臂。然而她又是坚韧的，在无常的人生中她一直努力地生活，让一个大家庭开枝散叶。

霸占了侄子心上人的穆加希德也是个复杂多面的人物。故事一开始，只见他性格暴虐、好逸恶劳，不仅对妻儿打骂相向，连侄子的恋人都公然霸占，天天礼拜吸毒两不误，堪称一个猥琐的老恶棍。但是与穆芭拉珂婚后，"老年得子"的穆加希德突然变身慈父，不仅是对新生的幼子，对已经成年的儿子们也一反常态，甚至破天荒地开始终日劳作，与第一任妻子哈菲沙的关系也大大缓和。穆加希德的晚年生活更是让人印象深刻：他老年痴呆，不仅丧失自理能力，居然还开始以欺负孙辈们为乐。读者在对他表示鄙夷和不齿之后，又不免心生一丝同情。

形象复杂多面的人物还有很多，如贤惠善良、却也愚昧固执的哈菲沙，见多识广、颇有头脑、却也对权贵唯唯诺诺的萨拉迈。除了个体人物，作为集体的村民们也是如此：他们是英勇不屈的，不仅早年毅然离开了征收重税的故土，而且还有过一队侠肝义胆的草莽英雄，在附近一带劫富济贫，连昏庸的土耳其村长都被打得落荒而逃。他们是团结友爱的，不仅在荒年互相帮衬，还战胜了很多天灾人祸，如火灾，洪水和瘟疫。同时他们又是怯懦的，为了躲避征兵，很多青年不惜自残，迪布家的纳吉甚至一躲就是几个月。他们甚至是荒唐可笑的，因此土耳其村长离开后废弃的官邸才会被捕风捉影地被大家说成是阴森恐怖的鬼屋。

如果说脸谱式的人物是用来教化读者的，那么复杂多面的人物便是为了触动读者。《迪布宅门》中的人物不能向读者阐明什么高深的大道理，却能让读者在他们身上看到自己，想到自己身边的人和事，引发的反思和共鸣也更加真实、具体。莫言曾不止一次在各种场合提到，小说家应该“把好人当坏人写，把坏人当好人写”，因为真实的你我他，无不是既有闪光点，也有局限性的。

三、摒弃道德说教

复杂多面的人物形象决定了这部小说不可能成为训戒读者的道德寓言，它只能是对某段时期某一群人物的白描。作者毫不掩饰地记录了当时的埃及城乡风貌，给读者展现了一个并不“纯净美好”的世界：

首先，既然故事以女性人物为主线，并将宏大历史事件淡化为背景，婚姻关系便成为人物互动的一个重要舞台，可是故事中的婚姻却往往是残酷而令人痛苦的，有时还在欺骗和背叛中徒有其名。且不说女主人公穆芭拉珂在毫无自由可言的旧式婚姻中沦为父亲和丈夫之间转手的一件货物，成为老翁穆加希德的二房，穆加希德的长女——先天驼背的娜吉娅比风情万种的穆芭拉珂更是悲惨得多：由于在村里找不到婆家，父母只得狠心把她带到一个旧时买卖奴隶的市场，准备“大甩卖”。即使如此可怜的娜吉娅还是遭到“买家”们的嫌弃，第二次前往才终于“成交”——娜吉娅这一去究竟是为妻还是为奴？恐怕难以判定。如果说穆芭拉珂和娜吉娅都只是愚昧无知的旧式农妇，那么新一代的女青年齐娜受到了良好教育，却为何依然身陷牢笼般的婚姻呢？可见，婚姻更多地恐怕是对人心的考验和对人性的暴露，社会的进步和人们思想认识的提升可以通过法律和制度规范婚姻，却无法保证人们能在婚姻中得到幸福。

正如作者并没有高台教化地去评判人物的婚姻，记述一些旧时陋习和迷信活动时也只是娓娓道来，并不摆出批判和揭露的姿态。例如穆芭拉珂的新婚之夜就反映了旧时埃及乡村对新娘处女身份简单粗暴的检验方式，一直为很多女权人士广为诟病。这当然是应该制止的陋习，但它的确是那个时代村民们习以为常的事情，是特定历史时期真实生活的一部分。与之相似的事件还有村民们对一位身份神秘的老人由敬佩到神化，以致于他死后的陵墓也成了人们许愿祈福的神龛。

可见，作者并没有站在21世纪初，低头俯视旧时的人和事，他选择平视这些人和事，也邀请读者和他一同这样做。作者非常清晰地将自己定位为一个“讲故事的人”，他讲述的，正是千千万万平凡人的历史。

牛子牧

2017年5月21日

于北京外国语大学

目录

（一）

穆芭拉珂·弗利活到了孙辈们在互联网上和全世界陌生人聊天的时代，她要求孙子替她发几封信给真主。

“随便写几句，只是让他记起我。”

她对坐在电脑前的孙子这样说。小伙子郑重地在电脑上打开一张空白页，请祖母口述。老太太于是毕恭毕敬地起了个头，小伙子打字记录祖母的牢骚。突然，老太太就不知从何说起了，一时竟词穷语塞，小伙子忍不住哈哈大笑，他停下手，打趣地问祖母为什么急成这样。

“他不该那样，真的不该。”

穆芭拉珂这时也自觉有些冒失，毕竟活到了这把岁数。她赶紧为自己的鲁莽开脱，试图缓和这尴尬的局面，然而马上又发现自己再次反应过度了。最后，她极力压制着情绪说道：

“我是心里有气。不过人家也的确不明白，连我是谁都不知道！”

孩子们都笑了，他们知道，只要一提穆泰沙尔这个人，祖母就发不出牢骚了。她还会在恍惚间嗅到穆泰沙尔的气息——

那气息格外强烈，让她浑身酥麻，顿时没了脾气。

“一个男人的气息。”

每当别人追问那究竟是怎样的气味时，她总是这样简明扼要地回答。就是那种气味，让一个男人的形象在她零零散散的记忆里一直鲜活着。她不知道如何向人们解释，在那个地狱般炽热的夏天，村里的谷场遭遇前所未有的频繁火灾时，穆泰沙尔的气味曾经怎样淹没了她。

那年夏天，每天都准时发生一场火灾，人们百思不得其解。一开始，大家怀疑放火的是个疯子——村里的孩子们扔土块砸他，他就放火报复。可是这个疯子被大伙儿抓起来之后，火灾却照旧发生。蒙受损失的村民搜肠刮肚地回忆，究竟是哪个老仇人，出于什么原因突然前来报复。他们还跑到邻村，求助见多识广的老人，同时，增强记忆的药剂也成了抢手货。

这种搜肠刮肚的回忆就好像刨不完的脏土——每个人都从家族历史中发现了一二旧敌，有的只是彼此斗斗嘴，毁了对方庄稼，或者毒死了对方的牲口；还有冲突双方都闹出了人命的情况，但因为这算“平手”，终究还是以和解收场了；也有只有一方出人命的，这种情况下死者的冤魂倒有可能回来寻旧仇，于是在酷热难耐趁着人们回家歇息的时候，霸占村里的田地和谷场，一次次制造神秘的火灾。

最初建造这村落的人为后人树立了公平待人的典范，村里一连几个世纪都风平浪静。而今若不是一群正直的青年极力地维护这和平，恐怕近来几场火灾已经点燃了几个家族之间的战火。青年们组建了一支护卫队，监视着谷场，期望抓住纵火犯，但是他们发现，干草堆边连一只苍蝇也没有，自己就烧起来了。

事实已经不言自明，这几场火灾是自燃——毒辣辣的太阳每天炙烤着大地，只要达到最高温度，干草自己就着了。

真相大白后，青年们组建了救火小组，驻扎在各个谷场，勘察火情。其他人员也分成几拨，有的待命灭火，有的站在水渠边为排成长队的妇女、姑娘们把水罐填满，而她们时刻准备着朝有人呼救的方向出发。

穆芭拉珂把水罐顶到头上时，简直能看到地面在她一双赤脚下呼呼冒热气。她仔细留意着身后一溜慌乱小跑的穆泰沙尔·迪布，几乎也听到了水汽蒸发的嗡嗡声。穆泰沙尔声音颤抖着向她问了个好，三步并作两步走到了她前面。穆芭拉珂即使盯着他的后脑勺，也能感受到他两眼的灼热目光，而现在他走在前面，显得步履迟疑，好像要摔倒。他的身体挺得直直的，白色的长衫下露出小腿，好像故意向穆芭拉珂显示他有能力耐受这强烈的炙烤。

有好一阵子，穆泰沙尔三天两头地往胡同尽头的姑妈娜比哈家跑，却一直不敢主动跟穆芭拉珂说话，而穆芭拉珂又是个呆头呆脑、寡言少语的姑娘。可是穆泰沙尔确信姑娘开始注意他了，她还躲在门缝后偷偷等他呢。一瞥见姑娘的身影，穆泰沙尔就乱了脚步，嘴角也挂上了若有若无的笑意；若是没见着姑娘的身影，他就故意高声唱歌，或假装叫什么人，同时往她家百叶窗缝隙中望，一准看见窗格后面姑娘的脸。

终于他鼓起了勇气。那一次短暂的四目相对和一句颤抖的“你好吗，穆芭拉珂？”让她的身体起了奇妙的变化。她并没有回答，然而他声音里粗犷的男人味却穿透了她的身体。她一阵颤抖，像是感冒发烧，豆大的冷汗渗出皮肤，混着从水罐里洒出的水，像一颗颗水晶珠子滚下来，划过她的脸颊、脖颈、胸部，从一对“番茄”之间流下来，在到达秘密花园之前，被棉布腰带吸收了。

在确认了纵火犯其实只是夏日的酷热后，人们白天忙着灭火，晚上巡视谷地，团结一心，井井有条。这种景象已经许久未在村里出现了，上一次还得追溯到先驱者那个年代，他们一起抽干沼泽地，修建房屋，改善土地条件以便耕种。忙于劳作的人们没顾上给这个和谐的集体起个名字。在连续几年遭到鹳鸟的攻击后，人们决定把这村子叫作“欧希”（即“巢”）——这名字好像成了村子的护身符，起名之后再没有发生过攻击。其实，那些鹳鸟之所以非要与村子里的人为敌，是为了给成千上万幼鸟和鸟蛋报仇，因为人们在采集沼泽地里的芦苇时毁掉了不计其数的鸟巢。

人们面对灼热太阳表现出的同心同力，将那些互相猜忌的日子掩埋了起来，欧希村成了大家的安乐窝，即使有陌生青年男子出现，也没人会起疑心。人们累了就随地躺下，饿了、困了就到最近的居民家里休息。有了这种氛围，穆泰沙尔已经不需要以探望姑姑为借口来看穆芭拉珂，但是他很少来。

欧希村一片祥和，穆芭拉珂却开始坐立不安，她已经和以前不一样了，她干活变得粗手笨脚起来，常常引得父亲责骂，自己也又羞又怕。

“你怎么踩了猫尾巴似的，毛毛躁躁的！”

不明所以的父亲一味指责穆芭拉珂，他不知道穆芭拉珂就是这只猫，被人点燃了尾巴又放了。她开始日复一日地徘徊在门边痴痴等穆泰沙尔，编造各种理由出门希望碰到他。夜里她躺在床上双眼大睁，听到自己体内脏器的声音，就像是在火上烤着的玉米，在变成脆脆的爆米花之前嗡嗡作响。她开始疑神疑鬼，莫不是自己身上有什么不祥的东西，让男人不敢靠近？每天，穆芭拉珂趁着午休的时间靠近穆泰沙尔，每当他们四目相交，穆泰沙尔就扭捏地走开。终于有一次，穆泰沙尔鼓起了勇气：

“晚饭后，你家屋后见。”

他的语气还是有一些慌乱，但显然比第一次好了很多。他的声音很低很低，以至于穆芭拉珂不确定是他真的说话了，还是自己产生了幻觉，如果他真说了，那么他是认真的吗？他一遍遍重复，然而她还是不敢相信，一个个音节响起，在她的脑海里变成了一阵风，一丝呻吟。穆芭拉珂还是准时赴约了，她见到了穆泰沙尔。

穆泰沙尔有些颤抖，穆芭拉珂也是浑身筛糠似的，虽然他们很清楚，这个时间各家各户屋里只有老眼昏花的老人和不懂事的幼童。

他把她揽入怀中，两人听着对方鼓点般的心跳。穆泰沙尔的气味让穆芭拉珂一阵眩晕，这味道说不上好坏，只是让她束手就擒，一种甜蜜的震颤让她皮肤一会紧绷一会舒展。

穆芭拉珂感到穆泰沙尔的“东西”疯狂地顶住她的小腹，一瞬间她仿佛失去了意识，然后叫出了声，挣脱了穆泰沙尔的臂膀，跑回家中。穆泰沙尔僵在原地，两腿间一湿，才回过神来，美妙的震颤过后，他又害怕起来。他把手伸进袍子下摆，摸了摸那黏黏的液体，确定这玩意儿不会妨碍他向谷场进发——即使那里并不需要他帮忙，至少也能找人说会儿闲话，他今晚在家可待不住。

穆芭拉珂也睡不着，她担心有人看到了他俩那点事，而且，她太高兴了。

她不断地回想着刚刚发生的事，在自己炽热的呼吸中寻找着他的气息。她抚摸着自己的前胸，拨弄着变硬的乳头，极力回想着穆泰沙尔那有力的双手，不由得小腹一阵痉挛，心也越跳越快。

接下来的日子里，穆芭拉珂既慌张又幸福，曾经模模糊糊的渴望现在已经有了气味和触感。她感到身体在发生变化，乳房在膨胀中隐隐地疼痛。一种不可言传的愉悦体验将她裹住，像是长在阴暗角落的植物终于找到了阳光的方向。阴暗中的植物向着阳光奋力地生长，她也探索着自己的身体，追寻那隐秘的快感——在此之前，并没有男人碰过她的身体，不是因为她不好看，而是因为她美得令人不安。

穆泰沙尔不是第一个注意到穆芭拉珂的人，但只有他鼓起了勇气。穆芭拉珂其实能看出周围很多青年对她心怀爱慕，只是他们一旦与她四目交接，就纷纷止步不前，无疾而终。穆芭拉珂说不清她对穆泰沙尔的感觉是爱，还是对他勇敢表白的感激。穆芭拉珂干活越来越不专心，因为穆泰沙尔总是时不时地在她家附近转悠，她一听到他的声音就凑到窗边，几乎想亲自去请他进来，却又不好意思，只得羞怯地折回。穆泰沙尔依然有事没事就要去穆芭拉珂家附近转悠，借口去看望姑妈，却又并没有什么事要和姑妈讲。他一瞥见穆芭拉珂在房顶，或在院里喂鸟，就悄悄和她约定见面的时间和地点。这下子穆芭拉珂整天都忙着计划约会。有时候她觉得太累不愿赴约，又会觉得心里过不去，于是改变主意，反反复复，最终还是如约出现在穆泰沙尔面前，细细捕捉着他的气味，任他吻着她的身体。两人在干草场上翻滚，浑身沾满金色的草屑。当麦堆倒下来把他们淹没，两人就在麦堆中挣扎着抓住对方，一起钻出来。

几次下来，穆芭拉珂不再让穆泰沙尔一碰就动弹不得，欲仙欲死。她知道了如何用指甲划过他的皮肤，知道了怎样摩挲、挑逗他的身体，一边嗅着他的腋窝，同时他的手在她大腿间活动。一番缠绵后两人慢慢平静，他呢喃着想象着两人的新婚之夜，淫词艳语说得她害羞起来，撒娇地冲着他胸口就是一拳。他于是改口规划他们住什么样的房子，生几个孩子，自顾自地滔滔不绝。

穆芭拉珂并不是笨嘴拙舌，但她和父亲总是无话可说，父女之间也没闹过什么矛盾，就是无话。穆泰沙尔并不觉得穆芭拉珂的沉默寡言有什么奇怪，他觉得那是她欲擒故纵的伎俩，就是她的沉默逼得他主动表白，可是他却很少从她嘴里逼出什么甜言蜜语。不过不说就不说吧，在穆泰沙尔看来，穆芭拉珂用手指甲在他胸前背后划出的道道，就是她特殊的表达方式。

还没等到火灾肆虐的夏天结束，穆泰沙尔就找叔叔向穆芭拉珂家提亲了。

“巴德尔·弗利那个疯疯癫癫的女儿？全村的人都说她挺邪乎呢。”

穆加希德·迪布一边说着，一边觉得奇怪，怎么侄子偏要向这个姑娘求婚。他估摸侄子大概同情她，毕竟他们都没了娘。

“她哪里疯，哪里邪乎了。”

穆泰沙尔很肯定地说，并坚持要和她结婚。穆加希德没有其他反驳的理由，在晡礼[1]后找到巴德尔。

“我想去你家喝杯茶。”

巴德尔欣然应允，当他让女儿收拾屋子迎接客人，姑娘满面红光。她仔细擦拭着铜壶和玻璃杯，确保一尘不染，心里觉得这是她作为一个合格家庭主妇的第一个标志。清洁完毕，她把茶具放在红色的铜盘上，在桌子上的小火盆前安置好，然后开始清扫各个房间和院子，在地面上洒了水。

昏礼过后，父亲对着火盆坐下，穆芭拉珂就爬着土砌的楼梯上了房顶，在楼梯的拐角处藏了起来，这样她可以看见来人，对方却看不见她。当她听到敲门声和父亲迎客的声音，就迫不及待把头探了出去，看到来人是穆加希德·迪布。

“真主请赐福予先知。”

他这样说着，好像是为一直盯着穆芭拉珂的身体表达歉意——当时穆芭拉珂又兴奋又害羞，忍不住从楼梯上的藏身处一跃而下，一溜小跑逃到离客厅最远的房间。

当她平息了气喘，就蹑手蹑脚地把耳朵贴在靠近客厅的墙上，紧张地偷听。

“哎哟……她就是给你做丫头都乐意啊……比你还强的我们上哪找啊！”

她听见父亲这样说，随后穆加希德回答道：

“愿真主赐福……咱们念开篇章[2]吧。”

穆芭拉珂觉得，父亲和穆加希德之间达成的一致并没有让

---

① 穆斯林每天要进行五次礼拜，分别是晨礼、晌礼、晡礼、昏礼和宵礼。

② 穆斯林在与人约定的时候，习惯念《古兰经》的开篇章作为约定的见证。

她如期待中那样高兴，反而让她心如刀绞。她隐隐觉得有什么不对劲，客人走后，父亲亲口验证了她不祥的预感。

“穆加希德要娶你，我答应了。”

父亲这样说。穆芭拉珂没有回答，而且面无表情。巴德尔知道，女儿不只是长得像她娘，还和她娘一样是个闷葫芦。他一点都看不出娘俩的心思。穆芭拉珂意识到，没有母亲陪着出嫁，是多么残酷的事。那天夜里她没有合眼，望着天花板出神——天花板上的木头被烤大饼的炉子熏得焦黑。她耳边反复地回响着父亲说的最后一句话：

“比你还强的我们上哪找啊！”

穆加希德告诉穆泰沙尔，他和穆芭拉珂的父亲明说了，她父亲欣然同意和他们家结亲，但要求把女儿嫁给穆加希德本人，因为穆芭拉珂从小没了娘，需要一个可以保护她的男人，不能嫁给一个跟她一样的毛孩子。

其实巴德尔并没有这样说，他知道穆加希德依靠妻子和孩子生活，连一只鸡也保护不了。可是，巴德尔并不知道穆加希德本来是为侄子提亲的，他只知道女儿痴痴傻傻，一直没人提亲，同时他又相信，穆加希德虽然胡作非为，但肯定不会伤害他的女儿。况且穆加希德是一家之主，说话算数，穆芭拉珂嫁给他，就也是一家之主了。

穆泰沙尔发誓要报复。虽然叔叔家是他从小长大的地方，他就像是这家的长子，他还是断然离开，去投奔姑姑娜比哈。哈菲沙——穆加希德的妻子，也是他的表妹——听到这个消息，和侄子一样伤心欲绝。

“走着瞧吧！”

穆泰沙尔发誓要报复叔叔，为他自己，也为他叔叔的妻子。穆泰沙尔曾经要求拿回属于他的土地以便自立门户，穆加希德却号称，他爷爷临终前把所有土地都登记在了自己的名下。接着，穆加希德又指责侄子忘恩负义，说他还是一团红肉的时候自己就抱养了他，待他胜似亲生骨肉。穆加希德觉得穆泰沙尔应该像敬重父亲一样敬重自己。

穆泰沙尔向亲戚们求助，希望他们劝说穆加希德放弃和穆芭拉珂结婚的想法，但并没有成功。姑姑除了收留他、避免让叔侄二人碰面外，也无能为力。她劝侄子不要因为这件事与叔叔反目——就算叔叔故意对你喜欢的姑娘下了手，但毕竟人家父亲同意了呀，你做侄子的还能怎样呢。还不如放弃这个有些邪门的姑娘，难道她有什么其他姑娘没有的东西吗。

“还不是一样得撒尿拉屎。”

这个上了年纪的女人如此贬低穆芭拉珂，她的轻蔑让穆泰沙尔眼眶中的泪都凝住了。他回答说：

“如果任人这么欺负，我就不是萨拉迈的儿子。”

天快要亮的时候，穆加希德来到妹妹娜比哈的家里。当侄子却拒绝跟他回去时，他抬手就是一耳光。当他正要冲着另一侧脸颊打下去时，侄子一把抓住了叔叔的手。穆加希德恼羞成怒，却挣不脱侄子的手——他至今还把侄子当小孩看，可是小孩早就长成大男人了。穆泰沙尔甩开叔叔，拂袖而去。穆加希德伸手去抓，撕破了侄子的围巾。穆泰沙尔戴着只剩一半的围巾头也不回。姑姑娜比哈在侄儿身后哭嚎，四面八方的村民闻声而至，在路边看热闹。婶娘哈菲沙和堂兄弟也上前拦住穆泰沙尔的去路，他却和他们一一告别，继续前行，不知去向何方，身上一件衣服、半条围巾就是全部行李。此时，他百感交集，五味杂陈——他没有对那一记耳光进行反击，也没有实施他在无数辗转难眠的夜晚想好又推翻的计划。

除了抢走侄子心爱的姑娘，穆加希德还干过不少缺德事，但这次侄子是真的忍无可忍。叔叔口口声声说对他有养育之恩，可是从没有真正关心过他。是婶娘哈菲沙给他饭吃，在夜里给他盖上被子，洗干净他弄脏的衣服。节日的晚上，婶娘还会给他洗澡，用石头在他的腿上轻轻揉搓，褪去干裂的死皮。婶娘心疼地直掉泪，眼泪滴在穆泰沙尔的腿上。尽管她自己的孩子，包括女儿娜吉娅，个个也都有这样一双皴裂的脚丫，但她总觉得，自己的孩子虽然没有慈爱的父亲，总还有个妈，而穆泰沙尔不仅没见过母亲，也没有见过他行侠仗义的父亲，但就是他父亲给家族甚至全村带来了荣光。

哈菲沙可以忍受穆加希德对她的亲儿子拳脚相向，却总护着穆泰沙尔，替他挡住穆加希德的拳脚。挨完打的娘俩依偎在一起哭泣，穆加希德则大摇大摆地离开，直到天蒙蒙亮才回来。

穆泰沙尔十岁的时候，俨然是男子汉了，他对婶娘的关爱知恩图报，娘俩一条心，一起打理家里家外的事务。哈菲沙大儿子萨拉迈比穆泰沙尔小两岁，不久也加入了他们一伙儿，随后是纳吉，阿里。几年后，因佃农疏忽而荒凉的田地和羸弱的牲口都恢复了生机。牛壮实了，产奶多了，还下了不少牛犊；院里让鸭、鹅和兔子挤得水泄不通，要过个身都难；墙上房上的鸽笼里满满都是鸽子。两个大些的孩子给牲口收割完草料后，帮两个小些的分些带去给照看家禽的哈菲沙，她常杀鸡卖肉贴补家用，因为丈夫穆加希德对家里从来都撒手不管，只有缺钱买鸦片大麻了才过问家事。

穆贾希德还有一项爱好。他让家人在仅有的三费丹[①]地中专门腾出一费丹种植大麦，来养一匹小马驹。他给小马洗澡、理毛，还教它跳舞。他领着它去参加各种喜事节庆，让它参加比赛、表演。

穆加希德常常睡到晡礼前，直接去清真寺做礼拜。他回来时必须见到餐桌上有做好的烤鸡，就着一剂鸦片喝下红茶。小马一叫，他就应声而至，给它戴上马鞍，牵出去拴在客厅的铁窗边，随后他换身衣服，骑上小马儿，在村子里转悠到太阳落山。昏礼过后，煤油灯亮着，他就抽烟解闷，有时独自一人，有时呼朋引伴，来人总是不同。孩子们只当他不存在，瞧不起他胡作非为，他邀来的狐朋狗友有的甚至和他孩子差不多岁数。尽管这样，他还是把自己当作一家之主。一时兴起他还会牵着马来到农田里监视孩子们干活，尽管他对这项工作一窍不通，有时却会无来由地破口大骂：

“你们怎么一个个都病怏怏的？！”

他从马背上跳下来，从一个孩子手中夺过锄头，准备给他们示范。孩子们小的时候没力气，穆加希德有的是力气，却不似孩子们吃苦耐劳。三下两下就气喘吁吁，他无名火起，扬起竹竿就抽，每个孩子都挨了打。

因此，穆泰沙尔最近几天夜里谋划的杀人计划，早就想过无数次了。只是以前他小，没那个能力，只能在穆加希德无端发怒的时候徒劳地反抗。穆加希德让他们错失一次又一次购买田地的机会，只顾为自己和爱马花钱，穆泰沙尔曾经求他把马

---

① 费丹：埃及面积单位，约为 1.038 英亩，或 6.3 亩。

卖掉，多买一费丹地。

“真主在上，这里有你说话的份儿吗？！”

穆加希德咆哮着对侄子就是一耳光。穆泰沙尔纹丝不动，默默承受。他很清楚，他若是反抗，就要连累婶娘和亲兄弟般的堂弟们，这样一来，父亲萨拉迈树立的家族形象就毁于一旦。虽然他从未见过父亲，但是爱着大家描述中的父亲。

以前每次危机过后，穆泰沙尔都对自己的理智很满意，他觉得对叔叔保持礼貌是对的。但这次他开始自责了，怪自己轻易放弃了穆芭拉珂，放弃了属于他的遗产。这下子，离家出走的他还得在天黑之前赶紧找个落脚地。

他感到自己像是快淹死的人在水中挣扎，生命的本能让他抛开所有去寻求救赎。虽然父亲早已故去，他此刻却前所未有地感觉到丧父之痛。想到自己孑然一身，受尽屈辱，他觉得丢人。离家时正是清晨，土地上湿气很重。当“欧希村”终于在迷雾中消失不见，同时他也意识到自己离开了穆芭拉珂，只觉得呼吸困难，心痛欲裂，然而他已经不能回头。

他知道，欧希村之外有其他城市和国家，可关于那些地方的传说就像天方夜谭。他从没想过那些地方具体在哪，因为之前他并不需要知道。可现在，他就像是突然出了娘胎的孩子。以前投靠姑姑，害得姑姑在叔叔那儿受了不少委屈，他不能再麻烦人家了。他得自己找住处，设法糊口。昨天他还像村里那些有钱的体面人一样，不便开口指责叔叔的种种劣迹，只是对他的无法无天感到羞耻。假如一直忍气吞声倒也好，不想还是突然和叔叔反目成仇了。

穆泰沙尔考虑去两个地方，巴勒比斯或宰加济格，以前见人跟驼队去过，但没想好到底去哪、怎么去。最后他沿着田间的小路信步向前，田里小麦成熟了，饱满的颗粒泛着金色。他顺着骆驼的尿骚味和排泄物往前走，累了就在桑树下躺一会儿，吃几颗桑葚去掉口中的苦涩。

他继续赶路，伴着西行的太阳，成群的鹳飞在半空，为他遮挡阳光。这种鸟好几百年没在这出现过了，只通过“欧希村”的名字和最初建村的故事存活在人们记忆中，世世代代的村民都听过很多鹳鸟的故事。有人看到穆泰沙尔在一群鹳鸟的护送下走向远方，以为鹳鸟又要回来攻击他们了，鸟要惩罚这个村子的人，谁让他们坐视穆泰沙尔被叔叔欺负、虐待呢。还有人说，那哪里是鸟，是乌云护送着孤儿穆泰沙尔。

（二）

那场突如其来的沙尘暴之前，欧希村人安居乐业了几个世纪，好像被世界遗忘了。可是那天沙尘消散后，出现了七个骑马扛枪的男人，还抱着几本大册子。他们犹豫着勒马站定，四下张望，村里没有什么中央广场，又好像处处是中心地带——道路纵横交错，处处相通，没有一条死路，每条路都达田地。房屋也没有哪栋显示主人鹤立鸡群，都是只有一层的土屋，模样大小看不出区别。

几个陌生人口音含糊，连说带比画地问，这村里谁说了算。围着看热闹的村民完全不知道这时该提谁的名字，干脆说：

“我们谁说了都算。”

那一刻之前，村民坚守祖辈留下的完全平等的信条，各方面都是如此：房子的大小和形状，田地的面积，几家人好几辈都是如此。建村的祖辈不堪忍受苛捐杂税，分别逃出自己的村子，一起躲到了一片沼泽。他们齐力抽干沼泽，在这片湿答答的土地上建立了自己的村子。他们相约在这里从头开始，决不让任何一个人掉队。他们约定，以前的事情不再提起，以前的名字也都改掉，根据这片土地上的新生活另起新名字。

他们先为村子起名，然后给自己起名。第一个成功培育了小麦的叫格姆哈维，辣椒产量最高的人家叫弗利家，家里水牛产下全村第一头公牛犊的人家姓了法哈勒，喜欢在饭后吮手指的叫拉赫斯，把自己不听话的骆驼耳朵给咬了的叫阿达德，牵着驴不骑的叫贾哈什，开始专门制席子的叫候萨里[①]。

几个世纪过去，欧希村的周边出现了其他村落，但欧希村一直不和邻村来往。如果有人家小麦和玉米的收成意外地出现结余，他根本不会动什么心思，粮食就这么堆着，然后给哪个收成不好的邻居拿去应急了。如果有人家里牛一胎生下两只牛犊，就留下一只大宴宾客。

村子一直无人问津，直到有一天，从欧洲来了个探险者，梦想把埃及变成他王冠上的一颗明珠。为了实现梦想，他摆出坚船利炮。当时统治埃及的马穆鲁克人哪里见过这样的阵势，他们只会拔剑肉搏。虽然马穆鲁克[②]王朝倾覆，国土却没有成为拿破仑的囊中之物，虽然他此行带着不少行家，摩拳擦掌到处寻宝。其间，埃及人民顽强抵抗，保家卫国。当奥斯曼素丹[③]目睹了埃及人民打得法兰西皇帝灰溜溜地回了巴黎，他也对马穆鲁克人嗤之以鼻，于是顺应民心，任命阿尔巴尼亚中尉

---

① 在阿拉伯语中，村民新名字的词义都与文中介绍的每个人的特点有关系。

② 马穆鲁克人本是中世纪服务于阿拉伯哈里发的奴隶兵，十字军东征期间力量壮大，形成军事贵族集团，甚至建立了自己的王朝。1517年，埃及的马穆鲁克王朝被奥斯曼土耳其帝国推翻，但是马穆鲁克人依然是埃及政治结构中的重要力量。拿破仑入侵后，奥斯曼素丹委任埃及的马穆鲁克集团抵抗殖民者，但该集团大败。

③ 当时的埃及为奥斯曼土耳其帝国的一部分，奥斯曼君主称素丹。

穆罕默德·阿里做了埃及总督。

没人料到，正是终结了马穆鲁克统治、解放了埃及的欧麦尔·木凯拉姆起义，最终导致欧希村被占领。

这位野心勃勃的军官已经在城堡的一次宴会中杀掉了两个劲敌。此刻他站在一张绘制精细的埃及和邻国的地图前，挑选入侵的目标。他伸手划过尼罗河源头一带，看看东边的安纳托利亚，西边的利比亚沙漠。他画了一个圈，包把埃及和苏丹、希贾兹和沙姆。他的嘴角一动，露出满意的微笑。随后他低头又看了好半天，注意到地图上一点颜色可疑的区域，介于山谷的绿色和沙漠的黄色之间。他伸手触摸，没有水分，手指也没有陷入未干的沼泽泥中。他摇摇头，自己怎么还想着征服其他国家，埃及境内还有未知地带呢。说不定逃跑的马穆鲁克人在那藏着，他们可都是骑马翻墙越城的好手。

就这样，从此被尊称为帕夏[①]的中尉下令，他派出部队前往那片未知土地，这支部队规模比他儿子易卜拉辛率领向希贾兹、沙姆以及苏丹进军的所有部队都小，但这次这支小小的部队足以永远改变欧希村的生活。

陌生人在村里一连住了好几个星期，受到热情款待。他们统计人口、牲口和土地面积，调查每家每户储存的粮食、陈年的奶酪和肉食油脂。每个被问到的人都一五一十地老实回答，没有人谎报或瞒报。但是，他们经常是同样的数据收到好几次，因为总走错路，刚刚查过的街道，一转身又进来了。有的居民

① 帕夏：敬语，相当于英国的“勋爵”，是埃及前共和时期地位高级官衔，通常是总督、将军及高官。1934 年土耳其宣布废除此称；接着埃及伊拉克也相继停止使用；约旦等国仍继续使用，其义是对有一定社会地位的名人的尊称，无特定职位。

反复被问了同样的问题，仍是回答，也不抱怨刚刚问过了。小部队成员不得不晚上点着油灯把重复的记录删掉。统计工作完成后，小部队要离开村子了。回去的路上，身后传来的呼喊让他们停下好几次，原来是村里人叫他们去取落下的东西。

第一次的造访很快被遗忘，但很快新的风暴席卷而来。这一次，沙尘消散后出现一个土耳其人，骑着马，戴着传统的土耳其帽，帽子压着耳朵，下巴下面皮肉松弛，好像一只火鸡。七名骑着驴的佩枪士兵簇拥在他周围。

土耳其人麦迪恩·艾迦宣布，自己被任命为村长，又拿出村子的详细规划图，画得五颜六色。他指着中间一个红色圆圈，命令圈中居民搬出去，腾出地方建造村长宅第，不偏不倚，和所有人家保持相同的距离。他对被迫搬迁的人家表示，第二年初会给予补偿。然后，他指向规划图一些尽头画着星星的街道，说要封闭这些路口，让村子少几个能进贼的地方。

可是搬家的村民一代又一代等到天荒地老，都没等到赔款，也不知道赔多少。即使这样，他们还是逆来顺受，因为不懂拒绝。那时候他们还不知道，下命令的人和服从命令的人之间，是有利益冲突的。

他们用干草和泥制成砖，在村外为搬迁的村民造新房。同时，规划图上标注了星星的地方也砌上了墙，堵住了路口。

不断有骡车涌入欧希村，载着白色的石料和其他建筑材料。工人们开始建造村长宅第，四周砌上围墙，墙内种上村里人从没见过的芒果树、橘子树、柠檬树，还点缀着玫瑰花和棕榈树。宅第对面，是用土砖建的士兵营房兼武器库，营房有一间屋临街敞着，士兵在这个位置彻夜守卫宅第。

施工结束，车队把家具运进来，七名士兵出村迎接，把车队领进来。村长和夫人带着两个儿子一个女儿在大厅等候。车队停下来，村长一家出于安全考虑，一溜小跑回了宅第。很多村民在旁边饶有兴趣地围观这家白皮肤的人，见他们跑回去，有点莫名其妙。很长时间都没有人接近宅第，刚才也没有人看到他们在墙外，村民们当时特别想知道，这些人会说话吗，他们说什么话呢。后来，村里一些女人开始进出宅第打扫卫生，听到这家人发出叽叽喳喳的怪声互相交流，像是咒语，女人们很惊讶，这符咒般的声音能说明白话吗。

那些士兵一连几个月守卫着宅第，一直到新兵训练工作结束。新兵都是欧希村人,他们学会了如何使用、清洁和保养枪支。麦迪恩・艾迦特意从每户人家都选了新兵，以便最大限度地收拢人心。欧希村人有史以来第一次了解到农事以外的知识，不用种地，熬一宿就能挣钱。没人知道为什么熬一夜可以拿到钱，但这新差事让新兵家人觉得特别有意思，看着儿子专心地玩拆卸组装枪支的游戏，人们的好奇心得到极大满足。他们这一代人并不了解枪的工作原理，其实他们的下一代也同样不了解。

第一任村长麦迪恩・艾迦和继位的儿子奥尔罕在位期间，无不是有令必行，那时候欧希村人的字典里就没有“拒绝”这两个字。老村长的孙子仪斯玛特继位后，征收重税，作威作福，村民苦不堪言。根据老村长的规定，婚嫁添丁要交税，成人礼要交税，村里日益频繁的买卖交易要交税。仪斯玛特上任后，税款翻倍，村民之间的平等不复存在。此外，新村长还总是要求村民义务为自己种田，照看牲口——宅第的田地、鸡窝、羊圈等都是老村长在位时开辟的，三代人下来，壮大了不少。更过分的是，新村长下令所有经过宅第的人都不能骑着驴，必须下来牵着驴走过去。

阿里·迪布牵着水牛从田里回来，他只有这么一头牲口了，其余的不是卖了就是饿死了。经过宅第门前，水牛拉了一地，仪斯玛特正坐在门口欣赏落日，看了满眼，赶紧叫卫兵拦住阿里，令他把牛粪捡起来带走。

一进家门，阿里把牛粪扔进牛棚，拾起一根粗大的棍子，对牛一顿暴打，打得牛背上鲜血淋淋，自己手也肿了，还没有停下来的意思。儿子萨拉迈见状，忙把父亲拉开，保住了牛的性命。萨拉迈夺过棍子，朝宅第奔去。卫兵扭住试图攻击村长的萨拉迈，把他关了起来——监狱是加盖的，作为安保楼的一部分。

早上，卫兵发现牢门大开，萨拉迈已经不知去向。仪斯玛特召集卫兵，让他们站成一排，责问他们怎么看守的，居然让萨拉迈逃了。仪斯玛特赏了每个卫兵一耳光，命令他们走进牢房，亲自把他们锁在里面。

“你们这群饭桶，不把那个贱农的下落说出来，就在这里待一辈子吧！”

几天之后，太阳依旧升起，照在仪斯玛特田里。然而，一大片棉花地被割得只剩一片绿毯，满满五十费丹地一棵棉花都没剩下。从牢里放出来的卫兵，以及上级派来的增援部队，都没能保住仪斯玛特的财产。又过了三年，仪斯玛特的农田已经一片荒凉，寸草不生，所有牲口也不知所终。仪斯玛特威风扫地，人们一脸的幸灾乐祸，卫兵们也当他面挤眉弄眼，窃窃私语，对他的命令敷衍了事。仪斯玛特待不下去了，他把土地分片出售，没人愿意购买宅第，他只好关了门，把能带的家具装车，全家人悻悻地离开了欧希村——那阵势和八十年前他爷爷来的时候竟一模一样。

欧希村找回了几百年前最初建立时人人平等的淳朴民风。村民们谁都不愿当村长，忙着追捕萨拉迈的上级也懒得再派新的长官。

后来，那一带的富人和各村村长家牲口时常被偷。原来萨拉迈和一些朋友成立了一个帮派，谁家里遭到地方官的刁难，至少得毁坏或烧掉他们的庄稼作为报复。

大家没在欧希村看见过萨拉迈，但是大家知道，他每天晚上都回家睡觉——深夜回来，天不亮又走了。终于在一天夜晚悲剧发生了。那天，他们准备进攻省长的牲口棚。他给伙伴们分配任务，自己在房顶望风。任务完成，他从房顶跃下，一不小心，身上佩的枪刺到了腰间，戳进肉里。

一开始他并不觉疼痛，还跟守着牲口棚的卫兵交火激战，好让同伴赶紧赶着牛离开。当天他还指挥大家杀牛分肉，同伴们一个个满载而归了，萨拉迈才回到欧希村。

三天后，他身上发青的伤口肿的吓人，疼痛难忍，什么药都没法消肿。此后第七天，萨拉迈死了。死时。很多人聚集在一间房子里祭奠萨拉迈的时候，士兵突然包围了这个地方，他们抓住了近一半的萨拉迈帮派的成员，然而也有一些人成功逃掉了。

这次行动对于萨拉迈的帮派无疑是致命的重创，但埃及总督[①]阿巴斯·赫勒米并没有彻底拔掉这根眼中钉。赫勒米一直流亡海外，虽然埃及人民都殷切盼望他回到祖国。流亡意大利

① 奥斯曼时代的埃及元首。

三十年，他多次跟手下说，他人生有两大夙愿：第一，要在死前看到英国人滚出埃及；第二，要将洗劫他庄园的贼绳之以法。他死后，人们在他遗物中发现一个名单，记录着他的敌人，萨拉迈名列第二，仅次于英国派来的总督克莱默勋爵，排名第三的是一位年轻的杀手马哈茂德·马兹哈尔，在他访问土耳其政府期间曾试图刺杀他。

穆泰沙尔的父亲死时，他还未出母腹。母亲年纪轻轻就守了寡，在她夫家一直住到儿子出生。她觉得自己会嫁给小叔子穆加希德[①]，就等着夫家人来提，好让她肚里的遗腹子得到照应。但她没想到，穆加希德向堂妹哈菲沙求婚了[②]。她索性把穆泰沙尔丢给夫家，说她也要嫁人，不能一辈子守寡照顾他们家的骨肉。

虽然当时穆加希德马上要服兵役，但还是赶紧和哈菲沙完了婚，好让她早些去照顾萨拉迈的遗腹子。新婚之夜的气氛有些感伤，穆加希德准备从马背上接下新娘的时候，没有站稳，两人一起倒下，伯父兼丈人生气地给了他一耳光。洞房里，穆加希德狠狠地用手指夺去了哈菲沙的处女之身，像是要报复新娘父亲对他的当众侮辱。随后，他背对着新娘，默默哭着睡去了。

半夜，婆婆去敲新婚夫妇的门，叫媳妇出来把穆泰沙尔的尿布换掉，那孩子拉了一身，号啕大哭。穆泰沙尔当时只有九个月大，哈菲沙还没有生养过，就得学着照顾婴儿了。哈菲沙用羊奶喂穆泰沙尔，自己也躺在他的身边，露出胸部，穆泰沙尔嘬了两口，没喝到奶水，却还是抓着哈菲沙的乳房沉沉睡去。哈菲沙有时整夜陪着这孩子，有时在他睡着后把他交给婆婆，

---

① 旧时阿拉伯人有寡嫂嫁给小叔子的习俗。

② 旧时阿拉伯人有堂兄妹通婚的习俗。

回房在丈夫旁边睡下，但依旧是竖着耳朵随时等婆婆叫她。

哈菲沙恨不得穆泰沙尔是她自己的孩子，因为对他死去的父亲有种隐约的仰慕。不过这算不上男女之情，她只是仰慕他侠肝义胆，人们谈起他总是肃然起敬，他让迪布家受人尊崇，不只是在欧希村，在周边一带也是有口皆碑。

只有穆加希德休假的短短几天，小两口才勉强有些接触。通常，穆加希德一回村就和朋友鬼混抽大麻，直到天亮才疲倦不堪地回到家里，敷衍了事地和哈菲沙同房。

哈菲沙在婆家了六年，这六年就像守活寡，难得见一回丈夫。她家里家外地忙活，腰间系着麻布绳子，像男人一样抡着锄头。如果不得不找人帮忙，她就用大饼作为报酬，让对方就着时令蔬菜吃，夏天有萝卜和豆瓣菜，冬天有长在草丛里生命力顽强的苦苣和菊苣。如果人家让她再给一块大饼，她就说：

“一块够你吃了，每次少咬点嘛，多吃点苦苣！”

穆加希德服完兵役后，对骑马产生了浓厚的兴趣。他买回一只小母马开始训练，废寝忘食。哈菲沙觉得，丈夫如今对马的兴趣比之前休假时对自己的兴趣大多了。穆加希德沉浸在自己世界中，哈菲沙一个人在地里干活，他视而不见。他晚上出去消遣，白天只顾驯马，连孩子都不放在眼里，好像他们只是哈菲沙一个人的孩子。

哈菲沙头胎生的女儿娜吉娅。皱巴巴的小肉球一天天长大，四肢伸展开来，小脸却还是皱巴巴，脊背弓得厉害，像个小老太太。接下来是三个儿子：萨拉迈、纳吉、阿里。孩子们和侄子穆泰沙尔一起成了哈菲沙的支柱，成了给她带来幸福的全世界。

一家人只有逢年过节才一起吃饭。婆婆阿勒哈兹清瘦而结实，干练如一颗钉。她准备的食物分三个等级，穆加希德和老头子吃鸡或者鸽子，男孩子们吃黑蜂蜜、奶酪，有时还有奶油。穆泰沙尔成年后，就代替父亲坐到餐桌上，和叔叔、爷爷吃的一样的食物。男人们吃完后，阿勒哈兹才带着媳妇和孙女上桌，她们就着酸奶或腌渍的酸橙，吃又干又硬的饼渣。秋葵和锦葵难得剩下，虽然田里种得不少，煮在鸡汤鸽子汤里的秋葵和锦葵每次都被男人们吃干净。

有一次，哈菲沙从地里回来，婆婆给她端来一锅肉。哈菲沙很惊讶，随后不明所以地狼吞虎咽起来。吃完后婆婆才对她说实话，这一锅好像兔子肉的东西其实是猫肉。她这么做是想告诉哈菲沙，身为女人不要眼馋男人的食物。婆婆阿勒哈兹说女人不像男人，她们不需要太多的营养。这话成了哈菲沙的守则，她从不违反，哪怕在婆婆死后，她也坚持着。

穆泰沙尔和萨拉迈长大了，哈菲沙才头一回觉得自己是个人。后来纳吉和阿里也大了，哈菲沙终于不用下地。她觉得自己成了蜂后，住在爱的蜂巢里。穆加希德却不是这蜂巢的成员，他越来越冷漠、凶狠，变本加厉坐享其成。穆加希德和家人很疏远，也不再和哈菲沙同房。哈菲沙听说丈夫在外面和很多吉普赛女人不干不净，但她生性不会嫉妒。

当穆加希德把侄子的恋人穆芭拉珂弄到手，哈菲沙并没有因为她丈夫的再婚而苦恼，反正她丈夫一向声色犬马，女人可能都有五十个了吧。但是她心疼出走的穆泰沙尔，那个大家口中大英雄的儿子。

“希望他父亲地下有知啊！”

哈菲沙心痛地自言自语，回想起穆泰沙尔离开时，吻了她的手和额头，把拦住他去路的堂兄弟轻轻推开。她哭得喘不过气来，向这个世界啐了一口，也向牛棚啐了一口。牛棚里，饲料已经没有了，牛显得异常暴躁。

（三）

穆加希德开始去新娘家过夜。昏礼后就去她家。他到的时候，巴德尔正候着，面前摆着火盆，水烟和茶具。穆加希德进来坐下，从口袋里掏出水烟的烟膏和一撮大麻，把大麻分成麦粒般大小的小块儿，一点点埋进烟膏。巴德尔在一旁目瞪口呆。

穆加希德俨然是这家的主人。他在地毯上坐下，摘下包头巾放在一旁，看起来好像屋里还有一个人，只不过陷到地里就露个脑袋。巴德尔从前只喝喝茶，现在跟着穆加希德也抽上了大麻，兴奋得像发现了新大陆。巴德尔的兴奋让穆贾希德特有优越感，跟老烟枪一起可找不着这种感觉。巴德尔对五体投地，不像老婆孩子对他横挑鼻子竖挑眼。不过，更吸引穆加希德的是穆芭拉珂，父亲叫她，她才一言不发地出来。穆加希德目不转睛地盯着看，每当穆芭拉珂弯下身子，他的视线就顺着她的领口钻进去，他瞳孔张得很大，恨不得把她生吞下去。穆芭拉珂觉得不对，赶紧掩住领口，但穆加希德的眼睛依然直勾勾地盯着姑娘衣袍下丰满的双峰。

穆芭拉珂在父亲和未婚夫面前一脸麻木，但心中的悲伤与日俱增。经常独自愣神，思绪万千，幻想穆泰沙尔就在身后。她闭起眼，回想他的声音：

“你好吗，穆芭拉珂？”

但不一会儿，她就又被拉回残酷的现实。她对穆泰沙尔生起气来，他居然就这么一走了之了？他就不能为了我拼一把？为什么他不去找官府解决他和叔叔之间的纠纷？他已经忘了我吗？他会回来为我俩申冤吗？

但很快，这愤怒又变成心疼。她能想到，他这一走多不容易，身上什么也没有带。她仿佛看到他明亮的双眼，变成了天上的星星，在她头顶闪啊闪。在这双眼睛深处，她又好像看到母亲在叮咛自己。从前有一个邻居，女儿有两个追求者，不知选谁，来问母亲，母亲简短地说：

“好男人好比胸前的金项链啊。”

穆芭拉珂记不得那是哪个邻居，但是对这件事、母亲说话的样子记得真真切切：她的圆脸棕里透红，头发乌黑柔软，额上的碎发垂到眼前，蜂蜜色的瞳仁，眼线画得很精致，下巴上还有绿色的刺青[①]。

那一刻，母亲的声音显得尤为悦耳，她回答得毫不犹豫，她的语气如此坚决，干脆利落。

“妈妈莫非早已预料到我现在的遭遇？”

穆芭拉珂问自己。记忆中母亲坚决的语气让她有些悲伤，这句话好像是为她今天的怯弱辩护。如今她沦落至此，也不过得到村里一些女人同情的目光和啧啧声，她们祈求上天怜悯她故去的母亲，只有她们知道，花骨朵般的少女与可以做她父亲

① 旧时一些阿拉伯妇女喜欢在下巴上刺青，认为是美人的标志。

的糟老头一起被掩埋，是什么滋味。

棉花收割后，穆加希德和巴德尔就商量好了婚礼的日期，还承诺给新娘买一张上好的床，贵妇人睡的床。穆芭拉珂的父亲告诉她明天一早，他们就去比勒拜斯，为婚礼置办些物品，她只应了一声，脸上依旧毫无表情，没有害怕，没有喜悦，也没有愤怒，却隐约有一丝对城市的好奇。

晨礼后，巴德尔回来叫醒穆芭拉珂，让她骑上驴子，鞍子五颜六色，是节日里才用的。穆加希德也骑着马来了，还为丈人也牵来一头驴，她就这样跟着两个男人上路了。露水把地面浸得松软湿润，三个牲口在路上留下一串足迹。

在早晨第一缕温暖的阳光中，比勒拜斯出现在远方。穆芭拉珂既高兴又紧张。高大的城门气势恢宏，穆芭拉珂仿佛置身于梦幻的世界，石头砌成的房子整齐漂亮，阳台下面是一座座小花园，这简直就是天堂。她看见一个女人，帽檐下垂着金色的长发，小腿和半个胸脯都露在连衣裙外。她挽着一个同样金发的男子，穿着紧身的裤子，屁股的轮廓一清二楚。

三人下了地，把驴马牵到专门看管牲口的地方，交给负责的。穆芭拉珂跟在两个男人后面，听着他们商量都要给她购置些什么。三人往前走，穆芭拉珂感到脚下的柏油路越来越软，干净明亮的橱窗，饭馆里烤肉的香味让她头晕。

她突发奇想，如果穆泰沙尔出现在哪个街角，她该怎么办？父亲和未婚夫又会怎么办？她抬头望天，这个想法好像越来越真实。自从她父亲替她答应了穆加希德的求婚，她第一次觉得，父亲可能知道她在想什么。她慌了，但马上恢复平静，紧紧跟着两个男人，头脑飞速运转：如果穆泰沙尔真的出现，叫她跟他一起走，她该怎么办？要是穆泰沙尔和父亲以及未婚夫打起来呢？她多希望穆泰沙尔真的出现，她会跟他走的，就像传奇故事里的女主人公一样。

他们来到了一个有木制顶棚的集市，穆芭拉珂向每一家商店里张望，寻找穆泰沙尔的身影。一束束阳光从顶棚和窗户的缝隙射进来，在一堆堆待售的玫瑰茄、黑胡椒和孜然上跳跃，穆芭拉珂眼花缭乱，各种香料混杂的气味扑鼻而来。她跟着两个男人在布料店里穿梭，一卷卷各色布料从地面一直堆到天花板。穆芭拉珂做梦一样地看着两个男人仔细摸着布料，精挑细选。突然，两个男人的争吵声让她回过神来，原来穆加希德在胸罩店前流连忘返，虽然不知道这个勾人魂魄的东西叫什么。

“这玩意咱得买！”

巴德尔想把他拉走，用命令的语气说：

“快走吧，老兄，布料看完了！”

颜色绚丽鼓鼓囊囊的罩杯，丈人不悦的语气，让三人之间有些尴尬。为了赶紧离开这个地方，巴德尔闭了嘴，随便穆加希德怎么办。巴德尔不知道，这玩意会成为他女儿嫁妆中最让欧希村人感兴趣的部分。

太阳落山时，三个人打道回府。巴德尔和穆加希德在土路上齐头并进，后面跟着穆芭拉珂。穆芭拉珂胸前多了条巨大的金项链，反射着秋日的斜晖，照得她脸上也明晃晃的。脚踝上也垂着两副银闪闪的脚链。

三人耀武扬威地领着一辆骡车，车上是穆芭拉珂的嫁妆，华丽得让欧希村人大开眼界。前面是大衣柜，金色的把手，四扇门其中一扇安着镜子，衣柜后面的是三个木沙发，沙发上架着一张熟铜打造的大床，床头的铜柱间嵌着圆镜子和彩色玻璃，床架上还放着全套的黄铜器皿：大大小小的杯盆碗盏，铜壶带着鹅颈般长长的嘴儿，还有几张草席垫。最顶上，是粗粗细细的棉布、天蓝色的丝绸被罩。一个布包里装着新娘的白色丝质连衣裙、婚纱、三件刺绣的丝质睡衣。最稀奇的物件就藏在这睡衣里头，那是三件胸罩，一件红的，一件黑的，一件白的。

穆芭拉珂为婚礼忙活起来了。她在枕套和床罩上绣花，去磨坊准备面粉，还磨制画眼线的粉。她做好的面条，放在筛子里拿出去晒干，烤熟，准备带到新家。

有人觉得，穆芭拉珂对这奢华的嫁妆不为所动，筹备婚礼也是一脸麻木，于是他们又开始觉得这姑娘是有点儿迟钝，嚼舌根说她莫不是已经嫁给了精灵，所以村里的年轻人不敢接近她，穆泰沙尔走了她也不伤心。人们猜想这个姑娘恐怕会让穆加希德受尽屈辱，正如他让哈菲沙受委屈一样，因为穆芭拉珂整天忙活着筹备婚礼，却好像只是为了自己一个人，与父亲和未婚夫无关——这两个男人每天昏礼后一起回家，消磨到深夜。

婚礼的日子近了，穆芭拉珂不仅在临睡前给父亲和未婚夫准备二人深夜消遣需要的茶糖和烧火的木柴，还开始向他们提要求。每次给父亲端菜拿饭、拿换洗衣服、送父亲下地干活的时候，她一突发奇想，就言简意赅地告诉父亲，父亲的任务就是转达给穆加希德。

"我女儿想要自己的房子。"

巴德尔说。他叫穆加希德接受女儿的要求，穆芭拉珂不愿和穆加希德大老婆共处一室。穆加希德也只能照办。他买了一处宅子，有三间房，但穆芭拉珂并不满意。

“穆芭拉珂还想要个院子。”

巴德尔边说，边给穆加希德倒茶。穆加希德沉默了半晌才同意。但是他不知道如何满足这个要求，自从抢先侄子求了婚，儿子们天天跟他吵——他们把穆泰沙尔当成大哥和朋友。他不祥的预感成真了。

哈菲沙告诉儿子们，说父亲希望他们把现在的院子腾出来让给穆芭拉珂，萨拉迈顿时就火了。他把父亲的衣物一股脑扔到街上，关上院门。萨拉迈拿着棍子站在门后，说是穆加希德要是敢闯进来，要么打死他，要么轰出去。

“天天和那些人渣鬼混已经让我们抬不起头了，还要结这个婚，就是不给我们活路！”

母亲哈菲沙苦苦哀求，弯下身子亲吻儿子的脚，萨拉迈才勉强作罢。

“求求你了，孩子，咱家的丑事够多了，你爸的脑袋已经坏了。”

哈菲沙又去和穆加希德说，让儿子们搬去狭窄的新房，得补偿他们。这事儿还没成，穆芭拉珂又提了新的要求：老宅要重新粉刷，旧房子不能给新娘住。穆加希德于是用白石灰连宅带院刷了一遍。穆加希德一直是有求必应，直到新娘提出要骑着他的小马出嫁。

“唯独这个不行。”

穆加希德急了。巴德尔看到他的反应，觉得也许不应该提这个要求，看来过了这么些年，穆加希德心里依然记得和哈菲沙结婚的那个晚上。直到现在，穆加希德也不清楚，他和哈菲沙彼此这么冷淡，是因为婚礼上丈人的一记耳光，还是另有其他原因。

“我又不年轻了，还折腾什么。”

他一边自言自语，猛地站起来，挣开巴德尔安慰的手，拂袖而去。可第二天的晚上，两人又亲亲热热地一起做了礼拜回来，商量了一阵，巴德尔最终说服了穆加希德。穆芭拉珂是没了娘的可怜人，应该让她在婚礼那天做一个幸福的新娘。她有权享受自己的婚礼，她可是如花似玉的少女，又不是嫁不出去的老姑娘。

他们结婚的那天，漫天的云彩，村民们觉得初冬的云彩应该是吉祥的预兆。午后，宾客云集，簇拥着婚宴的队伍，队伍最前面是一篮蓝宴客食物，有填了馅料的鸽子和米饭，后面是驮着被褥的骆驼，载着床、衣柜和厨具的马车。傍晚时分，穆加希德骑在马背上，穿着崭新的羊毛袍子，戴着雪白的缠头巾，面色发黄，看起来有些扭捏。后面的新娘穿着白色的丝绸连衣裙，黄金项链掩在连衣裙低胸的领口，在乳峰上亮闪闪的。黑色的胸罩几乎盛不下她丰满的胸部。这胸罩已经被全村的人摸过了——新娘的衣物在村子里挨家挨户展示了一遍。

结婚礼服并不是新的，小贩说，这条裙子原本属于一个显贵家庭的千金小姐，她穿腻了就卖了。虽然如此，在欧希村还是万分引人注目，通常，欧希村的新娘洗洗脚，穿件平常的衣服就出嫁了。有那么几次，欧希村的新娘穿上缎子做的裙子，但颜色低调，领口也不大，婚礼后还可以继续穿。穆芭拉珂的裙子显然没那么实用：腰身紧收，裙摆膨大。人们第一次发现，女人身体竟然可以仅仅为了美而美。随着鼓点，人们心中最原始的欲望燃了起来。

午后的祥云突然变了脸，化作一道道雨滴的鞭子，抽向迎亲的队伍。人们如火的热情被浇熄，街道成了小河，人们竭力保持平衡。打鼓的、吹号的一阵忙乱，乐曲的节奏突然加快，好像是战争的号角，越来越不成调。穆加希德努力安抚小马，以免因地滑摔倒。

好不容易到了家,穆加希德小心地下马,把手伸向穆芭拉珂，穆芭拉珂却没有理会，自己跳下马，跟着他来到院里。空地站满了参加婚礼的人们。一个房间打开了，几个小时前，婚床刚刚抬进去。新娘在新郎后面走，保持了订婚以来的一贯的沉默和麻木。两个老妇在里面把门关上，帮新娘脱下了裙子，然后拉到床上，一个按住新娘的腰，另一个拽下她的内裤，两人示意穆加希德上前去。

房间外，喧闹的人群等着听屋里的呼喊。两个老妇走出来，拿着沾血的纱布，人们一哄而上。穆加希德和他的连襟以及到场的男宾客握手道别，宾客陆续离开。穆加希德关上院门回房，看到穆芭拉珂像婴儿一样蜷在床上，默默流泪。穆加希德脱了个精光，悄悄穆芭拉珂身边，把手伸向穆芭拉珂臀部，穆芭拉珂本能地抬手就打，自己的手都疼了，叫起来。穆加希德不甘心，又想解她的胸罩，不料裆部又挨了一脚，疼得满地打滚。穆芭拉珂跳下床，想打开房门，穆加希德见状，跪在地上拉住穆芭拉珂，保证今晚再不打扰她。穆芭拉珂才回到床边，但只是坐着，提防着身边这个疼得龇牙咧嘴的男人。她看着天花板发呆，雨还没有停，水滴从天花板渗下来，风也已经猛了起来，感觉像是要把这宅子连根拔起。

穆加希德的鼾声让穆芭拉珂回过神来，她这才感受到下体火辣辣地疼，刚刚，一片肮脏的手指甲刺破了她的处女膜，现在依然像是有把悲伤的匕首在不停地搅动。她用枕头捂住头，想要隔绝穆加希德的鼾声，脑海里走马灯一样闪现着回忆中的一幕幕，她觉得自己好像被催眠了好几个月，一睁眼就到了这间房里。躺在她身边的人应该是穆泰沙尔啊，怎么成了穆加希德？

“怎么会这样？”

穆芭拉珂又一阵窝火，生穆泰沙尔的气，也生自己的气。这时，房间里隐约充满了穆泰沙尔的气息，传来了他的问候，火一般地撩动着她：“你好吗，穆芭拉珂？”她不顾下体的疼痛，感到欲火中烧。她睡下了，梦中穆泰沙尔的胸膛压向她的肋骨。与此同时，欧希村有七十个女人受了孕——多亏了之前穆芭拉珂从马上跳下来时，那一对丰乳颤了几下，几乎挣脱胸罩的束缚。

（四）

哈菲沙知道自己魅力有限，她从没想过要和穆芭拉珂竞争，穆芭拉珂的少言寡语让她更添风情，不只是男人，女人看一眼都能着迷。隔三岔五，穆加希德会回哈菲沙这坐坐，哈菲沙就尽可能地凑上前，跟他谈谈孩子们的事，特别是他们的驼背的大女儿娜吉娅，她似乎没有办法找到婆家了，而弟弟们都不愿意在姐姐前头结婚。

为了她那被父亲遗忘的大女儿，哈菲沙鼓起勇气主动和丈夫提。哈菲沙发现丈夫近来有些变化，她说不清怎么个变法，但现在的穆加希德已经不再对她不耐烦，愿意听她说话了。哈菲沙把这样的变化归功于新婚之喜，毕竟新娘年轻貌美。可是实际上，穆加希德迎接的新生活并不像哈菲沙猜测的那么幸福。

穆加希德曾经以为，房事是男人主导的。当初是他故意不让哈菲沙得到满足，也是他让那些吉普赛女人欲罢不能。然而在穆芭拉珂的床上，他才知道原来男人在房事上照样会颜面扫地。

穆芭拉珂在新婚之夜踢了他一脚后，就不再反抗，任凭穆加希德扒掉她的衣服。她甚至会自己主动脱光衣服躺在床上，丰满的乳房溢向两侧。他躺在她身边垂涎三尺，对她上下其手，捏住她的乳头，她却无动于衷。即使穆加希德把手指地插进她两腿间干燥的区域，她和不再像新婚之夜那样激烈反抗。穆加希德一直未能激起新婚妻子的任何欲望，她像一具死尸纹丝不动。穆加希德有时干脆收手，想看妻子会不会主动地接近他，却还是失望了，只得又舔着脸贴上来，感受她的体温，眼巴巴盼着她会动一下，暗示他进行下一步，但她还是一动不动。穆加希德想过要硬来，但觉得太丢人，很快作罢。目前还没有人知道他婚后的难言之隐，除了睡在隔壁的哈米达姨妈。

穆加希德挖空心思取悦妻子，第一次尝到失眠的滋味。他又恢复了四处鬼混的夜生活，但会提早回家，飞蛾扑火一般直奔穆芭拉珂的床。他整夜听着穆芭拉珂均匀的呼吸，屋外的猫叫狗吠，他不时起身看穆芭拉珂是不是醒了，却每次都失望地发现她睡得很熟。

这样的折磨一直持续到晨礼宣礼，穆加希德就起身去清真寺，迎着早晨的阳光回来，这时哈米达姨妈已经在认真地做早餐。

哈米达姨妈是穆芭拉珂的邻居，多年前就帮助巴德尔照顾年幼的女儿，说是法蒂玛临死前把这孩子托付给了她。穆加希德便央求她来家里伺候不谙人妻之道的穆芭拉珂，希望她能劝说穆芭拉珂别再固执，接受事实，履行妻子的职责。老太太答应了，于是成了这村子历史上第一个住在雇主家的仆人——之前连土耳其村长气派的大宅院里也没有一个过夜的仆人。不过哈米达姨妈是个独居的寡妇，干脆锁了家门搬来和穆芭拉珂一起住也没什么后顾之忧，更何况，她觉得自己是来当娘的，不是当老妈子。

穆加希德竭尽所能地笼络穆芭拉珂。穆芭拉珂提出要去比勒拜斯，他毫不犹豫地答应了，想着在去比勒拜斯的路上，两人一前一后地骑着马，正是套近乎的好机会，谁知穆芭拉珂要坐马车。那天,全村人早早地看到了停在院前的马车,大饱眼福。平日里，只有哪个有钱人生病急需送医，才会把马车叫到村里。一般来说，这会是此人头一次也是最后一次看医生，因为通常医生会说他来得太晚，已经无力回天。然后大伙就会把可怜的病人送去拜谒圣人萨阿顿的墓，希望圣人显灵，缓解他毫无意义的舟车劳顿。有时候病人当场就死在圣人墓前，大家于是给他净身，为他祈祷，抬回村里安葬，甚至有些羡慕他就这样轻松地归于极乐永恒。

人们好奇的目光从四面八方包围着马车，也看到穆加希德领着穆芭拉珂出门，走进车厢并排坐下。车夫一挥鞭子，马车吱吱呀呀地上路了，沾着露水的泥土在车轮下裂开。

马车在两排木麻黄树之间行进着，茂密的树木把道路变成一条阴凉的隧道，挡住了阳光。太阳初升，却已经颇为炎热，阳光照着绿叶上的露水，银光闪闪。穆芭拉珂尽量避免触碰到身边的另一个乘客，对方却满心希望借着马车的摇晃蹭到她身上。穆芭拉珂盯着从头顶上不时洒下的一束束阳光，阳光从树叶的缝隙中落下，像一条条丝带垂到老马的脊背上。土路前方栖息着几只鸽子，咕咕叫着摆弄着尾巴，当马快要逼近鸽子的落脚处，它们会突然向前飞几米，然后又在前方不远处落下。

马车驶入城门，穆芭拉珂意识到，她并没有像上次来置办嫁妆的时一样寻找穆泰沙尔的身影。她完全不知道，若是穆泰沙尔真的突然出现，会怎么样，她又该如何应对。穆加希德先下车，回头向她伸出手，扶她下车。她跟在他后面走着，打量着街道。香料的味道越来越浓，她估摸他们已经到了市中心，几步之外就是清真寺，还有她上次光顾过的市场。

穆加希德感觉，这次出行没有让穆芭拉珂心情变好，也没有让她对自己亲热起来。一整天,穆芭拉珂都呆呆的,眼神涣散。在市场,穆加希德把她多看了几眼的东西都买下了,她并不感激。不远处圣人萨阿顿墓前围着一大群人，他们哭哭啼啼，挤成一团只为了摸一摸窗子上铁栏杆，穆芭拉珂走过时看了他们一眼，仍旧无动于衷。

尽管如此，每次穆芭拉珂提出要去巴勒比斯或宰加济格，他都满口答应。但每次外出都让穆芭拉珂更加呆滞，虽然每次他们都满载而归，带回让村民惊叹的新奇物件。例如放在院子当中的水泵，欧希村人第一次见到干净的地下水。哈米达姨妈倒还是去水渠打水，但村里的女人们都来参观，那从地底抽出来的水多么干净，即使在最热的夏天也是清凉的！

穆加希德每夜在穆芭拉珂床上熬着，像是被关押的犯人，等待早晨的释放。他对田地更上心了，去哈菲沙那里的次数也多了，也算有了点兄妹之间的样子。

那段时间哈菲沙总跟他讲他们嫁不出去的大女儿多么苦：她每晚做噩梦，无法入睡。终于，穆加希德不耐烦地说：

“那只能去一趟拉法市场了。”

哈菲沙惊恐万分：

“拉法？！你要把女儿卖了吗，穆加希德！”

尽管哈菲沙本能地反对，这个主意却在她脑海中挥之不去。

她越想越觉得命运对女儿不公，为什么女儿要孤独地活着、孤独地死去，不能享受人生，老了恐怕也没有儿女赡养。渐渐地，她默认了穆加希德的提议，也许在拉法女儿能碰上一个身体还算健壮的老汉，让她生养一儿半女。拉法以前是一个买卖奴隶的市场，几百年前就被关闭了，如今仍有有一些孤独的老人会来这地方寻觅伴侣，他们眼里，美貌已经不重要了，他们只想讨个老婆过日子。因此，长相困难或岁数不小的姑娘被父兄带到这里，找个男人嫁掉，男人们可能来自拉法本地，也可能是耶路撒冷、阿里什、图尔，甚至是亚克巴、阿曼。

穆加希德给了哈菲沙两天的时间，让她把女儿拾掇好，出发去拉法的相亲广场。哈菲沙给女儿好好地洗了个澡，为她把衣服收在一个包袱里，还给她带了干粮、奶酪和一瓶水。穆加希德骑在马上，钻进清晨的薄雾中出发了。女儿坐在他的后面，一只手搂着穆加希德，另一只手拎着母亲准备的包袱。那个时间村头街上只有两三个男人，拉着几只发情的母牛。母牛发出闷哼，不断地甩着尾巴，尿液四溅，正排队等待交配。一旁另一头母牛已经准备就绪，公牛在主人的引导下努力在它身上保持着平衡。两头牛的主人驾轻就熟抓住公牛红红弯弯像镰刀似的阳物，拽向母牛的阴户，但公牛没有命中目标，四蹄落回地面，调整姿势准备再次进攻，它抬起前腿，找准位置。母牛把头垂向地面，叉开后腿，露出潮湿粉红的阴户，肌肉紧张地颤抖。

看到这样的场景，娜吉娅下腹不由得和母牛抖动的阴户一起抽搐起来。她对这次的远行感到满心欢喜，顷刻间又因背井离乡而悲从中来。她留恋地回头朝村子望了一眼，眼神中五味杂陈。她眼里映着欧希村，也流露出对兄弟们的不满——他们现在应该还睡着，她从不觉得自己和他们是一路人。她眼里涌动着摆脱现状的喜悦和对未知的憧憬，更有对母亲的不舍，分别的时候，母亲哭喊一声歪倒在地，把在屋顶调情的鸽子惊得四散飞走。

小母马在土路上前行，四蹄有节奏地敲打着地面。穆加希德不时地用双腿夹住马腹，催它加速。马儿有时踩到砖头，脚下一绊，有时又成功地翻过一个河水冲积而成的小土丘，穆加希德就一会儿埋怨，一会儿夸奖。

“小美人，就是这样，真主保佑你！”

终于到了巴勒比斯，顶着烈日在马背上一路颠簸，娜吉娅口干舌燥，头晕眼花。来到牲口寄存处，穆加希德下马，也扶女儿下来，把缰绳交给看马人，付了三天的钱。

“喏，我的小心肝儿交给你了，可不能有一点闪失。”

他说着，生怕马儿受到怠慢。他跟着看马人走进马厩，确认爱马的临时居所干净舒适，随后招呼娜吉娅继续前行。娜吉娅一边走一边四下打量，觉得自己要么在做梦，要么到了说书人口中《一千零一夜》里的奇幻城市。娜吉娅跟着父亲走进火车站，坐在月台望着火车开来的方向。当尖锐的汽笛声宣告那钢铁的庞然大物到来,吓了一跳的并不止娜吉娅一人。火车停下，她抱着包袱随父亲上了车，留心地观察车厢里其他妇女，有样学样。父亲拉着她找到座位，两人并排坐下。

一连几小时，娜吉娅一言不发，盯着迅速后退的树和电线杆。一感到晕眩想吐，她就赶紧闭上眼，等翻江倒海的五脏六腑平息，她又按捺不住好奇心，重新睁开眼，激动得想要跳起来。

到了拉法，乘客们都下车奔向广场。广场四周围着很多帐篷，好客的主人招呼他们住宿歇脚。穆加希德走向第一个帐篷，帐篷门口有位老者，他瞟了一眼驼背姑娘，又失望地收回目光，姑娘心里一阵堵。此时帐篷主人伸手掩门，好像后悔方才的热情招呼，可是穆加希德已经走上前来，主人只能硬着头皮把他让进去，娜吉娅迟疑地跟着，像一只受惊的小兽。她在帐篷里东看西看，踩上那张五颜六色的地毯就又吓了一大跳。帐篷主人招手示意穆加希德加入火堆边围坐的一圈男人，又叫娜吉娅去女眷的帐篷，他掀开门帘喊道：

“老婆子！”

帐篷主人的妻子从另一个帐篷探出头，招呼娜吉娅进去。

太阳还没出来，帐篷的主人和客人就都来到了市场。男人们领着女儿，女儿们都脱了几件衣服，露出她们自觉有吸引力的地方。娜吉娅把一头柔软的长发放下来，遮住自己的驼背。

首先来打量娜吉娅的是穆加希德在帐篷里认识的那些男人，后来又来了些陌生人，不过他们都依次离开了。

这一天就快过去了，娜吉娅知道父亲有多伤心，穆加希德也清楚女儿有多痛苦，两人都回避着对方的视线。每次有人靠近，穆加希德都佯装与旁人攀谈，背对着打量女儿的老翁，他知道人家用拐棍掀开娜吉娅的衣服就能看到她弯曲的腿，人家还会难掩惊讶地盯着她的脸，后缩的下巴和青蛙一样突出的嘴，或者掰开她的下唇看看牙。

有一个老头围着娜吉娅看了一圈，眼中的嫌弃不像其他人那么明显，娜吉娅马上觉得机会来了，趁着他和穆加希德寒暄的功夫，她开始打量这个老头。穆加希德欣喜地和老头搭话，可是老头还没来得及再回答，手已经伸到娜吉娅头发里，他愣了一会，说：

“难怪你没市场啊，姑娘。”

说着他已经掉头走了，娜吉娅的驼背露在了浓密的长发外面。

哈菲沙看到丈夫骑马回来，后面跟着可怜的驼背女儿，她还拿着那个小包袱。哈菲沙悲喜交加：她高兴，宝贝女儿回来了，女儿一天不在，哈菲沙茶不思饭不想；她难过，因为她终于明白，可怜的女儿原来真的是个丑八怪，连那些身份不明的糟老头都不愿意要她。

老两口独处的时候，穆加希德跟妻子说了他们此行的遭遇。两人沉默了，但都咬咬牙决心让女儿再试一次，不料这回竟真成功了——一个来自巴勒斯坦的老头领走了娜吉娅，这也算是无心插柳。

一场猛烈的沙尘暴淹没了铁轨，火车在阿里什和拉法之间紧急停车，很多乘客打道回府，只有少数人继续往前走，像是一队战败的俘虏，顶着让椰枣树都剧烈抖动的狂风艰难地往前挪。

穆加希德铁了心，这次必须自己一人回去。他一步一脚印地走着，每次落脚都像是打木桩。他一只手捂住头巾，另一只手从背后摁住袍子——大风中，袍子像是满张的帆，把穆加希德往后拉拽。驼背的娜吉娅跟在后面浑身筛糠，双手扶着顶在头上的小包袱。好不容易到了市场，只见一片萧索，只有几棵光秃秃的棕榈树干，枝叶被刮得到处都是，像是有人在这打过一仗。

太阳被漫天的黄沙遮住，几乎看不见了，风暴刚刚平息，又飘起了细雨。雨越下越大，最后豆大的冰冷的雨点把他们从空旷的广场上赶向附近的人家和帐篷。

穆加希德又去了马斯欧德的帐篷，见到个熟人他安心了很多，尽管人家对他们还是和上次一样冷淡。这回他在帐篷里只见到一个巴勒斯坦的老头，老头的年轻儿子一直说说笑笑，老头却一直很安静，不时摆弄一下从头披到肩上的头巾，偶尔问话答话。喝了几轮咖啡，老头突然说觉得穆加希德人不错，愿意娶他的女儿，即使还没见着姑娘的面。他儿子也附和说，他们五兄弟会把娜吉娅当亲姐妹，希望她陪陪孤独寂寞的老父，和几个儿媳一起照料他，分担家务。

他们诵读《古兰经》开篇章作证，帐篷主人写好合同，抽取了佣金，一堆人围着火炉聊天，直到一个个困得原地躺下，盖着斗篷睡着了。

第二天一早，穆加希德告别众人来到火车站，口袋里装着一个金镑和结婚的合同，老头艾布·沙尔赫在合同上摁了手印，据说他家境殷实，有果园，有织布机。另一边，两匹马也出发了，一匹驮着艾布·沙尔赫，另一匹驮着他儿子齐亚德，齐亚德牵着老头的马，让新媳妇也坐上去。

（五）

洪水袭击了欧希村。

水漫出水渠，淹没了收割好的一堆堆玉米，淹没了棉花地，开了口的棉花苞像一盏盏花灯漂在浑浊的、泛着泡沫的水面上。大水就这样卷着干草和玉米叶冲进了穆加希德家院子，鸭和鹅在水面上游着，兔子和羽翼未丰的小鸡在水底下沉着。村里人先让小孩和老人骑水牛离开村子，往北或往南躲到受灾较轻的地区，年轻力壮的则竭尽所能扛着一袋袋粮食和一罐罐奶酪紧随其后，以便不给他们投靠的亲朋造成负担。

穆芭拉珂执意要留在院子里。穆加希德向巴德尔求助，希望做父亲的命令女儿离家避难，但是穆芭拉珂坚持己见。

“我不走。是死是活，我都认了！”

但她没有死。她在床上放了够吃很久的大饼，水和奶酪，把水来的方向的门窗关得死死的，不过水还是从门缝渗了进来，最后屋里的水面和院子里的一样高了。穆芭拉珂绝望了，只能置生死于度外。她开始自娱自乐，观察各种物品在洪水中沉浮，不再担心什么，等待什么，倒也自得其乐。她看着屋里的水面沿着床腿儿升高，琢磨着它究竟会升多高，会不会淹到床上的自己。她十分冷静，甚至饶有兴趣地观察着屋里的水平面，就好像在玩一个竞猜游戏，完全不像是生死关头的人。

最后，水平面停在了即将没过床垫的高度，床好像变成了水面上漂浮的一块毯子，躺在这毯子上的穆芭拉珂乐了，她伸手拨弄着床边的水，玩着就睡着了。这些天穆芭拉珂独自一人挨过一个个黑夜，全村静得只有青蛙和蟋蟀在叫，她丝毫不害怕。下床去厕所方便已经没有必要了，厕所已经淹了，里面的存货被强大的水压掀起来，屎尿和洪水一起肆意横流，刺鼻的气味充满了院子的各个角落。穆芭拉珂试着和男人一样站着小便，发现躲过的洪水的床竟被自己尿湿了，她哑然失笑。

洪水一天天退去，穆芭拉珂看着水平面又沿着铜床的腿渐渐下降。第七天，她终于可以透过浑浊的浅水看到地面，也可以下床把剩下的大饼渣放到院里的炉灶上喂鸽子——鸽子已经飞回了墙头和屋顶的鸽笼里。

一连好几天，每天早晨鸽子的叫声让穆芭拉珂很是欢喜，觉得这样过一辈子就挺好。她躺在床上听着鸽子们求偶调情的咕咕声，起身看着雄鸽温柔地追逐着心仪的雌鸽，它们张开短短的翅膀，殷勤地跳来跳去。雄鸽的情歌越唱越激昂，随后，雌鸽臣服地趴在毛色更为鲜亮的雄鸽身下。

穆芭拉珂感到潮气也一天天散去。有一天当她听到院门打开的声音，也没有从床上坐起，仍旧静静地盯着天花板上一束束阳光，阳光从窗户射进来，被床头的彩色玻璃反射成缤纷的光束。同时她也听到了鹅的欢叫，鹅群和主人一起回家来了。

穆芭拉珂根本没有回头看穆加希德，也懒得问父亲怎么样。

她这才意识到，发洪水整整一周期间，她几乎忘了父亲这个人，谁知他是跟大家一起去避难了，还是留在了家里。哈米达姨妈走过来，看到穆芭拉珂神色憔悴，面如土灰，老太太顿时流下泪来，低头去吻穆芭拉珂的手。穆芭拉珂勉强挤出一丝微笑，迅速抽回手，对姨妈点头表示欢迎，然后又恢复了面无表情的麻木。

姨妈拉着穆芭拉珂下床出门，两人一起打扫院子，穆加希德也帮忙，穆芭拉珂却不和他说一句话。三人清理了院里泡得发胀的死兔子，扫除了被冲到屋里的粪便、干草树枝。他们把跟随主人离家避难的鹅和鸡从笼子里放出来，让它们活动活动。天黑时，他们已经打扫完前院的几间房，包括穆芭拉珂的房间。垃圾杂物堆在院子前，等街上的水一干，人们就可以把它运到田里。

哈米达姨妈煮了粥，穆芭拉珂已经两周没吃到热乎的饭菜。由于劳累过度，她不记得自己那天是什么时候上床睡下的。半夜她突然被鼾声惊醒，原来哈米达姨妈在她床边打了个地铺。

穆加希德怕别人耻笑，决定忍受穆芭拉珂的冷淡，不跟任何人提这事，对丈人也不说，虽然丈人每天都找女婿一起消夜，两人常常混到很晚。由于同样在穆芭拉珂那儿受到冷遇，他们两人惺惺相惜，也都因穆芭拉珂有些负罪感。两人在夜里就着浓茶抽烟，偶尔扯一两句闲天。

穆加希德对穆芭拉珂是竭力耐着性子，又怕她把自己的“发乎情止乎礼”理解为年老力衰，况且他最讨厌被人拒绝。某日他心生一计，在日落之前支走了哈米达姨妈，又借口身体不舒服推脱了和巴德尔的消夜活动，不再昏礼一过就往丈人家跑。

于是，结婚以来第一次，穆加希德和穆芭拉珂单独在家，他让妻子生好火炉，坐下抽烟，直到半夜。

穆加希德走进穆芭拉珂房间，二话不说就向她扑了过去。他伸手按住穆芭拉珂的双臂，一边用脚拽下她的内裤，使劲用膝盖分开她的两腿。穆芭拉珂反抗未遂，索性不再挣扎，成了一具睁着眼的死尸。当那干干的东西刺穿她，她连个痛的表情都没有，只是冷冷地瞪着眼。穆加希德更加丧心病狂，变本加厉地折腾，让她痛苦，让她快活，怎么样都行。可是穆芭拉珂没有任何生命的迹象，除了平静的呼吸。

穆芭拉珂刚刚摆脱了压在自己身上的穆加希德，就开始猛烈呕吐，先吐了自己一脸，又弄得满床都是。穆加希德气得转身就走，好一阵子没进过穆芭拉珂的房间。有一天，哈米达姨妈一早就来叫，让他赶紧去看看穆芭拉珂，原来姨妈发现穆芭拉珂浑身被冷汗湿透，烧得神志不清，满嘴胡话，一直叫着穆泰沙尔。

黎明时分，穆加希德骑马朝宰加济格飞奔，中午他回来了，后面跟着医生的马车。医生给卧床的穆芭拉珂进行检查，嘱咐众人用凉水浸过的毛巾给她敷额头，并时常更换，医生还开了处方，说要尽快买药。穆加希德留下照看病人，巴德尔跟着医生的马车走了。昏礼之后，巴德尔买来了药，可是他们怎么让昏迷中的穆芭拉珂吃下去呢。

巴德尔估摸女儿活不到第二天早上，就给她置备了寿衣，还找人挖了墓穴。夜里，两个男人在床边守着，一边抽着烟，轮流起身拿些玉米梗填到火盆里，或者给茶壶换水。哈米达姨妈也守在穆芭拉珂的床边，为她擦着汗。

突然，穆芭拉珂深吸一口气，两个男人惊得一下站了起来。穆芭拉珂抬了抬手，穆加希德心领神会，赶紧出了房门，拿了一杯水小跑着回来。巴德尔扶女儿坐起来，把水杯凑到她嘴边，穆芭拉珂抿了几口，就推开了他的手。巴德尔擦擦女儿满脸的虚汗，又让她躺下休息了。穆芭拉珂就好像疲惫的旅人结束了一次漫长无果的旅途，终于回到家中。

穆芭拉珂睁开双眼，感到身下的床湿漉漉的，她又望向穆加希德，在沉重的眼皮自动合上之前的瞬间，她看到丈夫一脸的疲惫和关切，他那颗方方长长的秃脑袋这会儿竟像新生儿般虚弱。半醒半睡间，穆芭拉珂觉得自己在荡秋千，一会儿飞上天，一会儿又回到地面，她满脑子都是穆泰沙尔——她看到他从远处走来，一会儿在宣礼塔上朝她挥手，一会儿又捧住她的脸颊，他轻声说：

“你好吗，穆芭拉珂？”

接下来很多天，穆芭拉珂一醒来就很伤心，唯有沉沉睡去才能得到一丝安宁。在穆芭拉珂卧床休养期间，穆加希德并没有因为她的胡言乱语责备她，他反而很满意很知足，庆幸妻子有惊无险，自己总算不必为此负什么责任了。穆芭拉珂气色好了起来，穆加希德又开始和她同床。

穆芭拉珂依然拒绝束手就擒，她又想出了新托词：她现在一个月两次例假，为了感谢命运让她大难不死，周一和周四还得斋戒禁欲。如果这些借口都不够用了，她还有个看家本领——装睡。即使妻子不耍这些小伎俩，穆加希德也很明白她对自己的嫌恶。

穆加希德又回到了哈菲沙那里，把大院子留给穆芭拉珂和老妈子。每天清晨，穆加希德沐浴更衣，哈菲沙直到上午才出门倒他的洗澡水，确保找到尽可能多的目击者。然后，她跑到墙根的阴凉地，和村里的女人们大谈自己丈夫，艾布·萨拉迈[①]吃了什么什么，艾布·萨拉迈说了什么什么，艾布·萨拉迈跟我商量地里种点啥，艾布·萨拉迈在我名下留了半费丹地以备不时之需。

消息很快从哈菲沙的小宅子传到穆芭拉珂的大院子，穆加希德开始被大家用长子的名字称呼，这肯定了两个妻子的差别，也意味着男人回到家中，回到孩子身边是受人赞许的行为。可这并没有激怒穆芭拉珂，穆加希德在她眼里不过是个浑身羊骚味的糟老头。哈米达姨妈曾劝穆芭拉珂接受穆加希德，没有成功，这会儿从哈菲沙那里频繁传来各种各样的消息，穆芭拉珂还是不为所动。有一天，哈菲沙耀武扬威地从穆芭拉珂院子前经过，院门开着，她一抬眼，正与院里的穆芭拉珂四目相对。哈菲沙提高了嗓门说：

“没人要的女人要滚回老家了！”

穆芭拉珂听话只得出门应战，她拍着自己下腹，说：

“对于你亲爱的老头子，这玩意儿就是一切，你爱信不信吧！”

哈菲沙被穆芭拉珂轻浮的动作和挑衅的眼神惊得说不出话，她已经认不出当初那个沉默寡言的小姑娘，转身走了。穆芭拉珂像头母狮子，一副言出必行的样子，哈菲沙自己却只是虚张

---

① 阿拉伯民间称呼男性时，习惯称其为“艾布·某某（长子名字）”（某某的父亲）。哈菲沙和穆加希德的长子以穆加希德故去的长兄（即穆泰沙尔的亡父）命名，也叫萨拉迈。

声势，对方稍微一强硬，她就软了。

当穆加希德从侄子那儿抢走穆芭拉珂，哈菲沙一度觉得这姑娘挺可怜，和穆泰沙尔一样都是受害者。哈菲沙一直没法真正怨恨穆芭拉珂，直到她和孩子们被赶出大院，委委屈屈挤在新买的小宅中。谁知道以后穆芭拉珂还会提什么无理要求！他穆加希德是什么人，在街上咳嗽一声，就能把孩子们吓得躲进屋里不出门，现在却被个小丫头玩弄于股掌之间。如今他之所以回到她哈菲沙身边，也无非因为在小丫头那儿受了气。这几天穆加希德在哈菲沙身上发泄的挫败和空虚，让她对一切了然于心，同时更加清楚，只要那母狮子穆芭拉珂张张腿，穆加希德准又会屁颠屁颠地滚回去。

（六）

欧希村人的自豪感一方面源于先辈的光荣事迹——他们抽干了湖水，将原本贫瘠的土地改良为沃土，而且公平合理地分配给家家户户；另一方面，他们的自豪感还来自一位圣徒，在他们看来，这位被称为“静默长老”的圣徒与当地两大圣徒齐名，人们为他设有专门的纪念日，和朱达、萨阿顿两位长老的纪念日并称当地三大节日。整整一个世纪，欧希村人年年纪念这位长老，虽然他们并不清楚这位长老来自何方，如何到了欧希村，号召大家去支持马穆鲁克人穆拉德贝克[①]。

那正是兵荒马乱、人心惶惶的岁月，传闻拿破仑·波拿巴的军队已经控制了亚历山大。一天，一位老者来到欧希村，极瘦，弱不禁风的样子。主麻日那天，大家请他在清真寺演讲，以示尊敬和欢迎。长老登上讲坛，畅所欲言，他鼓励大家支持反法战士，说这功劳等同于圣战。他还号召村民踊跃捐款捐物，声援拒绝向拿破仑投降的马穆鲁克人。不久前在达曼胡尔附近，这位马穆鲁克将领被法军打败了，但他没有气馁，决意在开罗

① “贝克”是奥斯曼时期埃及对有身份有地位人士的尊称。

再与法军一决高下。

长老说着，脸色一变，突然提高声音，好像一声惊雷。他振臂高呼：“往西前进，往西前进啊，易卜拉欣！往西，贝克！”接着就沉默了，他从讲坛走下来，不再跟任何人说话。日子一天天过去，他仍是一言不发，不接受人们送来的礼物，也没有要离开欧希村的意思。

长老白天晚上都待在清真寺，人们都去给他送饭，一天三顿，争先恐后地送。他们把食物放在老人身边，回来收拾的时候，发现几乎没怎么动，老人的饭量跟一只鸟差不多。老人成天不断地叩拜祈祷，直到筋疲力尽，动弹不得，就蜷起身子睡去。他睡着了也很安静，人们连他的呼吸声都几乎听不到。

穆拉德贝克战败的噩耗传来，他在金字塔下被法国人打得人仰马翻。人们恍然大悟，原来那天长老突然大叫，是想指挥驻扎在尼罗河东岸的易卜拉欣贝克率军西进，与驻在西部的穆拉德部队会师，共同抵御法军对西部的进攻。

人们合力为长老盖了间房，完工时，大伙儿一起庆祝，欢迎这位不知名的长老成为村里的新居民。人们正坐在房顶上聊天，突然房塌了，却没人受伤，连大家手里盛着玫瑰茄饮料的杯子都没有抖一下。人们回过神后，都欢呼了起来，他们觉得是长老保护大家有惊无险，于是尊称他为静默长老。

静默长老在这屋里住下，村里的妇女踊跃地为他打扫房间，帮他打水，还轮流把他的衣服带回家清洗。黄瓜和西红柿结了果，必须先送给静默长老让他第一个品尝，刚刚生产完的牲口的初乳也要让静默长老先尝尝，才让幼崽喝。不管是动物还是人生了病，送到静默长老那里，让他祈福，就会奇迹般地痊愈。

静默长老去世后,人们把他埋葬在当初塌了房顶的房子里。不久,他的忌日演化为隆重的庆典，广为人知。因为欧希村人热情好客，前来在活动唱歌吟诗的艺人每晚都应邀去一户人家吃晚饭，其他来凑热闹的异乡人也跟着沾光，卖糕点的，卖小玩意儿的，村民们对吉普赛人的马戏团颇有微词，但也同样热情地接待他们。吉普赛人马戏团里的姑娘为男青年提供脱衣舞表演，若再花点钱她们就带你到帘子后面去，有时姑娘觉得哪个顾客人不错，收钱都免了。另外算命施法的吉普赛女人在欧希村也特别受欢迎，村里的妇女特别热衷这类把戏。就这样，欧希村人一年年热热闹闹地过这个纪念日，直到八年前瘟疫爆发。为控制疫情扩散，政府下令禁止集会，但欧希村人还是呼朋引伴、宴请宾客，只是不好太放肆，毕竟瘟疫让很多人痛失亲友，得考虑服丧者的心情。

因此，今年虽有洪水肆虐，活动还是照常举行。

村民们避难归来，首先开始搜寻村里膝下无子的老年人，洪水来袭时惊慌外逃的人们没顾上他们，恐是凶多吉少。很多被洪水摧毁的房子里，老人的尸体都泡烂了，内脏到处都是，村民们尽可能为他们凑个全尸，好生埋葬。然后，男人们清理满街的小动物尸体，把它们埋进田地。当生活回归正轨，他们就去联系唱歌吟诗的艺人，告诉他们今年的纪念活动如期举行。艺人又替他们传话给小贩和马戏团。

外乡人又如期而至，哈菲沙听到外面热闹起来，就跑到门口往外看，只见人们把长袍下摆高高拉起咬在嘴里，麻利地拖着大小箱子。哈菲沙心里暗暗高兴，她觉得有办法战胜穆芭拉珂了。自打被迫搬出大院、挤进小宅，哈菲沙气得觉都睡不好。

如今她男人虽然回来了，但随时都可能又离她而去，而且穆芭拉珂依然一个人美滋滋地住着大院。

哈菲沙继续观望，只见吉普赛人在广场上支起了帐篷，算命的女人开始在街上四处转悠，其中一个声嘶力竭地吆喝道：

“算命啦，算命啦，不准不要钱！”

哈菲沙于是招呼她过来，赶紧她拉进屋里，还警觉地四下望望。这会儿正是大伙儿睡午觉的时间，附近半个人也没有，哈菲沙放心地关了门。

吉普赛女人额头上纹着一只睡狮，半张脸藏在面纱后，面纱上缀着很多银环——她立刻明白了哈菲沙的苦衷。

“你担心你男人被个小妖精迷住了，你想要留住他。”

女人说着,哈菲沙没有回答,很有些恐惧地打量着这个神婆。女人开始与哈菲沙看不见的存在交流，不一会，她的声音被一个有些吓人的男声掩盖。精灵附在这女人身上，言简意赅地指示哈菲沙如何破解当前的困境：首先她应孝敬精灵大人两只公鸡，还得纯白没有杂色的，托吉普赛女人转交，还附带一桶玉米粉；其次她应拿出所有金首饰，再准备一个陶罐。吉普赛女人把哈菲沙的所有金首饰放在陶罐里，用泥土封住罐口，嘴里念念有词，哈菲沙呆呆地看着，一个字都没听懂。附在女人身上的精灵告诉哈菲沙，等月亮盈亏一次后打开陶罐，戴着里面的金首饰洗个澡，男人就永远对她死心塌地了！

七天的纪念活动结束了，异乡人也纷纷离开。哈菲沙算着日子，夜观月相，等待时机。可是当她打开陶罐，却只找到一堆碎陶片。哈菲沙有苦难言，不敢找人诉苦，害怕被人耻笑。

金首饰全没了，男人也没留住！

穆加希德又住回大院，并不是因为哈菲沙施法失败，也不是因为穆芭拉珂施法成功，只是因为必须保护年轻的妻子，不能把她一个人留在家中——近来欧希村被骆驼兵团占领了，他们不分白天黑夜地在街上巡逻。有谁胆敢在晚上出门，骑着骆驼的黑皮肤高大男人扬起鞭子就把他脊背抽个血肉模糊。他们的存在让整个村子再无隐私可言，女人即使在家里也不得不穿得严严实实，她们随时都有可能瞥到两排发亮的牙齿悬在半空中，这是漆黑的脸上唯一可见的部分。

自打素丹侯赛因·凯米勒①的牲口被偷，这帮人就来村里了。这起盗窃案是本地区最严重的一次，据传穆泰沙尔嫌疑颇大。关于穆泰沙尔离家出走后究竟去了哪里，众说纷纭，有人说他就在米特苏海尔，娶了父亲挚友萨义德·古勒的女儿，并且和丈人一起把当年团伙中还在世的成员组织起来，重整旗鼓。这些人见到穆泰沙尔都感慨万千，其中最骁勇的汉子都不禁落泪，他们觉得萨拉迈好像起死回生了。穆泰沙尔融入了这个群体，他像父亲当年一样喜欢猛地摇晃脑袋，弄得颈关节咔咔响。大家诵读《古兰经》开篇章，立誓效忠于英雄的儿子穆泰沙尔。

人们说这个团伙东山再起了，已经恢复到萨拉迈发生意外之前的水平，虽然那次意外对他们打击很大，一些成员销声匿迹了很多年，另一些则被关进大牢。对萨拉迈的死他们一直耿耿于怀，现在，他儿子回来接替了父亲的位置，一行人继续替天行道，专门针对英国人扶植的素丹家牲口，此前，他们已经罢黜了英国人的上一个傀儡，正是此人的堂兄。

---

① 1914 ~ 1922 年，埃及沦为英国保护国。殖民者扶植侯赛因·卡米勒为素丹建立伪政权。

于是新的盗窃案发生了，很多本地人都品尝了好汉们偷来的肉——屠夫们悄悄把这赃物带入市场，以四分之一的价格贱卖，实在没钱还能用麦子玉米来换。偷来的牲口一个活的都不留，以便销毁证据，防止被逮捕。然而，废弃在水渠的兽皮腐烂发出恶臭，引起了地方当局的注意，并确定了几个重点盯防的村，其中包括欧希村。因此骆驼兵团席卷而来，四处搜查，强制宵禁，可是尚未抓住犯人。

穆泰沙尔团伙究竟是否存在，尚无定论。穆加希德不知道自己该担心巡逻的卫兵对穆芭拉珂不利，还是该担心他自己被侄子寻仇。这次住回大院，穆加希德显得苍老了许多，也没心思往妙龄妻子的床上挤，这些日子妻子的床上影影绰绰，莫非是早逝的岳母显灵，回来探望女儿了。

穆加希德白天去地里和孩子们一起干活，或待在哈菲沙住的小宅，可是天黑之前他一定要回穆芭拉珂住的大院。他一人在客厅抽闷烟，等着做昏礼，然后原地躺下。另一边穆芭拉珂也不知该高兴还是该难过，她一方面感到在这艰难时世，有个人在保护自己，但同时又被回忆压得喘不过气，不仅是短暂初恋的回忆，还有一个个冬天里冷寂长夜的回忆。更糟的是，她把哈菲沙的威胁当真了——哈菲沙已经多次扬言要把她从大院里赶出去。穆芭拉珂觉得自己处境不妙，可是其实，她只要一个眼神就能赢得这场战斗，一个一反常态的眼神，一个让穆加希德喜出望外的直白的挑逗。

穆加希德从田地里回来，表情凝重，径直跑到储藏室，拿了根绳子就往外走。穆芭拉珂却突然出现在院门后拦住他的去路，她身上黑色的睡衣显得有点儿宽大，一头长发披散在背后，又特意挑出一绺垂在胸前，欲拒还迎地掩着乳沟。穆芭拉珂娇嗔着问丈夫找什么呢，她先是抬眼看一下穆加希德，然后马上低头望向自己胸部，好像引导穆加希德也朝那里看，又好像强调自己虽说人瘦了，胸部的丰盈却半分未减。

以上信息得到了准确无误的传递。穆加希德立刻领悟了委婉话语背后的挑逗和邀请，这一刻他等待已久，谁知幸福来得如此突然。他先是扭捏地推开穆芭拉珂，好像是避开什么丑事。他匆匆跑出门四下望望,没来得及自问,刚才自己的反应妥当吗：他是应该干脆抛弃老年人的持重，还是应该先不要轻举妄动？他不明所以，却惊讶地发现自己的心在狂跳，穆芭拉珂粗粗的眼线衬得眼神更加妩媚撩人，他只觉得自己两腿间蠢蠢欲动。

穆加希德回到地里，儿子们正在加固田埂，好在地里蓄水。穆加希德把绳子扔给他们，让他们播种时在泥泞的地里拉直绳子当尺。老头自己又折回家中，穆芭拉珂正躺在床上，一只腿垂下来。

穆加希德把穆芭拉珂往里推推，径直脱了上衣，解下裤子踢到床下，身轻如燕地跳上床，敏捷得自己都吃了一惊。他把手伸进穆芭拉珂的睡衣，无一处不是光滑细腻。穆芭拉珂本能地闪身，但穆加希德的手很快直指要害，他加大了动作，兴奋地叫道：

“你这小母狗！”

这一声辱骂饱含着欲望，他也自觉为老不尊，话说一半又吞了回去。他把穆芭拉珂的睡衣褪到腹部，让她胸部一览无余。他通过衣柜镜子端详着自己在穆芭拉珂身上的动作，好像是另一个人在有样学样。他盯着镜子，欲仙欲死地满口淫词浪语，一边欣赏镜子里的另一个人模仿自己的荒淫嘴脸。穆芭拉珂却一直闭着眼一声不吭，在她身上一边迅速动作还一边骂骂咧咧的穆加希德浑身汗臭，她嫌恶地别过脸去。

突然，穆加希德瘫软下来，躺倒在穆芭拉珂身边。穆芭拉珂觉得透不过气来，她并没有登上顶峰，就像和穆泰沙尔一起时那样。穆泰沙尔并没有进入过她，却能带她登上顶峰，小做停留。穆泰沙尔的脸恍惚间又出现了，一转眼又如云雾般消散，撇下她独自一人，心神不定，这感觉就像是上回生病昏迷，带她到鬼门关走了一遭，却还是没有领她进入那永恒的休眠。

穆加希德出去了，穆芭拉珂眼睛都没抬一下，只听到关门的声音，听到穆加希德在院子里喊哈米达姨妈，叫她在院子里铺条毯子。他坐在上面，嚼着坚果回味的刚才发生的一切，他吸了一口烟，回想着穆芭拉珂坚挺丰满的乳房。当那青春的肉体在自己身下蜷缩、恢复生机，他发现自己以前其实并不了解女人，哈菲沙的身体完全不是这样，她从小就瘦弱无力，胸部干瘪。此刻，穆加希德把他六十岁的年龄抛诸脑后，关节也不痛了。他没想到自己这把年纪还能体验这样美好的肉体，那晚的一切太美好，他几乎不敢相信这是真的。

可是此后不久，穆芭拉珂又恢复了冷漠，对穆加希德爱答不理，此时穆加希德比以往更加难受了，他偶尔在梦中近亲她，再享片刻欢愉，心满意足地醒来。但不久，他就又陷入空虚，心心念念想要再度良宵。

（七）

欧希村宵禁期间，巴德尔独自一人死在家中，两天后才被女婿发现。丈人两天没去清真寺做礼拜，穆加希德觉得不对劲，来到丈人家中，谁知一进门就尸臭扑鼻，他走近一看，老头的尸体已经腐烂了。

之前穆加希德离开穆芭拉珂的大院住回哈菲沙和孩子们的小宅，巴德尔不放心，每天宵礼后都去看看女儿，可是他并没有受到欢迎，女儿不搭理，只吩咐哈米达姨妈代为照应。一次巴德尔硬拉着女儿一起坐会儿，她也不言语，万不得已才开口搪塞父亲两句。从那以后，巴德尔就不常去了，骆驼兵团来村里后，他就再也没去过，穆芭拉珂也没再听说父亲的任何消息。这天晌礼后，穆加希德来找穆芭拉珂，硬邦邦地说：

“你爸死了。”

穆芭拉珂没搭腔，穆加希德也没指望她搭腔，他说完就径直走了，他得准备葬礼。穆芭拉珂慢慢起身，叫上哈米达姨妈，两人收拾了一下，带上必需品去了巴德尔家。显然，巴德尔对自己的死亡有准备，他脸朝向麦加的方向，双手交叉在胸前，身边有件寿衣，其实是哈米达姨妈做给穆芭拉珂的，后来让巴德尔拿回家了，他曾嘱咐哈米达，既然穆芭拉珂缓过来了，就不要告诉她大家曾经为她准备后事。

巴德尔把寿衣上的头巾摘下来收在卧榻旁，那是女人戴的。不仅如此，他还提前雇了一批处理身后事的工人，用小麦和玉米预付了工钱，其中有负责清洗遗体的，有负责安葬遗体的，还有人负责在接下来四十八个礼拜的每周四在他坟前唱《古兰经》。

男人们抬着巴德尔的棺材，穆芭拉珂没有追着哭喊，她眼里没有一滴泪。来吊唁的妇女们开始嚼舌根，穆芭拉珂一言不发，事不关己的样子，让人们想起她结婚时的传言，她可能已经近乎行尸走肉了。

穆加希德搬到岳父家中，陪着按规矩守孝的穆芭拉珂。她白天在家接待来吊唁的女客，由于更加严格的宵禁，晚上大家没法出门。女客都回去后，穆芭拉珂和哈米达待着，穆加希德一人坐在客厅，想起自己来求亲的那天。是巴德尔先误会了，然而穆加希德没有澄清，没有告诉他其实自己是替侄子提亲的。现在他还常常想起当时丈人不明就里的表情，当穆芭拉珂从楼梯上一跃而下逃到里屋，他索性将错就错了。

哈菲沙也来吊唁，很夸张地做出悲伤的样子，她竭尽全力给自己避免幸灾乐祸的名声，在欧希村这是非常严重的指控。

穆芭拉珂撑到第一个星期四，她去了墓地，回来就要收拾东西回大院。穆加希德突然提出，希望她留在父亲家。

“总不能空着这房子给鬼住吧，孩子们和他们娘在小宅也住不下。”

他没料到穆芭拉珂竟欣然答应，当时她想，这是她长大的地方，住下就又好比重回少女时代，好像什么都没发生过。穆芭拉珂收拾行李搬了回来，同时穆加希德的儿子们也开始搬回大院，他们也等不及回到从小长大的家。

穆加希德的儿子们重新开始了大院里的生活。现在，萨拉迈可以向苔菲黛·法赫勒求婚了，他早就看上了这个姑娘，在小宅住着的时候，他一直没有正式求婚，不仅因为住不开，更因为自己从家里被赶出来，根本没脸去求什么婚。儿子们对穆加希德依然很冷淡，要不是因为怕人耻笑，干脆就断绝关系了。

“他就是一个名义上的父亲。”

刚刚从新娘家里回来的萨拉迈这样对他的两个弟弟说，然而在未来丈人面前，父亲替他提亲的时候，他又极力掩饰心中的强烈不满。订婚后，穆加希德对婚礼筹备毫不过问，婚礼当天他骑着爱马光临，还是一副事不关己的样子。接亲的时候，萨拉迈坚持从新娘家步行到他们住的大院。

每当穆加希德回到大院子，每当他去田里牵马，都感受到了儿子们的蔑视与冷淡，但他完全无所谓，他只考虑怎么讨好穆芭拉珂，他越来越离不开穆芭拉珂了，就像一个想要翻盘的赌徒，不断下注，却越输越多。后来，穆芭拉珂开始吃炉灶上的焦土，常常疲倦呕吐，穆加希德乐不可支，生不生孩子他已经无所谓了，但穆芭拉珂害喜让他特别自豪，这好比是公开宣布他占有了这个妙龄女子。之前老有人明里暗里嘲笑他，这下子他算是扬眉吐气了，穆芭拉珂反应越剧烈，他就越得意，他可以光明正大地陪着她，不用以骆驼兵团为借口。得意忘形的穆加希德甚至没有发现兵团什么时候撤离了——他们已经放弃搜捕穆泰沙尔。

穆加希德又开始会见以前的狐朋狗友，这些人在穆加希德身边总能找到各种新鲜玩意儿，穆芭拉珂从城里买的各种东西都让他们大开眼界，好像他们前半辈子都白活了一样。他们第一次见到纯粹用做摆设的陶瓷餐具，居然不是用来吃饭的；他们发现除了咖啡、茶和玫瑰茄，居然还有其他饮料，比如可可，还有一种白色的黏稠的糊状饮料。

“这玩意儿喝完得洗澡啊！”

他们开始调侃这富含淀粉的饮料，甚至讨论它是不是有违教规。

穆加希德在巴德尔家客厅反客为主，大方地呼朋引伴，有时候即使他外出，他的朋友也会毫不忌讳地进来坐坐。里屋的门却一直关着，穆加希德在家才会打开，从门里接过水或糖。穆芭拉珂就在这屋里的喧闹声中生下了孩子，那天，多嘴多舌的尤素夫·阿布·莱格德引发了大家的讨论。

那是一个周五的晚上，男人们在客厅里七嘴八舌地说了半天，也没有把那个问题讨论出个所以然。这个问题是尤素夫在主麻日的演讲中提出的，演讲者说，早早去做礼拜是有功德的：“最早去做礼拜的人，相当于给真主献祭了一头骆驼；第二个去的，相当于献祭一头牛；再晚些去的，则相当于献祭一只羊……”这时尤素夫四下望望，说

“哎哟，看来我属于那献羊的群体了！”

大家听到尤素夫这么说，很往心里去。礼拜结束后，他们决定开个会调查一下，当天晚上就开会。

哈米达姨妈递给穆加希德一个大茶壶，就把客厅的门关死，

隔绝穆芭拉珂临盆的惨叫。此时穆芭拉珂努力和阵痛搏斗，一边谨记产婆法希玛的教导。突然，穆芭拉珂拖着长腔大喊一声，婴儿也随着黏黏的血红的胎盘出了母腹。

“幸好有真主庇佑，孩子叫曼苏尔[①]吧。”

穆芭拉珂意识还很模糊，她仔细看着孩子，这样说。穆加希德倒没有反对这个名字，虽然他马上意识到，这名字和穆泰沙尔的名字不就是一回事吗。

穆加希德把对妻子的爱都倾注在了曼苏尔身上，这孩子和穆芭拉珂是一个模子里刻出来的。他出门时总爱把曼苏尔扛在肩头，两条小腿垂在他胸前，细嫩的小手抱着他的头。回到家里，穆加希德更是四肢着地给曼苏尔当马骑，他驮着孩子到处转圈儿，孩子嬉笑着，抓着父亲的后领，两条小腿夹着父亲的腰。穆芭拉珂依然只是冷眼旁观。

穆加希德巴望和妻子再度良宵，那一次的满足让他深深感到身为男人的自豪，这辈子还没有第二次。他彻夜守在穆芭拉珂的身边，却像守着一个死人，虽然这个死人会在曼苏尔醒来的时候给他喂奶。穆加希德伸手去够另一边乳房，穆芭拉珂就别过身去，蜷起身子搂紧孩子。

穆加希德有些奇怪，她怎么自控力这么强？他必须承认自己和年轻力壮侄子比不了，但她难道完全没这方面需要？难道她有了别人？什么时候有的？难道侄子还没离家出走？

穆加希德已经无处容身了。他上不了穆芭拉珂的床，也回不了哈菲沙和儿子们的院子。每夜他都会想，这可能是自己和

---

① 阿拉伯语男子名“曼苏尔”意思为受到真主支持的人，与“穆泰沙尔”不仅词源相同，而且词义一致。

穆芭拉珂最后一次同床异梦，不久晨礼宣礼，他就起床做礼拜。他跟着伊玛目动作，感到欲火中烧，就像吃了陈年奶酪后口干舌燥。他心烦意乱，人虽在清真寺，心早就飞回家里，一边还设想回家后会受到怎样的待遇。他一愣神就完全没法诵经礼拜，这会儿只好故意大声背诵经文稳定自己的情绪。终于做完了礼拜，他梦游一样回到了穆芭拉珂那里。这时穆芭拉珂已经起床，还为他准备了早餐，有油煎鸡蛋、奶酪和热的大饼。他心想，大概她的厨艺，也是让我投降的原因之一吧。他嘴里吃着食物，眼睛却贪婪地注视着穆芭拉珂衬衫里若隐若现的乳头、挺立的乳峰和平坦的小腹。他又巴巴地在穆芭拉珂身边守了一整天，虽然他心里明白这样做没有任何意义，不如早点儿回自己家院子里住吧。

“离开家的人不会受到上天的眷顾。”

穆加希德在心里反复念叨这句俗话，像是咒语。时间长了，他对此深信不疑，毫不动摇。当他终于决意离开这里回自己家的那天，欧洲爆发了战争。

英国人和德国人打了一场又一场，欧希村没有人知道这些仗在哪里打的，但是这些战役的结果却波及了他们，英国总督开始接二连三地颁布荒唐的命令，在各个村庄落实时，和强盗抢钱没有两样。他们开始对每一个成年男子征收人头税，后来又向每家每户征收粮食，再后来干脆抓壮丁充军。

消息在欧希村传开了，青年们在屠夫门前排起长队，屠夫挥刀斩下每一个适龄参军的男子的右手食指。男子把手放在木制的板子上面，扭过头闭上眼，屠夫一刀下去，手指就应声飞起，落地，弹起，又落地。砍掉手指的青年必须把手放进一旁的热油锅，防止感染。

砍下的手指已经装满了一口棺材，人们举行葬礼，将其安葬。但是青年们的自残并没有阻止当局来欧希村征兵，因为征集这支埃及部队不是为了打仗，而是为了组建后勤服务部队，服务于英军及其盟友法军和俄军，他们有的在西奈，有的在巴勒斯坦，还有在比利时之类欧希村人闻所未闻的地方。

村子里来了一个英国军官和一个埃及军官，他们领着骆驼兵团，来抓壮丁。萨拉迈断指的伤口还疼着，就被抓走了，他被带到一个集中营，是在村长宅第前面的空地临时搭建的，那里总有乌鸦在叫。

十七岁的纳吉刚刚长出胡子，哈菲沙担心他也会去把自己手指砍掉。人们发现，这场浩劫才刚刚开始，看上去是要把全村的小伙子和半大男孩都抓走才罢休。哈菲沙求纳吉躲到房顶的柴堆里，但那里白天热，晚上冷，蚊虫肆虐，不是长久之计。哈菲沙想了想，觉得抓壮丁的肯定想不到去穆芭拉珂家，纳吉藏在那里绝对安全，于是她叫穆加希德去求穆芭拉珂帮忙。

穆芭拉珂答应得很痛快，甚至亲自去找了一趟哈菲沙。哈菲沙觉得穆芭拉珂是真的很同情他们，也热情地接待了穆芭拉珂。哈菲沙想，之前自己一直对这个孤女恨不起来，看来自己的直觉是对的。

穆芭拉珂给纳吉穿了件女人的衣服，趁着夜色带他回了家，把他安顿到最里面一间黑暗的储藏室，给他一条毛毯铺在干草堆上，又给了他一罐水，让他有事就敲三下门。说完，穆芭拉珂从外面把门锁上，在门口堆了些竹篮和空麻袋，作为掩饰。

这下子，穆加希德觉得，他应该继续在穆芭拉珂家过日子，那已经不是他丈人家了，也不是穆芭拉珂的家，而是他自己的家——他半家子人都在那呢：曼苏尔在门前蹦跶，纳吉在暗室里关着。

（八）

人们总会觉得正在经历的很多事会永远继续，但时间却能让一切都变成过去式，无论是瘟疫，霍乱还是大洪水，曾经治理了欧希村近一个世纪的那家土耳其人，最后也成了人们记忆中飘过的一朵浮云。不过岁月一直没有抹去一个青年人的形象——他有一张圆脸，还有像他父亲一样公牛般粗壮的脖颈。

看着穆泰沙尔长大的人都记得他，不仅如此，接下来的好几代人根本没见过他,却也都知道他。最关注穆泰沙尔的动态的，要数“七十人一代”，他们正是当年穆芭拉珂和穆泰沙尔叔叔结婚的那一夜孕育的婴儿。那一夜，欧希村男人们对自己老婆挥洒的激情伴随着他们对一个年青未知命运的忧虑。人们对这个青年心怀特殊的爱和忠诚，因为他们爱戴他死去的父亲——他父亲生前，没人敢动欧希村一个手指头，他死后欧希村依然太平了好些年。那时，人们在炎热的夜晚把牲畜拴在树下，从未发生过一起盗窃案。与这些人不同，穆芭拉珂不需要通过这样的记忆来认识这位青年，她能从他七十天前摸过的东西、七十天握过的手上感觉到他的气息。

她只要在荒芜的田埂上走两步，就知道是穆泰沙尔带人洗劫了这里。在一堆动物的毛皮、污血和粪便中，她也能识别出自己熟知的穆泰沙尔身上的味道。因此每当穆芭拉珂在街上看到骆驼兵团的士兵斜眼瞟她，都吓得魂不附体，生怕他们知道了她的秘密，逼她透露穆泰沙尔的线索。这种念头让她睡觉也安稳，梦见士兵押着她，叫她循着穆泰沙尔的气味追踪他的下落，就这样逮到了他。穆芭拉珂吓醒了，惊魂不定地坐在床上。

直到穆泰沙尔的气味远得闻不到了，她才勉强安下心。穆泰沙尔失踪两年后，一天有个卖布的小贩来到欧希村。穆芭拉珂看到小贩走过自己门口，忙让哈米达姨妈叫他进屋，招待他吃大饼和奶油。小贩吃完，穆芭拉珂又给他倒了一杯茶，问他：

"你认识穆泰沙尔·迪布吗？"

小贩表示对这个名字没有印象，穆芭拉珂也没法通过描述穆泰沙尔身上的气味去帮助他回想，只能形容一下他的外貌，还说他喜欢往左右两边晃脖子，发出咯吱咯吱的响声。小贩想起来，说两个月前他曾经卖给此人一块棉布，他是哈吉·赫塔布的亲信，帮他管理手下的工人，赫塔布是东区有名的包工头，负责在整个东部地区挖运河。

几年之后，两名青年来到欧希村，他们来征集签名，请愿立宪，请愿书是领袖穆罕默德·法里德起草的。穆芭拉珂用拇指蘸了印泥，在文件的边缘按下手印，一边盯着其中一个青年的眼睛看。她问他：

"穆泰沙尔·迪布好吗？"

"他还问你好呢！"

青年低声说着，从口袋里掏出一块剪报，上面是一群男人的画像，他们披枷戴锁，手拉着手。报上称，他们是个恐怖团伙，切断了艾布·哈马德一带的铁道，导致一列英国火车翻车，这辆火车装着军火，本来是运往运河地区的，但在中途被这个团伙截获了。报纸并没有把犯罪嫌疑人的名字列出来，图片下面也没有文字描述，但其中一个人的长相与穆泰沙尔特征很吻合。

这名青年又说，他自己其实是一名律师，是这个团伙的代理，他们被捕后一周就开庭了。本次案件导致内政大臣被革职，法庭保安部门也换人了。律师们为辩护工作制订了计划，律师们参加的秘密组织更是在策划帮助嫌疑人越狱。

那天法庭里人潮涌动，量刑很重，宣判时法庭内人声鼎沸，混乱中突然传来一阵爆炸声，逃得最快的居然是警卫员。在押的人犯重获自由，迅速消失在人海中。

这次案件是穆泰沙尔参与的第一个有政治色彩的事件，因为针对的是英国侵略者。之前他盗窃牲口、毁坏庄稼，只是对父亲的模仿——他从小就听着这些故事长大，加上自己路见不平拔刀相向的性格，无论这不平是叔叔造成的，还是什么有权有势的人造成的。他和父亲生前的朋友们是志同道合的，迫于日益严酷的安保压力，大家都同意解散团伙。只是鲁扎叔叔出于对萨拉迈的情谊，不愿让挚友的儿子单打独斗。

“我们去米特苏海尔吧，那里没人对我们构成威胁。”

这个后背佝偻的老汉对穆泰沙尔说，他决定陪着这个年轻人，并提议两人一起去给那个包工头干活——当年，包工头在欧希村附近遭遇了劫匪，被洗劫一空，曾经找萨拉迈求救。萨拉迈很快抓住了歹徒，一番教训，还追回了失物，让鲁扎如数还给赫塔布，并对他的遭遇表示抱歉——毕竟赫塔布是在萨拉迈团伙的势力范围内遭到抢劫，而团伙有保护外乡人的传统。

赫塔布半天才想起鲁扎是谁，虽然他并没有忘记当初的事。他热情地欢迎了二人，给他们安排工作时就不那么热情了。赫塔布有些顾忌，怕政府因此找他麻烦，特地给两人用假名字登了记。第二天一早，穆泰沙尔和鲁扎就和工人们一起开了工。鲁扎把铁锹插进泥土，掀起一铲，送进穆泰沙尔背上的箩筐，穆泰沙尔背着筐，爬上桥边的绳梯，泥堆在渠道沿线。晚上收了工，他们二人又去搭小木屋，木屋群在一片树林中，老树向四面八方伸展着枝叶。

赫塔布总戴着白色缠头巾，里面是毛料的帽子，和欧希村老汉打扮无异。他儿子阿卜杜·西塔尔常来帮忙，父亲出门儿子就替他管事。穆泰沙尔一开始就觉得阿卜杜·西塔尔有点不对劲：这个瘦瘦的年轻人和自己年纪相仿，或者稍大一些，喜欢穿长衫配土耳其帽，在宰加济格的艾资哈尔学院学习过，却在这些工人中找到了自己的王国。在这里，他像个作威作福的国王，他常单独会见偶尔从邻村来打工的女孩，她们白天工作晚上才回家，他还调戏来工地探望丈夫的女人。他手里倒是经常拿本书，好像显示自己多特别，虽然他几乎没有翻开看过。

穆泰沙尔在赫塔布手下的雇佣兵队伍中工作了一年多，又是清理水道，又是挖渠修闸。那时候，宰加济格于他近在咫尺，但他一次都没有进过城。间或有小贩赶着驴车来到工地，向雇佣兵兜售各种蔬果和衣物，穆泰沙尔得以买到生活必需品，也就没有必要进城，虽然阿卜杜·西塔尔开始接近他，还邀请他一起去宰加济格。他对进城有一丝恐惧，怕自己进城回来，会找不到在小木屋安放着的悲伤回忆的珍宝，从他住下的第一天，他就在那里细数所有关于穆芭拉珂的悲伤回忆，早上又一言不发地上工。他有力地挥动斧子，砍倒一棵棵树木，背着泥筐在工地里穿梭。其他工人在一旁唱着忧伤的歌，他从不参与，歌声让他内心的回忆翻江倒海。晚上，他躺在干草堆成的床上，闭上双眼，穆芭拉珂头顶水罐的身影浮现在脑海，他感到热血沸腾，想起自己那句扭扭捏捏的问候，似乎做好准备要语气更坚决地说一遍，而穆芭拉珂的身影也似乎从他脑海中的幻象走出来，和当初一模一样。

“你好吗，穆芭拉珂？”

穆泰沙尔面容饱满，虽沉默寡言，却不怒自威，明显和那些赤贫的工人们不是一类人。阿卜杜·西塔尔断定这是个有故事的人，特别想知道他的故事。于是穆泰沙尔被免去了劳役之苦，提拔为监工，在阿卜杜·西塔尔外出时接替管理工作，或负责监督另一个工地。两人越走越近，一次阿卜杜·西塔尔叫穆泰沙尔陪他去开罗，带一批工人去实施他们承包的另一项工程，地点在阿巴斯沙漠旁边的英国军营。

穆泰沙尔不禁有些慌乱，但是他还是答应了这个把他当朋友对待的监工。出发那天，穆泰沙尔收拾衣物、打点行李，向鲁扎大叔告别。当时鲁扎说，你还会回米特苏海尔继续等死吧。穆泰沙尔跳上了三辆骡车中的一辆，车队沿着伊斯梅利亚运河河道行进了一整天，到达阿布扎巴尔的时候，太阳已经西沉了。车队停在水渠旁，两岸是茂密高耸的树林。车夫解开绳索给骡子喂食，工人们生火泡茶，大家就着大饼喝了茶，然后盖着毯子睡下。黎明时分，车队又继续前进，先到了穆斯塔拉德，又到了巴萨汀玛塔利亚。

当车队逐渐靠近有着圆形穹顶的宫殿外墙，穆泰沙尔抬眼望去，突然感到全身发麻。他瞥了一眼雄伟的宫殿大门，看到了长廊和壮观的喷泉。素丹是什么样的呢？他再次紧张又好奇地朝门里望去。

长廊上空无一人，车队又转回来，沿着山边的水渠前进。穆泰沙尔被华丽的宫殿所震撼，还没回过神来，又发现一座规模小些的宫殿，与其说宏伟，不如说精美了——随后他将得知这座宫殿叫扎法兰宫。在扎法兰宫正前方，车队转弯向南，映入眼帘的是一望无际的沙漠。日落西山，远处有很多穆泰沙尔从没见过的高大建筑。

马车停在一大片空地前，四周都是铁栏杆，空地上堆着建筑石材。两个扛着枪的棕皮肤士兵打开了木头和铁栏杆制成的大门。这个地方显然已经有了很多工人，有的搬运石材，有的筛沙。又一排铁栏杆后面是一些低矮的石头建筑，住着埃及将军，更远处还有一排更气派的房子，里面住着英国的将领。

新项目就是扩建军营，此外还要建新马棚、军火库，在地下挖战壕。赫塔布父子手下的工人负责挖掘工作。

这是穆泰沙尔第一次进城，他见到的第一座城市就是开罗，世界之母——这是个残酷的巧合，残酷得令人震惊。

他们住在军营的大仓库里，这仓库像是一间石头砌的马棚。顶棚是锌做的，白天吸收热量，晚上直冒火。下面有五十个工人打着呼噜，他们把简单的行李放在自己头边。每天晚上，穆泰沙尔都从这地狱般的宿舍逃出来，在附近转悠，感受自己的双脚踏在陌生的土地上，像个第一次发现自己有脚的幼童。他每天晚上都比前一天走得更远，想再去看看他刚到这里时看到的奇景。终于有一天他发现自己走到一片白色的宫殿之中，还有一座座花园，围墙上爬着藤蔓。他低头看看铺着黑色沥青的街道，有点心慌，觉得自己突然置身于《一千零一夜》故事中的城市。他总觉得，会冷不防有人伸手把他拉进哪座宫殿，让他去见识宫殿里的种种美好和危险。

在军营的挖掘工作其实比挖水渠轻松，伙食也更好。阿卜杜·西塔尔甚至为穆泰沙尔准备了一张床，两人睡在一间屋里。穆泰沙尔气色好些了，每天的奇妙经历更是让他神采奕奕起来。

一天晚上，穆泰沙尔兴奋地回到军营，向阿卜杜·西塔尔说，他找到了去扎法兰宫殿的路，就是在他们来时见到的那一座，还有很多妇女在宫殿的花园里游玩。听到这里，阿卜杜·西塔尔嘲弄地笑了起来。

穆泰沙尔有些生气，他问：

“你觉得我在撒谎吗，阿卜杜？”

阿卜杜·西塔尔笑得更厉害了，他说：

“没有没有，你说的都很好。”

当两人一起来到军队大街时，穆泰沙尔立刻明白了为什么上次阿卜杜·西塔尔笑自己。他第一次见到了电车在街上穿梭，街道两边是商店明亮的橱窗，有的商店门前还铺着地毯。阿卜杜·西塔尔在一家店门口站住，拉着穆泰沙尔往里走。

穆泰沙尔开始试着掩饰自己的惊讶，免得又成为阿卜杜·西塔尔日后的笑柄。他小心翼翼地走进商店，按捺着心中的激动，像是踩着晃晃悠悠的树干过河。

里面，几个男子坐在木制的长凳上，一边喝着茶和咖啡，一边抽水烟，角落里有乐队在演奏，还有个舞女跳舞助兴，一边对几个常客挤眉弄眼。

回去的路上，穆泰沙尔觉得好像一群蚂蚁在头上爬，脚下的路面也变得软绵绵的，记得离开欧希村时踏在地上也是这种感觉。不过他的心情已经大不一样了，那时候他是恐惧的，而现在他却觉得整个人轻飘飘的，几乎飞起来。

“阿卜杜，你看到那个舞女了吗？”

“她叫塔茜亚。”

阿卜杜·西塔尔回答，穆泰沙尔没打算问他是怎么知道的。第二天监工的时候,穆泰沙尔一直心不在焉,想着昨天发生的事，他究竟是真的和阿卜杜谈到了那个舞女，还是因为头一次吸大麻产生了幻觉。

从那以后，那间咖啡厅成了穆泰沙尔新生活中令人惊奇的一部分。他经常跟阿卜杜·西塔尔乘电车去阿特巴广场，见识了很多酒吧和妓院，还在一家妓院认识了萨米哈，献出了他的初夜。激情的震颤中，关于穆芭拉珂的记忆离他远去，后来即使他努力在入睡前重拾那些回忆，也不能再拼凑出穆芭拉珂头顶水罐的形象。这个形象已经褪色了，他也并不感到遗憾。

穆泰沙尔开始向阿卜杜借书，不出门时就坐下来学习认字，渐渐地，他能顺畅地阅读了。穆泰沙尔不由想起小时候，他在裁缝店里给大人们读《一千零一夜》，但穆加希德不许他继续去私塾，读书的乐趣随之也被剥夺了。

穆泰沙尔还成了印书厂和图书馆的常客，在那里结交了艾资哈尔的学生，跟他们去咖啡厅谈天说地。坐在咖啡馆中，穆泰沙尔感到自己又回到了欧希村，和乡民们一同坐在店铺或清真寺门口，只不过如今他的朋友们坐在长凳上而不是草席上，还有个服务员在边上候着。但更重要的区别是谈论的话题：以前无非聊聊灌溉收割的时间，抱怨苛捐杂税；而现在已经开始谈论素丹和可恶的英国总督，还有与他们狼狈为奸的埃及人，谈论接替穆斯塔法·凯米勒的领导地位、继续为埃及独立抗争的穆罕默德·法力达，谈论欧洲的战事进展。这些话题成了穆泰沙尔新生活的乐趣所在，他觉得找到了归属，已经可以独自行动，不需要做阿卜杜·西塔尔的跟班了。

一些学生把穆泰沙尔带到了位于阿特巴的迈塔提亚咖啡厅，他诚惶诚恐地坐在文学家、思想家旁边。学生们指着一位被听众簇拥着的缠着头巾的老者，告诉他这是拉希德·利达，他继承了恩师穆罕默德·阿卜杜胡的衣钵。

穆泰沙尔还结识了一些抵抗组织的成员，后来更是接受了军事训练，学会了使用枪支和手榴弹。穆泰沙尔参与了几次成功的行动，最危险的一次就是那次拦英国火车。当然，他和同伴们从法庭越狱也是一次成功的行动，这让英国殖民者对埃及当局更加不信任了，他们指责埃及并不是真心支持英国的战事。庭审当天，一个同伴往穆泰沙尔手里塞了个信封，里面有三个埃镑和如何迅速逃到巴勒斯坦的说明，并且建议在纳布卢斯落脚。在去巴勒斯坦的火车上，穆泰沙尔开始回想自己七年的旅程：他遍尝恐惧和欢喜，最终变得强大起来。此时，他不再对穆加希德的欺侮耿耿于怀，如果不是因为他，自己恐怕会一辈子窝在欧希村，直到死，哪会知道世界如此广大，更不会明白人应该积极行动、创造自己的命运，不能庸庸碌碌，随波逐流。

（九）

穆加希德的两个儿子，一个在战争中命悬一线，另一个躲在黑暗里逃避兵役。穆加希德本人倒是天天在地里埋头苦干，好像发现了新的乐趣。这让儿子阿里感到无比惊奇，阿里自己很小就从穆泰沙尔和萨拉迈那里学着干农活，却一直记得父亲对此并不擅长。阿里很高兴，他觉得父亲慈眉善目起来，不像以前那么凶神恶煞让人害怕。

阿里始终记得多年前父亲毫不留情地丢他一个人在地里干活，他那时和曼苏尔现在一样大，可是曼苏尔现在却能和父亲一同骑马出门，或在父亲埋头干活时坐在田边，无论问什么幼稚的问题都能得到认真的回答。

穆加希德若是不带曼苏尔下地干活，就牵出当年的爱马——现在他已将它和其他牲口一视同仁。穆加希德不再热衷于骑着马招摇过市，而是让它像驴一样驮着柴草回家，这可是前所未有的。

穆加希德把家里的一切交托给阿里，准备回穆芭拉珂家。他很高兴，曼苏尔现在认得哥哥纳吉了，之前纳吉从藏身的柴房偷偷出去上厕所，鬼影似的一窜而过，老吓着曼苏尔。藏在柴房的纳吉已经全然不是小孩了，他长得人高马大，超过了出走时的穆泰沙尔，轮廓却与穆泰沙尔有些接近了，虽然每晚担惊受怕让他的眼神像受伤的野兽一般不安。每天呼吸的是尘土，躺的是柴垛，纳吉苦不堪言。

不久，纳吉浑身上下没有一处不起泡，穆芭拉珂帮他清洗患处，敷上蜂蜜，后来她把蜂蜜换成了咖啡，因为她发现蜂蜜会引来蚂蚁大军。仗还在打，村里也还在抓壮丁，有时抓捕力度会变小，因为交战双方出现了和解的迹象，有时抓捕力度会变大，因为战事又趋于白热化。

纳吉一连几个月没怎么见阳光，柴房里一片漆黑，房顶上细小的裂缝中偶尔透进几束阳光，每每此时，纳吉赶紧把布条绑在芦苇秆上，举起来堵住天花板的裂缝。哈米达姨妈每天给他送来三餐，每星期送来洗澡的盆和水。想去厕所的时候，纳吉就敲门，哈米达姨妈会小心翼翼地开门，让他赶紧溜出去，等他回来，再锁上门，在门口堆上斧头、绳子等杂物。

后来，上岁数的哈米达姨妈瞎了，行动不便，不出自己房门了。照应纳吉的任务落在穆芭拉珂身上，她给他送饭送水，有时两人四目交接，尽是悲伤的温情的眼神儿。有时，穆芭拉珂坐在旁边等着纳吉吃完饭，两人彼此交换同情的目光，还只是同病相怜而已。

有一次，穆芭拉珂伸手清理纳吉脸颊上的一颗粉刺时，看到他胸前红肿的大水泡。穆芭拉珂便在他对面坐下，开始挤这些疙瘩。纳吉疼得叫了几声，像是受伤的小狗，他往前一倒，赤裸的胸膛触到了穆芭拉珂的胸乳。穆芭拉珂嗅到他的呼吸，心里慌乱起来，她又一次嗅到了男人的气息，上一次还是在纳吉的堂兄穆泰沙尔身上。

纳吉向穆芭拉珂靠近，此时从房顶透下一束光照亮了纳吉的脸，那张脸容光焕发，是棉花花朵的颜色。一种愉悦的紧张贯穿了纳吉的身体，穆芭拉珂则感到自己灵魂已经出窍了，完全暴露在纳吉面前。她更慌乱了，她看到纳吉伤痛的、祈求的眼神，那眼神告诉她，她刚刚所做的一切，在他看来就是一颗火球，在他们两人间滚动。

"亲亲我吧。"

他语气中同时带有穆泰沙尔的厚颜无耻和曼苏尔的天真无邪。他眼睛一眨不眨，虽然刚刚还随着她手指的动作一个劲眨巴。纳吉又向她靠过来，身体贴到她的身体上，这次是故意的。穆芭拉珂也迎上去，心甘情愿地把嘴唇印在他额头上。纳吉伸手解开穆芭拉珂的衣服，捧着她的乳房又挤又揉，吸吮她的乳头。穆芭拉珂仰面躺下，把纳吉拉到自己身上。纳吉喃喃说着胡话，穆芭拉珂一言不发地搂着他的腰，调整他的动作、速度和角度，直到物我两忘之时，她随着纳吉的喊声用指甲在他背上划了一道又一道，在旧伤之上又添许多新伤。

穆芭拉珂整理好衣服，重新在纳吉对面坐下，继续清理他身上的伤，他却一把抓住她：

"刚才好吗？"

又是那既天真又无耻的语气。穆芭拉珂正忙着，没有回答，可她轻柔的动作又让纳吉有了反应，他的下体开始跳动，直到完全矗立。纳吉朝穆芭拉珂看去，想把她的视线引过来，让她见证这个奇迹。纳吉穷追不舍：

“不乐意吗？”

穆芭拉珂的眼神在纳吉脸上停留了几秒，他的纯真中藏着男人的狡猾。她把手伸过去，开始动作，然后她的手就湿了。

“让我闻闻。”

纳吉又高兴又好奇地说。穆芭拉珂把湿漉漉的手凑到他嘴边，忍不住大笑，但很快又悲从中来，她意识到自己以前从没这样开怀笑过。随后，她恢复了喜悦的表情，她不仅在这个家族的又一个男人身上发现了男性的秘密，还发现了开怀大笑的体验。以前她以为自己并不比爱笑的人更悲伤，只不过没有笑的能力。

穆芭拉珂的双手穿过纳吉的腋下，在纳吉胸膛正中，两人的手指紧紧交缠，然后又分开。当穆芭拉珂瞥到纳吉的下体蠢蠢欲动，就捏捏他的乳头，随后提起盛食物的篮子走了出去，没有回头。

那一刻，穆芭拉珂心中只有喜悦的慌乱，那是穆泰沙尔曾经带给她的感觉。她充满了活力，又变得笨手笨脚拿不住东西。她突然想起父亲曾经责怪她，说她踩了猫尾巴，不觉会心地笑了。

纳吉提心吊胆过日子，耳朵变得极其灵敏，什么风吹草动能听到，像是伺机捕猎的饥饿野兽。每当家里一片寂静，他都觉得机不可失，赶紧在门上敲几声，那边穆芭拉珂听到敲门声，也赶紧放下手里的事，飞也似的奔过去。她忘了灶上煮着的饭，火上烤着的大饼，她把水桶翻倒在鸡窝门口，口渴的鸡鸭干着急，她把脏衣服扔在水盆里忘了洗。一次又一次的交欢，穆芭拉珂开始用自己的声音去笑。她压抑的呻吟和纳吉的嘶吼交织在一起，有时纳吉声音太大，穆芭拉珂会就捂住他的嘴，提醒他家里还有个瞎眼老太太。

骆驼兵团继续封锁着欧希村，时间长了，哈菲沙念子心切，冒险去看他。萨拉迈已经有日子没消息了，大女儿娜吉娅更是自打离家就音信全无，只剩下阿里和纳吉了。她让阿里打探好道路，然后自己披着黑围巾，一路跑到穆芭拉珂家。

哈菲沙敲门，穆芭拉珂应声而至，两人环顾四周，确定四下无人才走进去。进去之后，两个人又在门后站了一阵，确定万无一失，才放心。穆芭拉珂把柴房门打开，领着纳吉出来。三人落座后，穆芭拉珂竭力避免朝纳吉的方向看，她害怕看到他兽欲的双眼，害怕自己在人家母亲眼皮子底下把持不住，无论纳吉说什么，穆芭拉珂都故意不搭腔。这时穆加希德回来了，他看到纳吉正逗弟弟玩，两个妻子在一旁说悄悄话，觉得一个新的世界在形成，完全不需要他的存在。他退回客厅抽烟，等着随便哪个朋友过来陪他消遣一阵。

穆芭拉珂又开始害喜，穆加希德懵了，努力回想自己对穆芭拉珂死乞白赖的骚扰，好像有段时间，穆芭拉珂对他没那么反感，但他自己那段时间也没多少兴致。难道他在半梦半醒间进入了穆芭拉珂的身体，还是穆芭拉珂真的被精灵附身？他想过一千遍要和穆芭拉珂当面对质，却又不敢，更何况为了保全面子，这事绝不能让人知道。穆加希德自顾有口难言，哈菲沙则开始给穆芭拉珂送饭，顺便帮她料理家务。当穆芭拉珂由于剧烈的妊娠反应恶心难受，哈菲沙就把她抱在怀里，轻轻拍着她的背。

“你真像我那离家的苦命女儿啊。”

哈菲沙低声啜泣，心疼无比：女儿去了个她连名字都叫不出的遥远地方，一点消息都没有；儿子上了战场，可这战争和他们却全无关系，如今儿子只留下一张明信片，哈菲沙一直带在身上，都快磨破了。明信片正面是一个大广场，背面写了几个字。邮递员从巴勒比斯出发，历尽千辛万苦，花了几个月才把这张明信片送到哈菲沙家里，哈菲沙殷勤地给他塞了不少鸭肉、米和辣椒，巴望他还能继续来送信，可他再也没来过。

战争不仅带走了村里的年轻人，还带来了巨大的经济负担。每一回政府濒临破产，欧希村的赋税急剧攀升，收税的官员还不满足于当局规定的税项，他们利用职权巧立名目，变本加厉地压榨欧希村人。未几，很多村民都吃不饱饭了，农民们开始造反，好几个村也因而开始关注爱国运动。人们的政治态度主要分为两派，一派支持穆斯塔法·卡米勒的继任者穆罕默德·法力达，另一派拥护萨阿德·扎格鲁勒，他辞去法务部长的职位，和人民站到了一起，与殖民者决裂。

盗窃事件又连续发生，在欧希村一带尤为猖獗，但这次与以往不同，盗贼不再只针对有钱有势的人，开始对所有村民一视同仁。哈菲沙为自己家大院捏了把汗，晚上睡觉都紧紧搂着阿里，门被她关得死死的，门口抵着一架结实的木梯，以防有人用蛮力撞开门。这一晚，哈菲沙听到一声惨叫，这声音从马棚传来，像是有人在用利器敲打马头，借着天光，哈菲沙往街上看，发现一群蒙面人在驱赶她的牲口，她惊恐地大叫起来，盗贼听到声音拔腿就跑，留下牲口们满街乱窜，哈菲沙的惊叫吵醒了很多人，包括穆加希德，他们赶到现场，发现关牲口棚的墙上被盗贼用棍子凿了个大洞。人们满街乱窜的牲口赶回来，发现穆加希德的小母马浑身血淋淋的，肚子上还扎着铁刺。

很明显，盗贼这样做是为了让马跑起来，但小马挨了一刀又一刀，就是不动，它原地站着，血流如注，凄厉地嘶鸣，四蹄不停地敲打地面。盗贼无可奈何，气急败坏地嘟嘟囔囔。

那一晚过后，马儿只坚持了三天，就死了。人们认定它死于伤口感染，就用绳子把它拉走，丢弃在离欧希村很远的水渠沟，野狗去撕咬它的尸体，吃得精光。哈菲沙竟然为它落了泪，她曾经恨它入骨，把它看作穆加希德的不良嗜好之一，况且它还吃家里粮食，每逢红白喜事，穆加希德更是恬不知耻地骑着它翩翩起舞。穆加希德余生一直很怀念这匹爱马，他不曾料想马儿会有如此悲惨的结局，他后半辈子一直喋喋不休给没有见过这匹马的儿孙们讲它的故事，讲自己怎么骑马，如何与马儿亲密无间，总以马儿英勇牺牲的故事作为结尾，他讲得很动情，即使没见过这匹马的人也会落下泪来。

（十）

政府对欧希村的搜刮告一段落，纳吉不用再躲了。穆芭拉珂准备了一壶热水和澡盆，让他出柴房到屋里洗个澡。日光下，他仔细观察自己的身体，好像头回看到似的。

在穆芭拉珂家洗了最后一个澡，纳吉拿起她收拾好的衣服包，告别了那个黑暗的天堂，回自己家大院。

“我们都习惯跟你同住了，纳吉。”

穆芭拉珂说，强忍着心底的震颤。纳吉的名字还没说完，她声音就哽住了。她注意到穆加希德只离他们几步之遥，抽着水烟，水烟枪咕噜噜直响。纳吉并没有回答，忙着应付曼苏尔，曼苏尔正抓着哥哥的衣角不让他走。纳吉转了个圈甩开了曼苏尔的手，一只手扛起弟弟，另一只手提起衣服包，准备出门。曼苏尔虽说不想让哥哥走，又不愿离开妈妈，这时往母亲怀里钻去，穆芭拉珂此刻只想好好地抱一抱纳吉，却不得不从他手中接过曼苏尔。纳吉走了，没有回头，摩挲着自己的胸口，回味着穆芭拉珂的触碰和激情。

纳吉回家以后，哈菲沙还是经常去看穆芭拉珂，在她家中消夜，而穆加希德已经熬不起夜了，昏礼后就直接睡了。哈菲沙和穆芭拉珂讲她出生以前的事，就像母亲跟女儿聊天一样。穆芭拉珂对哈菲沙问这问那，试图把话题引到纳吉身上，纳吉现在又和父亲弟弟一起下地干活了。哈菲沙说个不停，累了就在穆芭拉珂面前一躺，接着说，常常说着说着就睡着了，穆芭拉珂给她枕上枕头，第二天晨礼的宣礼声把她唤醒。

"让我来给家里男人们送午饭吧，一周一次两次的。"

穆芭拉珂提议说，但哈菲沙提醒她应该多休息。

"他们忙起来的时候，让我送一次吧！"

这建议近乎恳求，哈菲沙接受了，很爽快，都没让自己考虑一下，她想着怀着孕的穆芭拉珂可能一人在家太无聊了。

纳吉闻讯就乐坏了，他盼着穆芭拉珂来送午餐。每次穆芭拉珂要来，他都编造各种理由早早出门，趁着穆加希德和阿里穿过玉米地之前，和穆芭拉珂独处一会儿。穆芭拉珂打开黄铜大托盘的盖子，里面的食物色香味俱全，父子三人都很欢迎穆芭拉珂来送午餐。纳吉安静地吃着，偷偷和穆芭拉珂对视一下，像柴火底下静水深流。穆芭拉珂怀孕后更加丰满艳丽，田里风吹日晒也让纳吉平添了男人味，劳作后的慵懒让他更有吸引力了。两人通过眼神纠缠着，却又躲闪着。三人吃完后，穆芭拉珂带着残羹空盘离开，而纳吉却完全不记得刚才吃了什么。

哈菲沙提议穆芭拉珂搬到大院里一起住，这样她就可以和萨拉迈的妻子苔菲黛一起照顾她生产。穆芭拉珂听了很紧张，假如她搬过去，就能和纳吉再次同处一室，而现在他们只能偷偷看看、摸摸对方，偶尔有机会独处片刻。另一方面，穆芭拉珂又害怕和纳吉共处一室，家里人多口杂，事情暴露的可能性更大。她想象着自己和纳吉在床上缠绵，突然有人破门而入。穆芭拉珂设想着家里每一个人可能的反应，心跳越来越快。

想到萨拉迈的妻子苔菲黛，穆芭拉珂紧张到了极点，在那个家里她最讨厌的就是苔菲黛。小时候，她们就经常在婚宴上，磨坊前的长队中或是水渠边见到对方。苔菲黛很刁钻，男人一样高大健硕，宽肩膀，没有腰身。脸长得也很凶，大嘴厚唇，鼻子又大又尖，一双大眼睛里满是恬不知耻。她说话或者听人说话时，眼睛都一眨不眨地俯视对方，像是用眼神把人家扒个精光。

对于穆芭拉珂搬来住的提议，苔菲黛沉默良久，脸上阴晴不定，随后像催眠似地回答哈菲沙：

“好吧，这样更好。”

穆加希德很了解堂妹哈菲沙，他觉得哈菲沙让穆芭拉珂搬来大概是想节省开支，他们的家境不行了，去年，他们甚至不得不用两个女人的首饰来支付税款。穆加希德有些抵触这个提议，但他没有理由不让两个妻子好好相处。

穆芭拉珂的床和柜子都拆卸打包，贮存粮食和饲养牲口的棚子也搬走了，鸽子被剪掉了羽毛，以便安顿在大院子的新窝。

哈菲沙让穆芭拉珂选间房，把家具搬进去。穆芭拉珂挑了一间位置偏僻的，故意避开自己一人独占院子时住过的那间。她的新房间很宽，旁边还有间小点儿的，她把哈米达姨妈安置在那里。她这样做是为了安抚自己的良心，哈米达姨妈被遗忘已经有段时间了，要不是这次搬家，还想不起来呢。这段日子，她被纳吉搅得心神不宁，根本顾不上陪她挨过丧母童年和无爱婚姻的哈米达姨妈。

母亲去世的时候，穆芭拉珂第一次对死亡有了模糊的概念，但她不知道人死了就再不会回来。穆芭拉珂静静地看着一口棺材从家里被抬出去，知道里面是母亲，但她没有哭。在丧期里，邻居妇女争相给他家送吃的，穆芭拉珂心生好奇，想看看到底哪个女人做饭的最好吃。哈米达姨妈一看到穆芭拉珂傻乐，就把她抱在怀里，低头哭泣。她每晚都要安顿好穆芭拉珂自己才回家睡觉。

逢年过节，哈米达姨妈就带她到自己家，拿上一身新衣服，给她洗澡梳头，嘱咐其他孩子第二天早上带穆芭拉珂一起玩。若是纪念日，哈米达姨妈就领着穆芭拉珂，和其他的妇女一起坐在离广场最近的房顶上，看男人们唱经。

穆芭拉珂有一次听到别人劝父亲娶了哈米达，她对穆芭拉珂太好了。父亲的回答她当时并没有听懂，他说：

“羚羊不能拿山羊来替。”

穆芭拉珂很久以后才明白这话的意思，然后她又亲自建议父亲娶了这女邻居，毕竟老太太像亲妈一样把她拉扯大了。可是父亲的回答又让她费解了很多年：

“哦，我娶了她，跟她说，给我盖上被子，自己叫！”

当年的穆芭拉珂不明白，父亲的意思是，自己已经不能行房事了。穆芭拉珂记得，哈米达的关心最初让父亲很烦躁，尽管他乐意让她照顾女儿。后来父亲开始接受哈米达送来的饭菜，自家玉米和小麦丰收了，他也送一些给哈米达以示感谢。哈米达渐渐成了他们家的女主人，她又是做饭又是打扫，有求必应，还把父女俩的衣服带回家洗，衣服若是开了线、掉了纽扣，她就一一缝补好。哈米达对这个家的一切都了如指掌，干起活来轻车熟路。穆芭拉珂的母亲生前和哈米达情同姐妹、形影不离，每天早晨哈米达都等着巴德尔出门的信号——他出门或回家总要习惯性朝地上啐一口，哈米达应声而出，从门口看到巴德尔走远，她就去找自己的好姐妹，两人在一起聊个不停，一边干干活，吃吃东西。直到回家的巴德尔进门前又啐了一口，她才离开邻居家。

哈米达姨妈为这个家操劳了多年，不厌其烦，直到穆芭拉珂长大懂事，能当女主人了，才退居二线，但依然很关照穆芭拉珂，就像关心她早逝的好姐妹。穆芭拉珂和母亲法蒂玛很像，都不爱说话，哈米达就把两人份的话全说了。如今，穆芭拉珂不知道自己对哈米达的无微不至是出于之前遗忘她的负罪感，还是因为怀孕让她更成熟了。近来，穆芭拉珂不再一跟纳吉四目相对就欲火中烧，但她知道自己的忍耐有限度，抵御不了纳吉的活力，纳吉的雄性气息让穆芭拉珂倾倒，就像老鼠在猫爪下束手就擒。穆芭拉珂只好避免和纳吉独处，更不愿撞到他洗完澡，只穿着内衣从浴室里出来，每每那时，他皮肤的古铜色更加鲜明，锁骨在衬衫下清晰可见，微卷的黑发随意、却又有些攻击性地散乱着，像含羞草的针叶。

穆芭拉珂不单躲着纳吉，她跟全家人都不大接触，即使儿子曼苏尔也要么去私塾念书，要么和父亲和两个哥哥一起下地干活，不再缠着妈妈了。

穆芭拉珂怀孕第九个月了，她心无旁骛地准备生产。她找来一些旧的碎布，做成婴儿的襁褓，又找来新布料，做成巴掌大的小衣服，大部分是连衣裙，像是给洋娃娃穿的。一天，哈米达姨妈坐在穆芭拉珂身边，把手放在她肚子上，发现这次肚子比上一次怀孕要大，哈米达的手摸索着到了穆芭拉珂脸上，随后又滑向她的胸部。哈米达问：

“你这次怀了孕是不是又变美了？”

穆芭拉珂笑道：

“我难道自己给自己作证吗？”

哈米达两眼定在穆芭拉珂身上，好像看着她，有些挑逗地问：

“你男人没说啊？”

穆芭拉珂一愣，没有回答；哈米达暗淡的眼睛朝着她：

“你怀的是女孩。”

穆芭拉珂很高兴，她一直想要个女儿，当她的贴心小棉袄，还能在晚年照顾她，比十个儿子都强。哈米达苍老的脸越凑越近，穆芭拉珂不想让她再问东问西，决定先下手为强：

“说真的，你当初怎么没干脆嫁给我爸？”

哈米达退回原位，脸上浮出一个微笑：

“我要是嫁给他了，现在人家不得说我害死了两个男人？”

“什么呀，说真的，到底为什么？”

“因为我不是法蒂玛，你爸也不是易卜拉辛。”

两人都沉默了，哈米达抬头望向她并看不见的房顶，梦呓般喃喃道：

“人啊，见过了老虎，就不会对猫心满意足啦。”

哈米达对婴儿性别的预测让全家人都深信不疑，穆芭拉珂做的那些小裙子也在佐证这一预测，好像生女儿是毫无疑问的事了。直到接生婆清理完胎盘，剪断脐带，把新生儿交给哈菲沙。哈菲沙给孩子擦洗身上的血污，竟在婴儿两腿间摸到一个突起的肉块，她惊叫一声，好像女人无意间撞见一个一丝不挂的男人从水渠爬上岸。

“是男孩！”

哈菲沙也很失望。她这下明白了，为什么穆芭拉珂怀孕自己跟着高兴，为什么听说是女孩自己更高兴了——因为她想从这孩子身上找回娜吉娅，她的驼背女儿。娜吉娅这个可怜的丑孩子，总让做母亲的悲从中来，心痛欲裂。接生婆法希玛完成了工作，在屋外和穆加希德一起抽水烟，这会儿听到哈菲沙惊叫，也跑回来，反复确认婴儿的性别。

这一次，穆加希德本来并不高兴，也不怎么担心穆芭拉珂的怀孕和生产，现在听到屋里女人乱作一团，他也凑了过去，却只站在门口，伸开双臂两手撑着左右门框，看着，然后嘴里吐出一个词。

“萨利姆。”

他说的是孩子的名字，像是下达命令，没有商量的余地。他似乎很满意自己抢先给孩子起了名字，然后扭头就走，也不问孩子妈怎么样，平静得像是交代完遗愿、寿终正寝的人。但两个女人并不死心，她们不愿放弃生养女儿的梦想，就一直把萨利姆叫作萨丽玛①，一直给他穿连衣裙，直到他明事理，自己不好意思穿了。

---

① 阿拉伯语中很多人名有阴阳性两种词形，萨丽玛就是萨利姆的阴性形式。

（十一）

四年后，萨拉迈·迪布从战场回来了，看上去几乎变了个人。要不是凭着迪布家特有的浓眉黑眼，哈菲沙根本不认得眼前这个清瘦的中年人——她儿子走的时候，可是壮得像头牛呢。

不过萨拉迈总算是回来了，一家人庆祝了整整七天，家里的牲口除了一头水牛和两头奶牛基本都宰了。一连七天，家里炉灶就没熄过火，因为哈菲沙在静默长老的墓前许愿，如果儿子能平安回家，她就大宴全村。

女人们用灰泥重刷了屋里的墙壁，从比勒拜斯请来的雕刻工匠用白石灰把房子的外面粉刷一新，还画上了大轮船。工匠们晚上收了工，也和村民们一起围着萨拉迈，听他讲打仗的事，并从中受到启发，又在轮船上画了士兵和大炮，以和那些朝觐归来的人家墙上的画儿有所区别。

一连七天，饭桌一直没收起来，从中午一直摆到昏礼时分，紧接着又开始消夜活动。大家都听萨拉迈一个人说话，偶尔有人提个问题，又马上安静下来等萨拉迈回答。从军归来的萨拉迈变得很容易紧张，还染上了烟瘾。每晚他在人群中坐定，慢条斯理地开讲，大家鸦雀无声，地上掉根针都能听到。

萨拉迈知道何时稍作停顿会吊起听众的胃口，他不时在大家屏息凝神的时候叹口气，挠挠头，好像在竭力回想。他故事的开头通常是一连串很短的句子，停顿的时间比每句话都长。当听众的眼里闪出好奇的光芒时，他不慌不忙地从口袋里掏出一个金属烟盒，打开盒子，又从小本子上撕张纸，在盒子上展开，捏出一小撮烟草，放在纸上。人们都目不转睛地看着他，他却拿起这纸，不慌不忙地开始卷纸烟，最后还舔舔烟纸边缘，把烟卷封好，此时听众们的好奇心已经达到了极致，好像要扑上前来把话从萨拉迈嘴里挖出来。萨拉迈点燃了纸烟，吸了一口，还反问一句：

“我讲到哪了？”

“恩塔瓦利普。”

有人回答，萨拉迈笑了笑，纠正道：

“是安特卫普，比利时一个港口，濒临北海，在世界的另一头。”

人们一声不吭地听着，生怕漏听了一个音节，萨拉迈的声音忽高忽低，像平静的海面涌起波涛。他给大伙儿描述这个港市，岸边停靠着法国的军舰，街头吹着宜人的海风，人们头一回足不出户就知道了这么多港口的名字。这座城市阴云密布的天气和阴暗的厨房没什么区别——萨拉迈和战友们正是在军舰深处那不见光的厨房里关着，忙完了早餐忙中餐，好在到了安特卫普，他还能出来透透气。萨拉迈还给大家讲那里的女人，她们白白瘦瘦的，让他完全提不起兴趣，倒不是因为她们太苍白，而是因为她们穿的裙子又短又紧身——这样的女人还能给自己丈夫保留什么呢。

萨拉迈的故事里不仅有比利时这个小小的中立国，还有他的战友哈里法，来自南方城市艾赫米姆，那个丝制品之乡，以及很多讲着奇怪语言的外国人。

每天晚上，萨拉迈都用故事带着大家周游列国，有英国的殖民地，也有英国的盟国。而这些地方，萨拉迈多是从后勤小队的战友们那里得知的。战友们和萨拉迈一样都来自被殖民国家和地区，都是被征用的壮丁。他们讲述各自的风俗习惯，萨拉迈还学会了烹制他们故乡的新奇菜色——后勤小队喂饱了甲板上的法国官兵之后，会自己做点私房菜，萨拉迈就是那时候学会的。

讲到自己最亲密的朋友时，萨拉迈的眼睛亮闪闪的：那是个罗马尼亚年轻人，丹·弗兰斯科，白皮肤蓝眼睛，金发稍稍发红。他来自黑海沿岸的一个小村庄，位于多瑙河河口三角洲的顶端。那里的村民至今都维持着人人平等的生活状态，就像几百年前的欧希村。他们得坐船去田里，因为庄稼种在村庄对面的小岛上，四面环海。开春时，他们用船把牲口运到岛上，让它们自己吃草，然后每天去岛上挤奶，等秋天再把牲口运回村里，因为岛上冬天太冷，鹅毛大雪把整个岛盖得严严实实的，人和牲口都受不了。

"他们那里的鱼便宜得跟白送一样。"

萨拉迈这样说，听众们满脸惊讶。然后他介绍了那些村民如何从河里海里钓鱼。他说丹教给他一百种做鱼的方法，以前在欧希村他只知道鱼是油炸着吃的。而丹初始的时候觉得穆斯林礼拜的方式很奇怪，后来就特别喜欢，每次都饶有兴趣地旁观萨拉迈跪拜。

他讲着讲着，有时突然就旁若无人地发起呆来，有时又突然浑身一震，深深垂下头。等他回过神，觉察到大家沉默中的诧异，才小心翼翼地慢慢抬起头，环顾四周，继续他的故事。

从军中归来的萨拉迈变化之大让人们惊讶不已，萨拉迈本人也由于家中很多意料之外的变化惊讶不已。穆芭拉珂住过来已经让他很意外，他更是没想到家中这三个女人居然能和平共处，只偶尔有些小小的分歧——他记得自己离家时，母亲和妻子之间还有很深的隔阂，现在两人基本冰释前嫌了。哈菲沙如今成了两个年轻女人的婆婆，俨然是个行事公道、受人爱戴的女王。两个媳妇一起分担家务，哈菲沙专门照顾萨利姆。此时，小萨利姆正试图挣脱奶奶的怀抱，使劲往前爬，抓住一切够得着的物件往嘴里送。

三个女人共同商议家事。今天吃点什么，由谁在哪一天去地里给男人们送饭，在洗衣服的日子、做大饼日子，她们每个人都负责哪项工作。她们还把家中男人分成三六九等，区别对待。萨拉迈意外地发现弟弟纳吉成了一家之主，而父亲则已经年老力衰，不修边幅，不知是自己不讲究了，还是两个妻子不管他了。父亲在饮食上也没有了特殊待遇，他在家里的地位急转直下，几乎成为最无关紧要的人，只有瞎眼的哈米达姨妈排在他后面。哈米达姨妈像老鼠一样昼伏夜出，因为害怕自己走路摔跤被人嘲笑。

萨拉迈也没料到父亲竟在这老迈之年开始下地劳作。他仔细瞧着父亲的手指头，只见这双手已经弯曲变形，骨节粗大，还常被染得绿绿的，明显是辛苦劳作所致。然而萨拉迈和弟弟们年幼、需要照顾时，父亲哪有这么勤快，只是强迫儿子们用稚嫩的筋骨去对付沉重的锄头。

萨拉迈休息了短短几日，就结束了自己客居的状态，跟着男人们去干活，却发现他自己失去了从前干农活的力气，一天下来，手掌和手指头上就满是红点，随后变成水泡。萨拉迈在法国战舰上并没有跻身管理层，他现在却很肯定地认为，农民简直就是奴隶，因为他们的工作是最繁重、回报最低的。萨拉迈盘算着弄几台织布机，在穆芭拉珂家开个小织布作坊，反正那房子空着也是空着。

穆芭拉珂欣然接受了这个提议，觉得这样自己在这个家就越来越重要了，同时她也想以此减轻内心的负担，她和纳吉的秘密沉重无比。萨拉迈出门了五天，领着个上埃及①青年回来了，他就是大家已在故事里认识的哈里法·阿卜杜·阿勒。哈里法去看了穆芭拉珂家的房子，指出需要改造和扩建的几处地方，还有些窗子需要打通，另一些需要堵死，因为要保持适当的湿度，以便贮藏作为原料的棉花和成品布料。不久，又来了一辆马车，载着抛光了的长宽各异的山毛榉木料，这些木料和家中一些天花板的材料一样。哈里法用这些材料进行拼装，搭建出一个小小的迷宫，只有他一人知道走进走出的路。最后，纱线也备齐了，可是第一批产品却不合格。

数十米的布料上到处疙疙瘩瘩，线条和花样也乱七八糟。哈里法用这残次品缝制了枕头套和被罩，还给家里男人们做了内衣。此后，布料的质量开始渐渐提高，在整个东区都受到欢

---

① 上埃及指埃及南部，多为欠发达的乡村和小镇，由于接近苏丹，上埃及人肤色总体偏黑。

迎，提前订货的大有人在。哈里法这才离开了欧希村。

萨拉迈专心地经营这个小厂子，不久就把建厂时的贷款还清了，工厂开始盈利，刚刚一年，就给家里添置了好几费丹地。萨拉迈常去外地出差，带回香皂、水果、点心和瓶装饮料。服兵役时，萨拉迈接触了不少外国人，建厂后，他又常和城里人打交道，他打破了家里的旧规矩，让全家老小坐在一起吃饭，大家坐满了两张大桌子，吃一样的饭菜。

当父亲过了 70 岁，萨拉迈好不容易说服他不再下地干活。阿里也去厂里工作了，剩下纳吉一个人负责地里的活计，他平时自己动手，忙不过来就雇人帮，萨拉迈开始催他结婚。

萨拉迈不在家的时候，自然没有人跟纳吉谈这事，现在萨拉迈回来一年多了，纳吉还是完全没表现出一点结婚的欲望。平日里纳吉和穆芭拉珂遮遮掩掩地眉来眼去，都被苔菲黛看在眼里，她试着点醒丈夫，不料丈夫很不高兴，苔菲黛不敢再说，只得作罢。现在，虽说萨拉迈对妻子的好事动了怒，也不得不向纳吉施压，催他挑个姑娘，家里好去提亲。

苔菲黛想在纳吉结婚之前把话说明白了，工厂的收入必须归她的孩子。苔菲黛觉得现在全家都靠她丈夫一双手养活，就开始养尊处优，经常一觉睡到快中午，活都让哈菲沙和穆芭拉珂干完了。苔菲黛越来越趾高气扬，香皂没拿稳，掉到水池子里，她都懒得伸手去捡。直到水池子堵住，水溢出来，哈菲沙去清理，才发现融化变形的香皂。

哈菲沙倒是变得对媳妇很纵容，并不说苔菲黛的不是。但是苔菲黛心狠手辣，得寸进尺，盯上了补贴家用的工厂利润。她听说家里又要用工厂的利润买地了，还是以穆加希德的名义，便很不高兴，借机撺掇丈夫分家，两口子自立门户。

“你一个人养活全家，可是你的老婆孩子还不是和他们老婆孩子过一样的日子？”

她对躺在身边的丈夫说着，拉过丈夫的手，按在自己隆起的肚子上。

“你别忘了，工厂用的可是穆芭拉珂家房子。”

萨拉迈回答，苔菲黛听到这话，把丈夫的手在自己下腹上用力一按，自己也痛得叫出了声，声嘶力竭地反问：

“在欧希村，那样的房子租金能有几个钱？”

“每个人做什么，不全凭真主决定吗。”

萨拉迈把手从苔菲黛的手里抽了回来。苔菲黛觉得自己的丈夫在兄弟中最出类拔萃，必须让他把工厂的利润自己留下，而且必须赶在纳吉成婚前明确这一点。然而她并没有得到答复，一生气就回娘家了，临走时放话说，如果不分家自立门户，她就再也不回来了。

萨拉迈知道苔菲黛在岳父家中生下了孩子，也不去接她回来，岳父只得派人去找萨拉迈，好言相劝，请他把苔菲黛接回去，还保证她不再造次。

这一次苔菲黛失算了，丈夫并没有带着她自立门户，倒是雇了两个女仆来做家务，省得家中女人为了家务分工闹矛盾。萨拉迈依旧和弟弟们一块儿生活，两个女人比赛似地生孩子，两个女仆帮着照应，家里每年都要添一口人。不久阿里也结婚了，他的妻子也加入生孩子的比赛中，这样，家里每年添的就不止一口人了。

（十二）

穆加希德和萨拉迈出门去为纳吉向宰吉娅·贾哈什提亲，纳吉借机溜到穆芭拉珂房里，两人耳鬓厮磨，沉浸在另一个世界中。

今晚两人总算没必要在饭桌上眉来眼去了。两个男人出门后，哈菲沙和苔菲黛也很快没了动静，阿里照旧倒在穆斯阿黛的温柔乡里乐不思蜀，穆芭拉珂准备好迎接纳吉了。

“其实无所谓，结婚不过是必要的程序。”

穆芭拉珂小声说,她被纳吉的手搂着紧紧的,以至于有些疼。

阿里把穆斯阿黛的肚子搞大了，不得不违背传统习俗，赶在哥哥前面奉子成婚，家人越发着急地催促纳吉尽快娶个媳妇。而纳吉一开始还指望家里能把他的事淡忘一阵，毕竟大伙都忙着谈论阿里和娇妻的房中秘事，说得穆斯阿黛的两腿之间藏着一团火似的。不料大家同时也不忘对纳吉施压，他找什么借口都无济于事，终于无计可施。

“就听你们的吧。”

纳吉在一天的晚饭上这样说。他偷偷朝穆芭拉珂瞟了一眼，穆芭拉珂一抬头，正迎上苔菲黛直勾勾的视线，心中一阵慌乱。饭后，大家围炉而坐，挨个数着村里的适婚姑娘，纳吉最后同意娶宰吉娅，他垂头丧气，好像从各种制裁方式中挑了个最轻的。

苔菲黛主动承担起打探姑娘母亲态度的任务，铺垫完毕，家里男人们就正式去提亲。到了和姑娘父亲马哈茂德·贾哈什约定的日子，穆加希德和长子萨拉迈一起去了他们家，正式开始互相了解。他们一起念了《古兰经》开篇章。同一时刻，穆芭拉珂正轻轻拭去纳吉脸上的两行泪水。两人并排躺着，穆芭拉珂把纳吉的手引向自己宽松的衣袍下赤裸的肌肤，纳吉掀起穆芭拉珂的长袍，压到她身上。穆芭拉珂一边欠起身去吻纳吉，一边奋力地扒下自己身上的长袍。她把手指甲扎入纳吉的后背，控制着他在自己身上的起伏，直到两人都瘫软了，又重新并排躺下。

“你可不能丢下我。”

穆芭拉珂这么说。此时，哈米达姨妈突然咳嗽一声，纳吉没来得及回答，纵身跳下地，做贼似的往外逃。他并不害怕瞎眼的哈米达，只怕咳嗽声引来了母亲或嫂子苔菲黛。离开穆芭拉珂房间足够远了，他才恢复正常的姿势，若无其事地走到客厅，等父亲和哥哥——他俩的确不一会儿就回来了。

“恭喜你。”

萨拉迈握住弟弟的手，告诉他他们在马哈茂德家受到热情招待。发现纳吉并无喜色，萨拉迈说笑道：

“别担心，咱爸这次可没有为自己求婚。”

穆加希德听到这句玩笑，很不高兴，他一言不发地丢下二人，径直去了穆芭拉珂卧室。穆芭拉珂正在屋里装睡，穆加希德故意弄出一些响动，穆芭拉珂在床上翻了个身。当穆加希德躺到她身边，她不经意地伸手搭在穆加希德身上，穆加希德受宠若惊地感到一丝温暖，他多希望穆芭拉珂是真心在示好。这时穆芭拉珂娇滴滴地说：

“恭喜恭喜，艾布·萨拉迈。”

“同喜同喜。”

穆加希德有些喜出望外，伸手臂搂住背向自己的穆芭拉珂。他感受到穆芭拉珂浑圆的臀部，依然那么紧实，而且在渐渐向他靠近，最终满满地填在他大腿之间。

穆加希德尽情地享受着自己期盼多年的温暖，心里隐隐作痛，因为他在哈菲沙床上找不到这样的温暖，也因为他在穆芭拉珂床上找到了这样的温暖——而且他很清楚，穆芭拉珂的娇躯只是自顾自地温香玉软，有没有他在都一样。

穆加希德不声不响，又开始玩挺进撤退的游戏，多年来，这个游戏让他心力交瘁。可这次他往前挺进时，她竟没有退缩回避，这让他内心涌起一股悲伤的愉悦。他又试着抽身向后，直到他感觉不到她的体温，但两人的衣服还是挨着，此时穆芭拉珂竟出人意料地主动向他贴过来，动作却有些刻意了。穆加希德收到了穆芭拉珂身体语言中的信号，就是为了这个信号，他焦灼地等待了多年，他确信自己现在终于可以进入穆芭拉珂。穆加希德转过身去，脊背保持紧贴着穆芭拉珂，还撅起屁股在穆芭拉珂背上轻轻蹭着，一边开始抚弄自己的器官，好像是在转回身之前先跟它商量商量，可这玩意儿却一直瘫软无力，像是一块被嚼了很久的肉。他用力地摩擦这玩意儿，好像在急救休克的病人，动作很快加剧成愤怒的挤压，直冲着这“病人”

椰枣般的脑袋和细细的身体。穆加希德好生奇怪，为何他的屁股碰到穆芭拉珂能一阵兴奋，而手里的这坨死肉却毫无反应？这时穆芭拉珂转过身搂住了穆加希德，他也把手从自己裆下拿开，感受着背后穆芭拉珂温软的胸部，他安详地睡去。

穆加希德的生命之火已经熄灭了吗，还是他的身体实在等了太久，熬过了数不清的饥渴难耐的长夜，已经习惯了暗自神伤？或者两种原因都有吧？无论真相如何，那一晚的温情时刻在接下来的日子里反复出现，尽管他已有心无力，却依然巴巴地盼着这一点温柔的施舍。这下子穆芭拉珂不再担心穆加希德发现她和纳吉那点事了，但依旧害怕苔菲黛，苔菲黛望向她的眼神锋利得像针，眼里全是欲言又止的心照不宣，让她动弹不得。如今她又要准备面对一个新的家庭成员，一个属于纳吉的女人，她出于对自己男人的占有欲，一定能轻而易举从纳吉身上嗅到其他女人的气息。

穆芭拉珂决定尽她所能，尽量自然地面对纳吉的未婚妻。她不仅对穆加希德更加温柔，还主动提准备婚礼的事，努力表现出适度的热情，以防热情过度反而露出马脚。她询问订立婚约和举行婚礼的日期，向哈菲沙建议婚宴上甜点和大饼的口味，她还细数贾哈什家族的优点，宰吉娅个人的优点，说她是匹“阿拉伯小骏马”。宰吉娅这个纳吉勉强迎娶的姑娘，确实是招人“嫉妒”的——她一头红发，牙齿凌乱，一双小眼睛，眼神慵懒又妩媚，她个高腰细，虽然臀部硕大得宽松长袍都掩饰不了，胸部却很小，为了弥补这一缺点，她走起路来故意轻盈地蹦跳，好让胸部也上下跳动。纳吉可没准备好消受这等福分。

纳吉在母亲的陪同下第一次拜访了未婚妻，全程都没正眼看她。很明显，这个初见未婚妻的新郎并不是因为害羞不敢看未婚妻，因为他只顾着和岳父母聊天。

那次之后，纳吉索性不怎么去了。哥哥萨拉迈见他对宰吉娅毫不上心，觉得奇怪，同时继续对他施压，他才偶尔又去一趟，可是他从不和宰吉娅单独相处，更不碰她，一般订了婚的小伙子哪有这么冷淡的。此外纳吉也从不因为拜访未婚妻收拾一下自己，更不给她带什么礼物，多小的东西都没有，一般的新郎哪会这样对待自己未来的妻子啊。

宰吉娅对纳吉的冷淡以牙还牙，于是即使纳吉过来，她也不去陪他。如果父亲不在，干脆让母亲接待纳吉。一来二去，纳吉和宰吉娅的母亲居然亲密起来，老太太一把年纪根本不忌讳，宰吉娅不会吃母亲的醋，她父亲回家看到老婆子和准女婿窃窃私语，也不会多心。日子就这样过着，纳吉越来越喜欢在傍晚去未婚妻家中，和未来岳母俩人头碰头地说个没完没了。

准女婿每次来访，马哈茂德·贾哈什都不声不响地在一边坐到半夜。他默默看着这个年轻人兴致勃勃又无比自然地聊着女人的话题，暗暗确定这人绝不能招来当女婿。一个月又一个月过去了，穆加希德多次提起办结婚手续的事，马哈茂德都不知该怎么回答。他该怎么拒绝穆加希德呢？说纳吉压根就不看他女儿的脸？只顾跟他家老婆子扯闲天？马哈茂德说不出口，只先随便搪塞拖延着。两家人等了很久，一切还是照旧——纳吉和未来的岳母聊得热火朝天，马哈茂德和女儿卫兵似的坐在一旁，插不上嘴，也几乎听不明白。

纳吉有一个礼拜没去新娘家了。其实他每去一次，都更加确定自己心里根本容不下穆芭拉珂之外的任何女人，每次回来都渴望看到穆芭拉珂的眼神。他故意弄出很大动静，希望穆芭拉珂能找个借口出来找他，让他好好看看。但穆芭拉珂并不理会纳吉的幼稚举动，纳吉只得失望地上床睡觉去。

马哈茂德试图找个合适的机会拒绝这门亲事，可是一直未能如愿，然而，他已经没法再等下去了。

“没有缘分啊！”

那天昏礼之后，马哈茂德终于对萨拉迈直言，却没有给出任何理由。事后，宰吉娅跟母亲说，她早就知道自己不会和这个人结为夫妇，他第一次来访，两人第一次也是唯一一次握手后她就这么认为。

宰吉娅嫁给了在纳吉之后第一个来提亲的男人，而纳吉再次置身于重压之下。哈菲沙只希望自己有生之年还能亲手抱抱纳吉的儿子，她开始为此祈祷，还去了静默长老陵墓，并发誓，如果长老在天之灵能指引纳吉走入婚姻，她就花钱修缮这座已经破败不堪的陵墓。萨拉迈也开始在没人的时候教训纳吉。

“你不知道人家怎么说你吗？”

“怎么，说我不能满足女人，还是怎么着？”

纳吉倒是毫不躲闪，甚至有些没羞没臊。可是躲过初一躲不了十五，他终于不得不走入婚姻了——哈菲沙和穆芭拉珂一起给他找了个姑娘，他这下是彻底逃不掉了。提亲之后，萨拉迈赶紧置办好一切，像父亲为长子娶亲，各色物品应有尽有：金首饰、铜器皿、床、新娘的衣柜和衣服，他还吩咐纺织厂的工人给纳吉赶制两套被褥，花样十分别致，只可惜，新娘只在这被褥里睡了一个多月，就要求离婚了。欧希村是个没有秘密的地方，新娘发现纳吉根本硬不起来，即使是新婚之夜，他也只是用手指头捅进她的身子，敷衍了事。流言越来越多，还有不少人怪罪新娘的家人，说他们明知道纳吉有问题，还这样坑害自己闺女。这些闲话已经传到了新娘家，迪布家的大院也一片惨淡。

“你既然不想要人家，为什么当初又娶了人家？”

萨拉迈训斥着一声不吭的弟弟。突然一个骇人的声音从那间被遗忘的小屋传来，哈米达姨妈正倚门站着。

“算了，让她走吧！纳吉这孩子被精灵抓住了啊，萨拉迈。”

哈米达说罢，顿了一顿，然后把她亲眼所见却讳莫如深的事说了出来。那是纳吉藏在穆芭拉珂家柴房躲兵役的时候，哈米达负责送饭，把东西递进去，再从外面把门锁上。有一天，她把堆在柴房门口的斧头、绳子等杂物移开，打开自己亲手挂上的门闩，却发现纳吉不见踪影，她把食物放下，锁上门，什么也没说。过了几个小时她又回来看了一眼，竟发现纳吉又出现在反锁的门内，浑身湿漉漉的，像是刚洗完澡，头枕着一个姑娘的大腿睡得很熟。那姑娘美艳无双，人间罕见，周身散发着异香，哈米达这辈子都没闻过。

“你真看到了？！”

苔菲黛惊恐地问，哈米达说：

“就看到一次。”

大家明白了她的言外之意。精灵在黑暗的柴房中找到了纳吉，还把女儿嫁给了他，精灵的女儿就不允许纳吉和人类女人亲近了。大家都很好奇，却无法从哈米达那儿打听到更多细节。

“你们就不能放过我一个瞎老太婆？”

哈米达一生气，大家也都怕了，不好再强求。七天之后，哈米达姨妈死了，临死前没再说一个字，但她那天讲述的奇事却不胫而走，在村里传开了。人们对纳吉刮目相看，原来他并非不举，而是被精灵抓住了，人们开始敬畏他，嫉妒他，甚至同情他。

（十三）

第三代土耳其村长仪斯玛特离开之后，政府一直没有任命新的村长，欧希村也就一直被遗忘和忽视着，村民倒也自得其乐，建村后他们就是这样与世隔绝地过了三个世纪。仪斯玛特离开后一段时间，政府还在给他那一辈的卫兵发放俸禄，虽然这些卫兵早就把武器束之高阁，专心务农了，但他们当然乐于得到一份额外的收入，他们派一位代表定期去比勒拜斯，把大家的钱一起拿回来。不久，那一批卫兵相继过世，欧希村和中央政府的最后一丝联系一度中断。然而此后政府破产，便又翻出欧希村的户籍表和地图，派了一队代表去重新统计人口，征收新的税项，税款日益提高，村民大都入不敷出。与此同时，一些金器贩子开始在那一带的村庄间流窜，与农民攀谈，故意给他们的金器估出错误的价格，随后政府当局表示，允许村民用相同价格的金银首饰代替交税。

一队专业会计们带着专门称量金器的秤来到欧希村，称量结果让村民们大为吃惊，最初甚至不敢相信。可是眼看着这些职员仔细鉴定、称量他们拿来的金器，并给出估价，他们才恍然大悟。职员们从金器的价格中减去应收的税费，把余下的现金连同收据交还给村民。

又过了几年，有秤也不管用了，人们手里已经没有东西可以变卖，可是税费依然看涨。有人决意出走，手中仅剩的几克黄金要么留下，要么寻找买主——无论人家开价多少都认了，只要能就此躲开苛捐杂税和收购的棉花的黑心小贩。有人坚决不再交税，或者哭穷，甚至对会计出言不逊、拳脚相加。不久，两个征兵的官员来到欧希村，传唤萨拉迈去见东区的大长官[①]。

萨拉迈一夜没睡，第二天按时来到了长官办公室门前，一个士兵打开门，把他领进去，只见长官正埋头看文件。萨拉迈僵在原地，不知所措，这时长官抬起头，示意他坐下。

“你知道收税的会计在欧希村的遭遇吗？”

“我听说了，大人。”

“怎么办呢？”

“您说怎么办就怎么办。”

长官打开一个卷宗，里面是一纸任命状，任命萨拉迈为欧希村的村长，并命他选出七名卫兵和一位长老，共同在村里维护治安。

萨拉迈就从现役士兵中挑了七个卫兵和一位长老，这八个人先去市政府签字接受委任，然后被送去接受军事训练，与此同时，萨拉迈修缮了村里破旧不堪的武器库。两个星期后，卫兵和长老都各就各位，修缮一新的武器库也成了新村长的办公地点。收税的会计们也都往村长办公处跑，把需要交涉的村民也叫到这里来。

① 其级别大致相当于市长。

萨拉迈根本离不开这几个专职卫兵，每每村里治安失控，都不得不向他们求助。但萨拉迈并不要求他们夜间在纺织厂门前巡逻，他认为纺织厂门前的街道就是个有效的屏障，载着纱线的进来和拉着布料出去的马车络绎不绝，把从玉米地里窜出来的劫匪撞个正着。

纺织厂越来越红火，萨拉迈把挣来的钱都用来买田置地。这些为家里购置的地产有一半登记在父亲穆加希德名下，另一半则在他自己名下，这种分配方案是苔菲黛的主意，她跟丈夫说，既然他是这些财富的创造者，当然就不能让他自己的孩子和穆芭拉珂、穆斯阿黛的孩子拿一样的份额，更何况纳吉和阿里都已经不亲自干活了。

正是萨拉迈让两个弟弟专门负责管理雇员：阿里负责工厂，纳吉负责田地。两个弟弟也都乐于接受哥哥的安排，现在大家的任务就是一起守护家里的产业了。

一切都井井有条了，萨拉迈终于松了一口气，也总算有了些闲暇，可以发发呆，想想事。黄昏时分，他独自坐在院前的凉台里，躲开织布机的噪音和工人的劳动号子——他们喜欢和着歌声，在机器上忙碌，旋转轮轴，像猴子在树枝间蹦跶。萨拉迈端着咖啡壶，凑到酒精灯前加热，又把热好的咖啡倒在杯子里，嗅着咖啡香啜了一小口，接下来恐怕是不会接着喝了，只见他打开账本开始埋头算账。

家中的日用品都定期从比勒拜斯采购。每隔一段时间，马车就满满装着奶酪、糕点、砂糖、菜豆和洋扁豆等物品回到大院。家中几个拖儿带女的女人们也都不用干活了，只需要指挥雇来的女佣烤大饼，做饭菜。但是挤奶和做奶酪的工作还是由家里女人们亲自上阵，这是萨拉迈要求的——他很爱喝新挤的还有些温热的鲜奶，总觉得陌生人挤的不够卫生。八年来，女人们争先恐后地生孩子，给家里添了十一口人：继曼苏尔和萨利姆之后，穆芭拉珂又生了穆斯塔法、马哈茂德、尤素夫和宰娜白；苔菲黛生了艾哈迈德、阿卜杜勒·麦格苏德、迪布和乌姆·阿里；穆斯阿黛则生了萨米哈、凯米勒和赛奈德。

“再过个几年，我们就能组建自己的军队，宣布独立啦。”

萨拉迈玩笑说，他很高兴家里能不断添丁，同时工厂也越办越大，有时候好些女工把纱线缠起来带回自己家里暂时存放，因为厂里的仓库早就装不下这些纱线和布匹，迪布家大院里不仅空着的房间都堆满了，就是有人住的房间，墙角也放着不少厂里的原料和产品。此外，家里还得留些空房给从东区城乡赶来的布匹商人落脚，有时候这些商人会住上几天，选货进货，尤其是赶上节庆和婚嫁，布匹生意好做的时候。

“真主啊！”

萨拉迈远远望见废弃多年的村长宅第，不由感叹，好像头回看到似的打量了半天。他的手握着咖啡杯停在半空，咖啡香还没来得及飘到他的鼻腔，思绪已经远远地飘到了椰枣树干枯的树枝上。他想到，自己童年的恐惧正是源自这个地方；他又意识到，童年早已远去，自己也早就长大了！

不只是村里的孩子们躲着这废弃的宅第，大人们也不例外，尤其是天黑后，他们宁可绕远路，也绝不从宅第门前经过。村里还流传着很多骇人的故事，比如宅第里整夜响着鼓声和箫声，比如窗边站着的白皮肤美少女，她全身赤裸，只戴着新娘的头纱，专门勾引小伙子。据说，那是第一任村长的女儿娜迪亚的鬼魂——她被哥哥哈克马特活埋在宅第的花园里，因为新婚之夜，丈夫发现她不是处女，就把她赶回了娘家。

“鬼魂不也是人变的吗！”

萨拉迈一边说，一边微笑从手上的咖啡杯中啜了第一口，他心意已定。他出门了，两天后带回两个陌生人，三人一起穿过宅第院墙上摇摇欲坠的院门。两人从随身携带的箱子里掏出一串钥匙，打开了宅第残破的大门。事后两人坐车原路返回，村里人传说，萨拉迈去了开罗，找到了仪斯玛特的儿子，从他们手里买下了旧宅第。他们完全没有讨价还价，也不要求给这个只有鬼魂才住的宅子立个买卖合同。萨拉迈的修缮工作马上开始了。

欧希村是没有人敢踏进宅第一步的，萨拉迈只能从比勒拜斯找来工匠，让这宅第起死回生。小孩们每每经过此地，都一溜小跑，他们觉得晚上在宅第敲锣打鼓的鬼魂现在白天也照样出来了。上了年纪的人也忧心忡忡地朝墙内瞥，他们从来不知道里面是什么，只是早上看见过几棵树高过了围墙，天黑后他们根本不敢朝里面看，因为鬼最喜欢在树枝上玩，还从这棵树上跳到那棵树上。

修缮工作持续了一连好几周。原本花园里只剩下四棵椰枣树，树叶几乎掉光了，树枝虽然干枯，但多年来还一直在树干上杵着。还有些柠檬树，这些年结着不少果实，纷纷落到地上，种子又生根发芽，已经长成一片小树林子。地上杂草丛生，干枯焦黄，间或有几处小土堆，是蚂蚁大军的杰作。

宅第本身的状况不比花园强，同样是面目全非。墙壁被湿气严重腐蚀，床东倒西歪，蒙着厚厚的尘土，窗棂支离破碎，被太阳晒得褪了色，房顶各个角落满是麻雀和鸽子的巢，屋里地板上也都是土堆，蛇和蜥蜴褪去的皮闪闪发亮，打碎的窗玻璃也夹杂其间——遥想宅第落成的时候，这五彩斑斓的窗玻璃曾经让村民们叹为观止。

工人们埋头苦干，把宅第内外破败凋敝的痕迹一一抹去。他们每天都从日出忙碌到日落，然后收工回到工棚，吃过晚饭就呼呼睡去。人们做完昏礼从清真寺出来，就能听到十五个工人响彻天际的呼噜声。他们住的工棚本来也是一间废弃的小宅子，萨拉迈租下来，铺了点草席，权当工棚了。

修缮完成，旧宅第面目一新，又开来一辆大马车，运来地毯、床和椅子等家具。之前土耳其人留下的家具都被虫蛀了，只能当柴烧，工人们劳作之余在花园里用它生火煮茶喝了。萨拉迈决定在迁入宅第之前，先庆祝老房翻修。他在花园里宰了两头牛犊，一头分送给乡亲们，另一头留给家人亲戚和雇来的工人。萨拉迈又费尽口舌请了两个诵经师，他们勉强同意在宅第露台上诵古兰经。

两个盲人诵经师[1]在晡礼之后就开始工作了，他们随着自己声音的抑扬顿挫摇头晃脑，眼睛虽然黯淡无光，却也警惕地四顾，好像戒备着自己看不到的危险。太阳落山后，人们把点好的煤油灯挂到椰枣树上，但这些灯却一个接一个不断地熄灭，点灯的赶紧来续火，始终续得没有灭得快。此时人们都不寒而栗，一个个大气不敢出，完全没有了白天围观杀牛剥皮时那份热闹喜庆。萨拉迈赶紧解释说，没有什么鬼魂，是风吹灭了煤油灯，点着了灯罩，却无济于事。

---

① 旧时埃及乡村的诵经师或说书人有不少是盲人。

宾客们开始退席，一个接着一个，脚步也越来越快。工人们在这劳作了许久，这会儿被萨拉迈留下吃饭的，也跟着逃了。家里的孩子也慌了，女人们刚刚还在麻利地端茶上菜，也一溜烟逃回了家。两个盲人诵经师也乱了阵脚，他们拄着拐杖站起身，一路摸索着跑出去。

不一会儿，宴席上就只剩下萨拉迈一个人，周围桌子上全是吃了一半的饭菜，炉子上还架着锅，炊烟袅袅升起，花园里像是刚刚经过一场恶战。半晌，萨拉迈也拖着脚步离开了，留下炉火兀自烧着。

那些分到了牛肉的人家都信誓旦旦地表示，那肉在火上一煮，就吱吱响着弹起来，甚至冲开了锅盖，一直飞到天花板上；还有人说，那肉几个小时也煮不熟，只好捞出来给狗吃，可是狗也只不过凑上去谨慎地嗅了嗅，就转身跑开了。两个盲人诵经师，也义正词严地回忆道，当初他们摸到萨拉迈给他们端了些肉，可是开吃时却发现大饼上空空如也，而且干干的，连一滴肉汤的痕迹都没有。

萨拉迈不想强迫家人搬过去，而且考虑到纳吉的感受，也不便提什么鬼魂精灵的话题。那天的宴会虽然被大家七嘴八舌说得很是邪乎，但是这座被人们遗忘了数十年的残破宅第经过翻修，再度受到了村民的关注——窗户上重新配了彩色玻璃，就是大白天看过去也显得神秘莫测。

穆加希德是最害怕的，他上岁数后跟个小孩一样，直接不让人提搬家的事，萨拉迈一提这事，他就烦躁地大手一挥。而苔菲黛则是用玩笑话搪塞萨拉迈搬家的提议：

“好啊，让纳吉搬过去呗，他不是跟精灵有交情吗？”

萨拉迈听后，白了她一眼，她又赶紧改口说：

“那要是我爱上鬼了，或是鬼爱上我了呢？”

“那正合我意！”

萨拉迈怒道，自己劳神费力翻修了宅第，妻子居然有心情这样讲笑。此后，萨拉迈经常坐在自家院前，端着咖啡，拿着账本，心灰意冷地望向宅第。不久，他心一横，决定自己一个人住过去。

工人们都下班后，萨拉迈照例检查门窗，最后一个离开工厂，回家吃晚饭。饭后，他拿出宅第的钥匙，提了盏灯，越过团团围坐的一家老小，就往外走。苔菲黛想阻止丈夫一意孤行，萨拉迈却把衣角从妻子手里拽回来，毅然出了门。

萨拉迈提灯穿过大厅里的一片漆黑，朝自己挑好的房间走去——他搬家具的时候就看中这间房了。他把手里的灯放在地上，照亮了房间和门外的一段走廊，好像用灯光给自己建了一座安全岛，抵御鬼魂的进犯，虽然之前每当有人借这阴森的老宅装神弄鬼，他总是极力否认鬼怪的存在。这会儿他躺在床上，竖起耳朵屏息凝神，黑暗中只有风吹树枝的沙沙声，那声音被夜晚的寂静放大了，间或夹杂着远处传来的狗吠。他半睡半醒，噩梦连连，一睡着就梦到自己被猛兽追赶，而双腿却有千斤重，像两麻袋盐巴，怎么也迈不开，直到被自己的惊叫声吓醒，确认屋里浮动的光影中并没有怪兽。

天还没亮，萨拉迈就回了大院。母亲哈菲沙正坐在门口，一见儿子就跳了起来，一点都不像个老太太。看得出来，哈菲沙没能阻止儿子投身于一场冒险，急得一夜没合眼。她捧着儿子的脸，发现儿子双眼通红，神情疲惫，却难掩自豪，好像英雄人物探路归来，准备带领子民前往他已经征服的领地。

萨拉迈回到卧室，发现苔菲黛睡得死死的。他倒在她身边，不一会儿就开始打鼾了，脸上依然洋溢着胜利的喜悦。

（十四）

阿里去宅第看了分给他的房间，顿时又不想搬了，觉得自己在家住的阁楼房间也比这监狱般的小屋强，这屋子小得可怜，石头的四壁让屋里一点动静都显得嘈杂无比，而且回声连连。

“这不行吧，村长大人，你自己看，穆斯阿黛打一声呼噜都能成四声！”

阿里故作幽默，不想因拒绝搬家而激怒哥哥。萨拉迈倒也没有强求，只是让穆斯阿黛每天早晨过来，带带孩子，也帮家里干些活，此外阿里两口子必须来宅第和全家一起吃饭，不许在堆满了纱线和布匹的大院里生火——那里已经成了纺织厂的仓库。

“另外，你俩‘那把火’也别烧太猛喽。”

萨拉迈压低声音，跟弟弟逗趣，话里话外不无艳羡之情，弟弟和弟妹夜夜笙歌，人们做完宵礼，回家路上就能听到，第二天人们去做晨礼，还能听到。他们甚至引得街上房上的猫狗都跟着一起叫，场面蔚为壮观。

阿里和穆斯阿黛婚礼后一周，身下的床就已经不太稳当，吱呀作响，不久床彻底散架了，两人摔在地上，然后只得搬到大院那一头的炉灶上去睡。穆斯阿黛刚嫁过来时还知道害臊，嘴里咬着个枕头，忍着不叫出声。一个月以后，她就把枕头一扔，肆无忌惮地叫唤起来，好像不叫就没法尽兴。萨拉迈在房顶上给他俩专门盖了个小阁楼，想着让她要叫到半空中叫去，别吵着家里人，不料适得其反，那间阁楼成了个扩音器，不仅没让家里人耳根清静点，而且把那声音向全村广播。

“最起码，你俩在宣礼的时候总得消停点，别搅和人家哈塞宁长老宣礼，人家岁数大了，嗓门又比不了你们。”

萨拉迈这样嘱咐弟弟，半是佩服，半是不快。他不快是因为穆斯阿黛实在太放肆了，她至今还是我行我素、肆意妄为，完全没有个主妇的样子，虽然已经嫁人生子，理应痛改前非了。

穆斯阿黛·泰阿莱布是第一个也是最后一个来厂里做工的姑娘。她认为这份工作比种地强，不用风吹日晒，不用忍受摘棉花时的刺痒，也不用像种小麦时那样往泥地里踩。她母亲是个聋哑的寡妇，并没有反对她去工厂做工，虽然这样一来她就得在男人堆里工作。不过一开始并没有人多看她一眼，或者觉得她穷，或者觉得她完全没有女人味，看着就像个小小子，丝毫没有吸引力。她从小个头就高得过分，十四岁了还拖着鼻涕，胸部只有棉花骨朵大小的突起，屁股更是像木板一样平。她全身无一可取之处，那看不出性别的脸倒显出一种朦胧的美——她有一张长方小脸，一颗美人痣落在下颌上，眼睛不大，却是漂亮的绿色，眼神慵懒，像一只心满意足的猫。

在厂里，穆斯阿黛的工友们是一群小伙子，他们时常赤身露体，只遮住关键部位，唱着歌，讲着露骨的笑话。在他们中间，穆斯阿黛好像得到了大自然的垂青，身体也被鬼斧神工雕琢得凹凸有致。当时，萨拉迈正潜心发展业务，经常去开罗的高档布匹店考察，参考新颖的图案设计，在他外出期间，阿里本该负责工厂的运营事务，却满脑子都是穆斯阿黛的玲珑玉体。最初，那两颗棉花骨朵他三个手指头就可以握住，现在却成了两颗番茄，装满了他整个手掌，同时那挺立的脊背下方也一天天悄然丰隆起来。

穆斯阿黛已是亭亭玉立，在阿里面前毫不遮掩地绽放着。阿里努力不去注意她妩媚的面容和近乎完美的身材，反而故意在其他工人面前对她很苛刻：穆斯阿黛卷纱线的时候，阿里好像要故意找茬似的盯着她把线团打散，又绕到自己的小臂上。阿里还老是故意一次给穆斯阿黛分配两三项任务，当她手忙脚乱的时候，就毫不犹豫地责备她，还顺手抓起个物件就朝她屁股打去。

当工人们听到一间库房里传来穆斯阿黛的叫喊声，还以为是哪个巨大的线轴倒下来砸到她了，也有人说看到阿里跟着她溜进了库房，没准这下又在毒打她呢。库房的门从里面被锁住了，工人们在门口越聚越多，大家一起用肩膀撞门，门轰然倒下，门外的工人有一半也摔到了库房里的地板上，另一半站在门外目瞪口呆——他们看到阿里和穆斯阿黛一丝不挂地躺在线轴拼成的床上，这会儿两人一紧张，“床”也散架了，线轴到处乱滚，把两具肉体抛了下来，砸到一脸愕然的工友们身上。

“一周后就举行婚礼。”

很多人来问萨拉迈打算怎么办、如何补偿这个没爹的孤女，萨拉迈就这样回答。其实他也可以不管这个孤女，不让弟弟娶她，不过这样她这辈子就算完了，现在她家里没有人会保护她，也没有人会气得要杀了她，以后更不会有人娶她。于是萨拉迈做了决定，善待这个孤女，让她成为家中的一员——以他们家的地位，这件事大家很快会忘掉，至少都会装作不记得。

大院里的人们也都并不反对这桩婚事，除了哈菲沙。她倒不是嫌弃穆斯阿黛家里没钱没地位，只是实在看不惯她还没结婚就乱来的作风。

“为什么要娶这么个不规矩的姑娘？”

哈菲沙一边说，一边看着穆加希德，老头却又大手一挥，表示不想评论。其实这桩婚事倒对迪布家的形象很有利，萨拉迈一直在为家族打造正直仗义的形象，虽然阿里和穆斯阿黛两人之间的互相吸引与正直仗义毫无关系，他就是喜欢这个姑娘，哪怕她是江洋大盗的女儿他也不管，因此，虽然她结婚前就和他偷尝禁果，也没人有权反对两人结婚。

穆斯阿黛不去工厂上班了。萨拉迈承诺的婚期到了，一切也都备齐了:一百克金器、一百公斤铜器、床、豪华衣柜、床单、被褥、床罩、睡衣、五颜六色的长袍、黑头巾，应有尽有。但这些东西新娘都不需要,她关注的,就是现在终于可以心安理得、名正言顺地脱光衣服，躺倒阿里怀中。

两人的婚礼非常气派，一看就是正经殷实的人家娶亲。人们杀牛宰羊，请来诵经师，还向天空鸣枪庆贺。婚礼的每一步都中规中矩，可是却总有哪里不对劲，气氛沉重得像是葬礼。新娘从家徒四壁的娘家走出来，由阿里抱到马背上，哈菲沙看到这一幕，心情格外沉重，不由想起穆芭拉珂嫁给穆加希德的那一天；而穆加希德更是已经热泪盈眶，因为他想起了自己的爱马和逝去的青春岁月。

婆婆对这个新媳妇的欢迎略显冷淡，甚至有些排斥，穆斯阿黛却并没有在意。婚后她的寡母来婆家看她，总带着煮鸡蛋和烤饼，坚持让她当场吃掉，此时家中女人们总是满眼的不屑和嘲讽，穆斯阿黛仍旧不往心里去。当曼苏尔躲在这个聋哑老寡妇身后，学着她比比画画，并且配合着手势从喉间挤出喑哑的气声，穆斯阿黛还会笑起来。

只有穆芭拉珂对这桩婚事喜形于色，因为这下子大家就没心思注意她和纳吉了。前段时间虽说他俩消停了一些，幽会的次数也少了，但苔菲黛一直密切关注着这两人，谁有点什么动作，哪怕只是对视一眼，都逃不过她的火眼金睛。

好在有了穆斯阿黛，苔菲黛顾不上穆芭拉珂了，这个新媳妇吸引了她的全部好奇心。穆斯阿黛嫁过来的第二天的早晨开始，苔菲黛就目不转睛盯着人家肚子看，好像要证明她腹中的胎儿在婚礼前就成形了。

尽管如此，穆斯阿黛还是毫不介意。她每天就一门心思地等着和全家人一起吃完晚饭，然后尽快和阿里回房开始“激战”。渐渐地，大院的居民已经与清静的日子无缘了，每天夜里都有欢叫声不绝于耳。当大家都对这叫声的来源心知肚明的时候，这声音索性更加放肆了。卧室甚至不再是唯一的战场，夜晚也不再是唯一的交战时间。院子里、房顶上、柴房里、仓库里甚至牛棚里，只要穆斯阿黛撩起衣服，阿里就不顾一切地凑上来。

两人结婚一年多，穆芭拉珂和苔菲黛就把挤牛奶的活派给穆斯阿黛，家里的牛有些拧，挤奶时不仅得多给些草料，还得有个男人在一边挥着棍子吓唬它，它才老实让女人挤奶。

“穆斯阿黛从石头里都能挤出奶来，你看着吧。”

苔菲黛一脸坏笑，但她只猜对了一半。穆斯阿黛把奶牛的乳房捏得鼓胀胀的，乳头也挤硬了，鲜奶源源不断地注入桶中，但迟迟不见她拿回来一滴奶。两个妯娌听到她一声喊叫，寻声而去，又强忍着笑意回来了。牛棚里的场景并没有成为秘密，苔菲黛告诉了萨拉迈，穆芭拉珂告诉了纳吉。

阿里并没有在食槽前老实待着，他看到穆斯阿黛的手攥着又胀又硬的奶头上上下下，立马坐不住了，他走上前，两手伸到穆斯阿黛腋下一把把她拽起来，她两腿间盛牛奶的桶应声而倒。阿里把穆斯阿黛的手按到牛背上，从背后压住她，还张嘴咬住她的后颈，简直像公驴骑在母驴身上。阿里没有出声，但穆斯阿黛却像母驴一样叫了起来。

单身汉纳吉由于藏着私情，没法把这个故事讲出去，萨拉迈却马上在晚饭时当笑话说了，想借此和父亲逗逗乐——老头已经独自沉默多日了。

“爸，她从牛棚里出来的时候，提回来的鲜奶里可搀着你儿子的精华啊。”

大家笑成一片，穆芭拉珂红着脸瞟了一眼纳吉，又赶紧把视线收了回来。阿里和穆斯阿黛的风流韵事不胫而走，全村的年轻人都知道了，大家口口相传的时候，自觉地略去了故事女主角的名字，这是符合当地传统的。因此，就算他们晚上听到的全是穆斯阿黛一人在浪叫，也只是一个劲挤兑阿里，好像这是阿里一个人的独角戏。村里的年轻人老拿这事开玩笑，还替哈赛宁长老鸣不平，说他的宣礼声根本不能媲美阿里卧室的浪叫，因此去做晨礼的人一天比一天少，直到有一天，整个清真寺只有长老一个人在做礼拜，后来他自己也开始三天打鱼两天晒网，一找着享艳福的机会就干脆不做礼拜了。

（十五）

一大群孩子在村长宅第里吵吵闹闹，鬼怪算是彻底没了现身的机会。宅第不断地扩建，不仅后面的空地加盖了好几间房，原有的楼层也加高了。萨拉迈忙得团团转，一大家子人他得管着，村长的职责也与日俱增，他再也不能在午饭后悠闲地闭目养神了——特别是最近市里还给他们通了线路，在警卫处安了一台叫做“电话”的神奇机器，那玩意儿随时可能铃声大作。萨拉迈有时接到线路另一边的发号施令，有时又被对方横加指责，因为他总对迟迟不交税的农民心慈手软，不像别的村长，为了给国家收税，动辄鞭刑伺候。

萨拉迈不忍对农民们动粗，大家和他不是邻居，就是亲戚，他至今不习惯听这些人开口叫他“村长”。他体谅农民的处境，又承担着市里上级的压力，心里十分矛盾，想小睡片刻，暂时逃离这个窘境，可是家中孩子们不停地打闹、叫嚷，他烦躁不已，虎着脸训斥他们，但之后也就睡意全无了。他把带“电话”那间房收拾了一下，预备在那里睡午觉，可是孩子们的喧闹声还是逾越了门口的卫兵，对他紧追不舍，侵入了他的梦乡。晚饭过后，午睡时那一股子闷气化成了开怀大笑，他对弟弟们说，自己本不想告诉他们搬家后的第一个星期的事。

“我亲眼看到一个鬼，从房顶上跳下来。”

孩子们玩耍、奔跑、打闹的喧嚣，逼得鬼都自杀了，却始终驱不散宅第中的阴郁气息。顺着窄窄的走廊望去，一连串的卧室都死气沉沉，只有孩子们屋里的吵闹声在宣告这古旧的宅第中还有些活物。在这种气氛中，苔菲黛都懒得管闲事了，她不再理会穆芭拉珂和纳吉，而这两人现在倒也没什么见不得人的事了。

穆斯阿黛还住在原来的大院，所以她还是老样子。每夜她都向阿里张开大腿，放声浪叫。每九个月，她又得朝接生婆张开大腿，放声惨叫，把一个个新生儿带到人世。每新生一个孩子，就得把前一个送到宅第，让家里其他女人照顾，穆斯阿黛自己永远都在给新生儿哺乳。

哈菲沙独自一人住在宅第大门附近的小屋，她又开始做噩梦了。梦里尽是些死去的人，大部分是她曾经记恨的女人。最常出现的是她婆婆阿勒哈兹，哈菲沙总梦见她被跟狗一样大的猫追着跑，猫跳起来挠她的大腿和屁股，她吱哇乱叫。哈菲沙还梦到那个吉普赛女人，当初这女人设计骗她，卷走了她所有的金首饰，这会儿，她手中只有陶罐的碎片，碎片燃烧起来，她身上的衣服也着火了。

最揪心的梦是关于女儿娜吉娅的。梦中，娜吉娅回来了，面容非常美丽，但眼中全是埋怨和悲哀——女儿离家那天，母亲最后看到的正是这样的神情。哈菲沙最常梦到的场景则是一双张开的女人的大腿，两腿中间喷出火焰，把仰卧的女人的肚子也烧着了——这女人的脸没有显现，但是哈菲沙在梦中知道，这就是娜吉娅。

哈菲沙醒得很早，好像从噩梦中落荒而逃。她来到花园里，冬天晒太阳，夏天就躲到阴凉里。有时候哪个媳妇会来跟她商量准备什么菜色和大饼，她只摆摆手。孙子们见到她会一哄而上，她就掏出糖果分给他们。孩子们知道奶奶会问他们的名字，就主动报上名字，一边握住她的手，但光报上名字是不够的。

“是穆芭拉珂的儿子吗？”

“不，我是穆斯阿黛的儿子呀，奶奶。”

哈菲沙和孩子们一问一答，一边把薄荷糖和小蛋糕塞在孩子们手里。如果是女孩，她还会把她们挨个抱在怀里，仔细检查头发里有没有虱子，省得女孩母亲发现了，责骂她们。

穆加希德已经年老力衰，和哈菲沙还是穆芭拉珂过夜已经没什么区别了，纵然也他用干瘪苍老的屁股往穆芭拉珂身上蹭，也不会有什么感觉。他懒得去想这是因为自己真的太老，还是因为穆芭拉珂的身子骨也开始走下坡路了，他甚至已经记不得，以往穆芭拉珂对自己的抚摸毫无反应，自己为什么竟会有挫败感。

穆加希德尽量坚持和大家一起去清真寺做晌礼和晡礼，由萨利姆搀扶着。他总指着满屋的孩子说，家中这一代这么些孩子，他只记得萨利姆的名字。穆芭拉珂生的孩子中只有萨利姆管穆加希德叫爸爸，而穆斯塔法、马哈茂德、尤素夫和泽娜芭都随着家中年龄相仿的其他孩子一起叫他爷爷。其实穆加希德压根也不在意孩子们怎么叫他，他现在跟哈菲沙一样，需要问孩子母亲的名字来分辨谁是谁，并不以父亲的名字为根据。

上年纪后，穆加希德和哈菲沙有了很多共同点，记不清孩子的名字只是其中之一。两人突然要好起来，穆加希德彻底住进了哈菲沙的屋里。老头老太每天都比大家醒得早，哈菲沙去厨房给穆加希德泡茶，拿回房间给他喝。太阳出来了，他们就一起去花园，在精心修剪过的灌木间一坐就是几个钟头，追着树影下的阴凉。穆加希德困了，哈菲沙就拉着他的手，带他上床睡下，不多久，又该起床做晌礼了。

穆加希德最近饭量猛增，比年轻时胃口还好。他吃得又快又急，所剩无几的牙根本来不及把他迅速填入嘴里的食物充分咀嚼。他吃得毫无节制，有时吃到呕吐，有时吃撑了就像死人一样睡去，然后好几天吃不了东西，等到肠胃恢复了，又开始暴饮暴食。

哈菲沙开始在意穆加希德的形象，她不想让下一辈的女人们看到他邋遢的一面。她让萨拉迈把储藏间上了锁，拿来钥匙绑在自己发辫上，就为了阻止穆加希德抓着点心就狼吞虎咽，引得媳妇们挤眉弄眼，孩子们哈哈大笑。每一次穆加希德吃了东西，哈菲沙都警惕地四下张望，然后把他嘴角和衣服上的食物残渣清理干净，再把他拖到嘴边的鼻涕擦干净。后来穆加希德大便失禁了，哈菲沙就把他的内裤藏起来，偷偷拿去洗。

有时候，哈菲沙会想到这个男人曾经为了穆芭拉珂抛弃了她，让她和她的孩子们吃尽了苦头。现在孩子们都长大了，穆加希德才开始尊重他们，甚至还有些怕他们。哈菲沙对穆加希德的态度也不同以往了，她有时会训斥他，他就老老实实听着。哈菲沙现在的穆加希德在哈菲沙面前就像个听话的孩子，谁曾想他曾是个暴虐的禽兽：一次，他用竹鞭暴打她，然后扬长而去，和朋友鬼混去了。哈菲沙心里窝火却又无从发作，还得耐着性子帮他把衣服穿上。哈菲沙和穆加希德年纪差不多，她觉得，他之所以衰老得如此迅速，是因为早先和穆芭拉珂纵欲过度。

“你当初就不能悠着点！”

有时候她给穆加希德穿衣脱衣时正赶上他胳膊抽筋，动作艰难，她就忍不住冲着他这样喝到。但穆加希德顺从的沉默让她心又软了。不一会儿，穆加希德开口说：

“咱们得给你父亲念开篇章，为他祈福。”

两人本来自顾自嘟嘟囔囔，穆加希德又把这话说了一遍，哈菲沙无力招架，又没法扔下他走开，只好假装看到窗外有孩子在爬树，担心地跑出去；或者假装闻到食物烧焦的味道，一边怪罪着做饭三心二意的媳妇一边去收场。穆加希德没有说为什么不怀念自己的父母，而是对哈菲沙的父亲这么记挂。但哈菲沙知道，这是穆加希德对伯父兼岳父表示感激的方式：当年他另娶穆芭拉珂，哈菲沙母亲气得要求女儿和他离婚，父亲却没有同意。哈菲沙的母亲是自己家中的女主人，她眼睁睁看着穆加希德殴打哈菲沙，看着穆加希德被他母亲惯得极为自私，都觉得无所谓，因为女儿哈菲沙总归是穆加希德唯一的妻子。但是自打穆加希德娶了穆芭拉珂，哈菲沙的母亲就再没和他说过一句话。哈菲沙的孩子们长大后，都开玩笑说，父亲娶了第二个老婆离开家，母亲反而解脱了，他们还挤兑外祖母，笑她竟然为这种一无是处的男人感到伤心，老祖母立刻回答说：

“所以是伤心啊！如果他有一点可取之处，我那就是失望了。”

后来，哈菲沙每天照顾、看管穆加希德都不够了。穆加希德越来越健忘，同时有了个藏东西的嗜好，而且不记得自己藏在哪里。哈菲沙每天只要一转身，不是找到个穆加希德吃饭用过的盘子，就是发现个他喝过茶的杯子，床底下，衣柜里，衣服堆里，没洗过的杯盘有一大堆，都发臭了。穆加希德竟然还开始招惹孩子们，否则就憋得难受。只要旁边没有其他大人，就抓过一个孩子一顿打,还不让孩子玩。哈菲沙只能整天看着他，既不能让他伤着孩子，又不忍让他挨萨拉迈的责骂——在萨拉迈面前他像小孩一样放声大哭，抽抽噎噎地说：

“遵命，先生，遵命，我错了。”

“你这都好几十次了！”

萨拉迈每次对父亲发完火，内心总会有些愧疚。穆加希德倒是转身就忘，又去招惹另一个孩子了。

家中并不是只有萨拉迈一人对父亲这些伤人的举动头疼，现在这一切倒是可以归结于老头老糊涂了，但是他年轻时对自己和两个弟弟那么凶狠，又有什么理由呢？相比哥哥，纳吉和阿里对父亲的怨恨只多不少，如今两人对老头毫不同情。兄弟中，萨拉迈忙着工厂的业务和村长的工作，阿里满脑子只想着和穆斯阿黛共赴巫山，他俩只能尽量保护孩子们不被糊涂的父亲伤到；光棍一条的纳吉则想得更远，他觉得下一代的孩子不能还像他们兄弟一样只在私塾认几个字，应该接受更好的教育，配得上他们家族的名望。纳吉一提议，萨拉迈立刻举双手赞同，决定把家里的适龄孩子送到宰加济格上学。

萨拉迈在宰加济格租了一处公寓，配上基本家具——床、桌子、厨具，还准备了本子和笔。学校要开学了，他叫来一辆出租车，自己坐在副驾驶位置，穆芭拉珂带着一群六到八岁的孩子挤在后面，七个男孩子挤成了一团肉：有穆芭拉珂的儿子萨利姆、马哈茂德和尤素夫，有苔菲黛的儿子艾哈迈德、阿卜杜·马格苏德，还有穆斯阿黛的卡米勒和赛奈德。后备厢和车顶上都是行李，有衣服、一罐陈年奶酪、几包锦葵和干黄秋葵、米、面，以及一大堆洋葱大蒜，肉片在凝固的油脂里泡着，还有干大饼。

才两天，穆芭拉珂已经把一切收拾妥当，好像这公寓一直就是她的家。摆脱了村长宅第沉重的气氛，她如释重负，虽然她丢下了两个孩子——儿子曼苏尔已经学了手艺，开始在厂里工作了，她放不下的是女儿泽娜芭，她走的那天，泽娜芭在车后面跟着跑，直到再也追不上。泽娜芭一连哭了好几天，她想妈妈，也想去上学，但是哥哥们不答应，因为在欧希村，女孩子只学习做大饼，挤奶，做家务。

穆芭拉珂开始结识楼里的女邻居，她们有的也是从附近的乡村过来照顾儿子，还有的则是这里的原住民，市里职员的妻子。孩子们上学去了,女人们就凑到一起喝茶,然后去市场买菜,在孩子放学前把饭做好。

穆芭拉珂只需看看阳光射入客厅的角度，就知道孩子们该放学了。她招呼他们吃饭，又打发他们睡午觉，睡醒了就起来写作业。这时她就和他们一起坐下，向他们学习字母和数字，然后是单词和拼写。她很聪明，这些知识都过目不忘。短短几个月过去，穆芭拉珂已经比孩子们强了，甚至可以辅导他们，虽然她其实更喜欢给他们洗澡。

每个星期四中午，孩子们放学回来，穆芭拉珂已经在浴室烧好了一大盆洗澡水。澡盆上呼呼冒着水蒸气，穆芭拉珂还在水里放了乳香和桂叶，气味很好闻。穆芭拉珂把孩子们的干净内衣放在一旁，让他们轮流脱光衣服，她自己则舀出热水，兑些凉水，洒在孩子身上，给孩子的小脑袋打上香皂，用丝瓜络擦洗他的身体。她的胸部随着两手的动作颤动着，喷香的蒸汽让她有些酥麻。洗澡的孩子闭紧眼皮抵御满头满脸的香皂沫，一双小手扶着穆芭拉珂的头。她看到孩子的睾丸在晃动，随后又收缩起来，只剩一个小小的突起，孩子的小鸟也晃动着，天真无邪地冲她翘着。穆芭拉珂愉快地将孩子转了个身，继续洗他的后背，再端起一瓢水从头冲下，最后用毛巾裹住他，给他穿上干净衣服，让他出去，叫下一个孩子进来。所有孩子都洗完了，穆芭拉珂在满屋的孩子们中间歇歇气——她就像臣民簇拥着的女王，哪里像带孩子的保姆。

萨拉迈每两个星期来看他们一次，每次只待几个小时，只有这个时候，穆芭拉珂的“王位”似乎有些动摇。萨拉迈带来刚出炉的大饼，新宰的鸭鹅，还特意留着孩子们爱吃的鸭肝鹅肝。萨拉迈在的几个小时，穆芭拉珂好像从自己的王国被驱逐出境，把王位让给了这个对孩子们发号施令的男人，而她自己也只能同样服从。虽然穆芭拉珂并不因萨拉迈来访感到高兴，家中的苔菲黛更是老大不乐意，不情愿丈夫去看望这个小后娘。以前只要苔菲黛逮到和穆芭拉珂独处的机会，就一定要暗示自己早就知道她和纳吉之间那点丑事。如今，苔菲黛虽然知道自己丈夫八成不会对穆芭拉珂有兴趣，但她还是不情愿让他和这女人独处——苔菲黛总觉得穆芭拉珂有种邪门的本事，什么男人都能俘获，还能调教得服服帖帖，让他们像可怜兮兮的孤儿；就连穆芭拉珂自己的儿子也是全家最听话最安静的。

“我可跟你去了啊。”

苔菲黛坚持道,容不得萨拉迈考虑,就跟着他去了两次市里。穆芭拉珂烦得不行，叫萨拉迈以后别再亲自跑了，钱和吃的托人捎过来就好了。苔菲黛对这个提议十分满意，但她完全无法体会穆芭拉珂现在的乐趣——她安于驻守这个满是孩子的天堂，根本不想男人了。只有放暑假的时候，穆芭拉珂才不情愿地离开天堂，回村过夏天。

在这个天堂,穆芭拉珂学会了怎样爱自己。孩子们出门上学，她就脱光衣服站在镜前，细细打量自己。她检查着自己的大腿，寻找皱纹或者静脉曲张的迹象——她这岁数的女人都有这样的困扰——但她细嫩的皮肤依然光洁无瑕。她双手五指并拢，好像鸟喙，从大腿慢慢移到小腹部，又慢慢上升到胸部，丰满的乳房也完全没有下垂的迹象。她捏捏自己泛着古铜色的乳头，端详着皮肤的纹理，想象它们是一对双胞胎的头——他们正在酣睡。穆芭拉珂穿上一件印着花草图案的棉布连衣裙，领口开得很低，露出诱人的胸部，她准备和女邻居开始慵懒悠闲的早间活动了。

（十六）

萨拉迈当了十年村长，发现权力的滋味苦涩多过甜美。但即使如此，他在位期间还是做出了很多成就，完全对得起自己的重任和高位。

如果欧希村此后不再有其他村长，萨拉迈倒是不介意，但是他认为如果欧希村非得有一个村长，那么就非他莫属。然而遗憾的是，开罗的局势发生变化，他村长的位子也没有保住。内务部给欧希村任命了一位新村长——阿卜杜·拉齐格·欧斯福尔，和萨拉迈一样，他也五十多了，中等身量，毛料袍子下面大腹便便，看起来至少比萨拉迈老十岁。他和萨拉迈同时服过兵役，复员后却没有回村，先是在开罗北区的鲁德·法尔吉蔬菜市场工作，后来又从英国军营进货，做了旧货生意。他发了笔财，开始关心政治，在不同党派之间站住，虽然他根本不知道这些党派有什么区别。

时隔多年他又想起了欧希村，就经常回来，把自家废弃多年的老屋重修了一遍。他和萨拉迈商量，要给村里的孩子建一所义务教育的学校，萨拉迈非常赞成，便捐出半费丹地，欧斯福尔出资建房，于是一排六间课室拔地而起，课室对面还盖了一栋小宿舍楼，供城里请来的老师居住。学校建成，挂牌“欧希村义务教育小学”。开学的那天，来了很多大人物，有市政府的负责人，东区的大长官，甚至还有教育部副部长。

萨拉迈认为，阿卜杜·拉齐格只是过客，他怀着对故土的眷恋，却不会放弃在开罗的生活。阿卜杜·拉齐格自己则觉得，虽然在开罗闯出一片天地，但他始终是首都的异乡人，所以，他计划衣锦还乡，让那些从小认识的人见识一下他背井离乡这些年做出的成绩。斋月的第一天，以及开斋节、宰牲节，他都要回到村里，带着妻子和两个儿子，两个男孩走到哪里都穿着西装，打着领带，戴着土耳其帽。

一开始，回乡的阿卜杜·拉齐格显得人畜无害，多年前的芥蒂被时间消融，无论是欧斯福尔家还是迪布家，都很少有人再提，即使偶尔说起，也只是含糊地一带而过，谁也不记得两家为什么发生了冲突，又是哪一方有错在先。他们只知道两家有整整一代人反目成仇，不是到对方地里把还没成熟的庄稼毁了，就是一次次把对方的牲口毒死。后来大家都看不下去了，当地德高望重的人介入，让两家人和解了，但两家人之间的敌意依旧，这样又延续了好几代人。

阿卜杜·拉齐格一一联系自家亲戚，又是送礼又是请客，以往由于争夺那点可怜的祖产或由于离婚，亲戚间有过一些分歧和不快，这会都被他调解了。当他被任命为新任村长，中央警局还专门派人过来维持秩序，保证权力顺利移交。萨拉迈生平第一次有了挫败感，当他不得不从带电话的房间搬出去，他更是觉得受到了羞辱。为了不让那间办公室从此对自己成为禁区，萨拉迈命自己手下的警卫和中央政府派来的警卫员一起站岗，但不要拿出他们并没有执照的武器。电话机前面还生着火煮茶，信任的欧斯福尔村长见这些正规警卫在夜间巡逻中开小差，和纺织厂的警卫一起喝起茶来，有些不悦，于是借口说老的电话间算国有设施，不便征用，于是把门用砖头和泥土封上，又在自己家对面买了一所小宅，修成新的电话间，让自己的警卫去那里站岗。

生平第一次，萨拉迈觉得必须维护自己的地位，还要凸显家族的优越。他买了一辆车，比阿卜杜·拉齐格带来的更好看、更高级,他还学着自己驾驶。家里住着的宅第又重新粉刷了一次，他在忙里忙外的工人堆里走来走去。此外他还头一次在欧希村静默长老的纪念日大摆筵席，宴请那些诵经师——以前他工作太忙，只是给他们付些报酬，顾不上招待，让村里其他人家轮流负责招待工作。

两任村长之间的明争暗斗没来得及真正开始，尼罗河泛滥了。此前七年水位一直很低，然后突然持续高升，河水泛着泡沫，卷着红色的河沙不断地向陆地蔓延。人们齐心协力在河岸地势比较低的几个地方堆积了很多沙石，但并没有成功抵御洪水的进犯。

纺织厂的纱线和布匹被转移到宅第中，用绳子吊在房顶上，此后不久洪水渐渐淹没了欧希村的街道，越过门槛进入了家家户户的宅院。和很多其他村民一样，纳吉赶着家里的牲口前往附近的拜拉顺村；萨拉迈则开车载着他年迈的父母和阿里那些还走不稳路的幼子去宰加济格避难。其余的家庭成员都跟在车后面跑，萨拉迈故意开得很慢。离开水患一定距离后，萨拉迈给不得不步行的家人雇了一辆马车，把目的地地址告诉车夫，随后自己也放心地加大油门朝宰加济格前进。

穆芭拉珂先是听到楼道里一阵喧哗，紧接着一阵急促的敲门声。她赶紧开门，发现全家老小都站在门口，心里像打翻了五味瓶。当时暑假刚刚结束，一周前她才带着那些小学生臣民从村里回到宰加济格。

她很高兴能见到已经长大成人的曼苏尔，还有小小年纪就被迫与母亲分离的泽娜芭。可同时她还要面对老头子的大老婆，更别提已经老年痴呆的老头子穆加希德本人。更可怕的是妯娌苔菲黛和穆斯阿黛，有了这俩人她一刻都别想清静。

穆芭拉珂发现穆斯阿黛一点都没变，一大家人挤在这么小的公寓，她也不消停。夜里好些人你挨我我碰你地睡在客厅，她照旧一边在被窝里配合阿里，一边奶孩子。一旦察觉到有人在偷听，她就冲着婴儿的屁股打去，一边把奶头从孩子嘴里拔出来，一边骂孩子不听话，威胁说如果他再像老鼠一样咬她的奶头，就再也不给他吃奶了，孩子的哭声和她的呻吟声此起彼伏。不过她这话当然是说给偷听的人，并不是真在训孩子。然而她下半身的动作却不曾停止，像钟摆一样以阿里为轴心运动着。

这边穆斯阿黛尽量克制自己，那边苔菲黛却开始一反常态故意浪叫了，一方面是出于对穆斯阿黛的嫉妒，另一方面也想向穆芭拉珂炫耀。这段非常时期苔菲黛每晚都不放过萨拉迈，不管他有多累。那些日子萨拉迈白天经常往开罗、比勒拜斯和明尼亚跑,他得跟毛线商人交涉,要求他们宽限自己付款的时间;还得催布匹商人赶紧付款，而布匹商人并没有收到货物，因而不愿意付款。

穆芭拉珂努力告诉自己，一大家子入侵的最坏结果是她不能和女邻居聊天喝茶了。现在她只偶尔在楼道或市场里见到邻居们，匆匆打个照面，自己身边还老有苔菲黛和穆斯阿黛在，笨拙地穿着乡下的袍子。那时候穆芭拉珂担负着照顾全家的责任，她要给所有人做饭，由于家里人实在太多，白天她还得带一部分人出去走走。晚上，她听着两个女人的呻吟，总想起穆泰沙尔和纳吉的情话，他们二人合二为一，和她紧紧相拥，她躺在柴火堆上，柴火硌着皮肤，有一种美妙的痛感。

"收拾好东西，咱们都回去。"

萨拉迈对大家说。过去的六周，他一直早出晚归，而这天回来时，他愁容惨淡。穆芭拉珂不明白为什么刚刚开学的孩子们也要领回去。萨拉迈没有解释，一路上大家见他一脸阴沉，也没敢问话。只是孩子们因为不愿离开城市都很伤心。全家人组成一支沉默的车队朝欧希村出发了：马车上载着老老小小和一堆衣服包，萨拉迈开车在前面带路，车轮和前盖都满是泥土。

马车到了欧希村，村里的街道还湿答答的，一大群蚊子一路跟着他们，像一朵乌云，这会儿随着西沉太阳的最后一道光散去了。村里只有少数几家房上升起炊烟，宅第大门敞着，令人感到压抑的氛围依旧。人们依次下车，萨拉迈和父母坐在一旁，无精打采，一言不发地看着。

"纳吉。"

萨拉迈轻轻喊了一声二弟的名字，接下来还是不知所云的沉默。没有人回应他一句"节哀"，就像安慰死者至亲，也没有人说"你自己多保重"，就像劝慰死者的好友。人们只能提这个名字，谁也无权认为他已经故去。

纳吉失踪了。他把家里的牲口交给邻居看管，大家都是去拜拉顺村避难的。他说自己要回欧希村看看，什么时候能回去。他去了一整天，当天晚上没有回来，第二天也不见踪影。于是人们找到萨拉迈，把纳吉失踪的事告诉了他。

他们以前住过大院和现在住着的宅第里都没有发现尸体，水渠里没有，河岸上也没有。精灵的女儿来到这破败的一片漆黑的村子抓走了他，把他带到了深深的地底下，他可能要在那里了却余生，也或者他随时有可能想办法逃出来。可能他被关了起来，等精灵遂了心意，会放他走，可是放出来的可能已经是个老眼昏花的老头，精灵已经用另一个年轻力壮的小伙子代替了他。对于纳吉神秘的失踪，萨拉迈只能想出类似这样的解释，他没法举办丧礼，虽然家里这几天来了很多客人，他们静静地坐着，想不出在这种前所未见的情形下，能出什么安慰的话。

穆芭拉珂在人前从不为失踪的纳吉落泪，只在夜里才独自饮泣，滚烫的眼泪夺眶而出。全家沉默不语地悲痛了一周，没人敢说是对死者的哀悼。萨拉迈让穆芭拉珂带着孩子回宰加济格上学，在那里，穆芭拉珂终于可以光明正大地流泪。

穆加希德又开始招惹家里的孩子们，把纳吉的事完全忘了，倒是又想起催着哈菲沙给她父亲念“开篇章”。穆加希德再三强求的时候，哈菲沙就不耐烦地说，她现在没工夫管死人的事，忙着找失踪的儿子呢。穆加希德又问谁失踪了，哈菲沙袖着手说：

“我就知道死神老也找不着你。”

然而在萨拉迈、阿里和曼苏尔面前，哈菲沙自己却也反复再三地问：

“你们兄弟怎么还不回来？”

一开始，哥几个还回答她，后来就干脆装听不见。每次吃肉，哈菲沙都要坚持给纳吉留下一份，最后要么放坏了，要么被其他人拿去吃了。然后哈菲沙开始调查是谁吃了给纳吉留下的肉，对这人发一通脾气，一直生气不搭理他，直到下一次家里开荤，能再留出一份给纳吉。这一次，哈菲沙绞尽脑汁要把肉藏好了，以至于连她自己也找不到了。直到肉腐烂变质，大家才在犄角旮旯或在哈菲沙床底下找到它。

哈菲沙每天晚上去静默长老的神坛里点亮一盏灯，她请长老为儿子求情，让精灵赶紧放了他。长老久久不显灵，她觉得他一定是生气了，因为人们把他忘了，他的陵墓也很破旧了。哈菲沙就非让萨拉迈把长老的神坛重新修一修，萨拉迈就拿出了这笔钱，虽然家里的经济情况已经是每况愈下：棉花卖不出去，粮食能卖但赔本；工厂也大不如前，尽管纱线价格低廉，新布却没人买得起。

静默长老终究没能把纳吉带回家，哈菲沙让萨拉迈带她去周边的城市拜访圣徒陵墓，甚至还去了开罗的侯赛因清真寺和萨伊达·泽娜布清真寺[①]，哈菲沙一直没有放弃，但她毕竟老了，身体消瘦得厉害，跟小孩子差不多，后来就出不了门了。晚上，她有时会艰难地一路摸到屋顶上。萨拉迈听到动静，就跟上去，发现母亲露着头发，双手举向天空，萨拉迈抱起母亲就往回走，哈菲沙手脚并用地想要摆脱他。

"让我在这待着吧，也许真主可怜我呢。"

以前哈菲沙还能照顾穆加希德，现在跟他一样成了个负担，

---

① 此处的侯赛因是穆罕默德的外孙，泽娜布是穆罕默德孙女，开罗有纪念这两位圣人的清真寺。

苔菲黛不胜其烦，常向丈夫抱怨，穆芭拉珂住在城里享福，穆斯阿黛每天快中午了才过来，根本帮不上什么忙。两个神志不清的老人一会要这一会要那，有时候两人吵起来，有时候又跟苔菲黛吵。萨拉迈倒是不生妻子的气，因为他也受不了自己父母了。

"哪怕我们知道他死在哪了也行啊！"

想到弟弟，萨拉迈悲从中来，觉得很理解母亲内心的苦楚。但他根本没精力细想这些，因为他辛辛苦苦树立起来的地位和形象此刻正遭受威胁。

然而他面临的危机日益严重。物价下跌不仅让他的工厂遭到重创,开罗市泰莱阿特·哈尔布街区的很多大公司也陷入困境。老百姓欠政府的钱越来越多，但更让萨拉迈头疼的是欧斯福尔开始故意招惹他了，首先被针对的是家族里那些交不上税的亲戚。为了避免正面冲突,萨拉迈只得赎回亲戚们拿去抵押的土地，或者借钱给他们，省得他们贱卖牲口。萨拉迈心想，虽然多花了些钱，总好过欧斯福尔把家里交不起税的亲戚抓起来教训一顿，那样的话，他就不能再沉默下去了，双方肯定会闹起来。

萨拉迈让阿里也搬到宅第里住，这样他们两兄弟带着各自媳妇可以合力照顾老人抚养孩子。那时候，老母亲哈菲沙晚上觉也不睡了，在家中四处游走，一听到穆斯阿黛的叫床声，老太太就用双手拍着门说：

"行了，闺女，要点儿脸吧！"

穆斯阿黛就收了声，但忍不了多久，又叫起来，哈菲沙无奈地自言自语：

"已经丢了一个了，这一个也早晚被小贱货折腾死。"

哈菲沙变得半人半鬼。她依然喜欢往房顶上跑，在夜深人静的时候，也不用头巾遮住头发，就直接向真主祈祷，求真主让纳吉回来，让那个如狼似虎的女人替他去死吧。一天早上大家醒来，发现老太太挂在柠檬树上。穆斯阿黛最先发现，还以为是一堆衣服，心说苔菲黛这么晾衣服，也不怕弄得衣服上全是刺。殊不知婆婆已经死在那堆衣服里，死在扑鼻的柠檬清香中，她浑身上下没有一处伤，干裂的脸皮也没有被树上的刺划到。哈菲沙的葬礼很隆重，两个儿媳妇却不以为然，还嘲笑丈夫为这么个糟老太婆伤心，连死神都受不了她，把她从房顶推下去了。

（十七）

第二次欧洲战争交战各方结局未定，穆芭拉珂的王国便解体了。埃及政府作为协约框架下英国的盟友，而人民却在为德国人呐喊助威："前进吧，进攻吧！"为率兵跨越拜尔盖到达阿拉曼的将领欢呼。萨拉迈觉得有必要把孩子们从宰加济格接回来，城里大街小巷没准随时遭遇空袭、破坏，或战败的英国士兵欺凌，而村庄则不会。

穆芭拉珂回来了，还多了两人：新出现的一个金发小姑娘，脸上茸毛闪着稚嫩光芒；另外一个女童还在她怀里不停哭，长得更像尤素夫，而不是她。

"在外面又结婚了？还生了孩子？！"

萨拉迈掩不住失望，而穆芭拉珂却简短了当：

"回头再说，村长。"

穆芭拉珂想方设法堵住话题，护着那个被一大家子人吓坏了的孩子，大家好奇地打量她。穆芭拉珂给假儿媳的指示便是别跟任何人说话，让她来回应各种问题：

"邻居家女儿，儿子跟她混到一块了。"

除了这个寥寥空洞、缺乏说服力的说法，穆芭拉珂再没多说一个字。杜哈给小女儿喂奶时，露出少女才有的粉嫩坚挺的胸脯，婴儿一吮吸奶头便让她疼得紧张不安，结果婴儿还没吸到一滴奶，很快便吐出奶头开始哭。穆芭拉珂接过婴儿，用瓶子装了羊奶开始喂她。

“刚当妈，哎！”

穆芭拉珂说这话为了回应周围好事者的各种眼神。但是，没有奶水并不是唯一让人惊讶的地方。两个年轻人对彼此完全冷漠，尤素夫既没有害羞，也没有夫妻间时常出现的倦怠。显然两人没有任何关系，苔菲黛就这么认定的。

“看不出尤素夫喜欢她。”

苔菲黛很肯定地对穆斯阿黛说。而穆斯阿黛同情姑娘，也没那好奇心干涉她的私事，或者逼她谈不愿开口的话题。

杜哈在官邸过了两星期，像个哑巴，不曾跟人说话，见人点个头就算作问候，这样一来穆芭拉珂便教会了儿子如何宣誓休妻，他在姑娘身后重复了三遍之后，她把自己仅有的几样东西收拾好，回宰加济格去了，把襁褓中的女儿留给了奶奶照顾。

姑娘走后，苔菲黛的好奇心也没长久，并很快将之淡忘。她把注意力转移到该如何跟穆芭拉珂本人打交道的问题上了。穆芭拉珂显得比实际年龄小了十二岁，皮肤依然细腻柔滑，像城里女人一样穿着裙子，她有个收音机，是从孩子们生活费中节省出来的，她在官邸的小广场里欣赏着收音机大声播放的歌曲，手里再端上一杯茶。她像男人一样跟别人谈论她自己的生活习惯、各种喜好等。穆芭拉珂历来俯视苔菲黛，尽管在城里生活这么多年，由她抚养的孩子里只有萨利姆一个人拿到了高中文凭，进而有资格进入开罗的军事院校，其他孩子都没跨进初中门槛，都回去在工厂或田里干活。

苔菲黛开始责怪穆芭拉珂把孩子们带坏了。他们回来时像一群野兽，跟走的时候一样，穆芭拉珂对孩子们头脑影响巨大，她经常给他们吃用奶油、鸭鹅肥油浸过的薄饼，他们什么都没学会，还很没礼貌，其中一个还跟人不清不白的，也不知道以后还会出什么事。

因为丈夫，苔菲黛无法抑制对穆芭拉珂的嫉妒。当初她嗅到纳吉跟穆芭拉珂关系的一丁点气味时，还没告诉任何人。现在孩子们都大了，她可以毫无顾忌、越发露骨地表达她各种胡思乱想了，她的行为也开始放肆起来：她开始抽烟、咳嗽、随地吐痰，似乎这样就在报复这么多年来小心翼翼、努力别让萨拉迈抛弃她，她一直渴望得到萨拉迈的全部。她确信，嫁给一个英俊男人是一种苦难，理性的女人应该避开的苦难。

“你怎么不睡在艾布·穆加希德房间，他不是你丈夫吗？”

苔菲黛说这话就为了刺痛这个女人——那眼中流转的光芒足以迷倒哪怕最清心寡欲的男人。

穆芭拉珂明白，能强迫她做某事的人现在还没生出来，但提到穆加希德让她觉得悲哀，他一般不出房间，除非有人背着他到花园里晒晒太阳，还不停地哼哼唧唧，直到把他送回床上。穆芭拉珂奇怪，自己内心已没有任何关于他的回忆，好像他什么都不是，不留痕迹，没有伤痛，因为他欺负她的痛苦丁点都没有，由于她折磨他的后悔丝毫也不存在。让人痛苦的是穆加希德仍然还活着，他不停地咳嗽、接着吐痰，是对她的整洁最可怕的侮辱，这种整洁的养成不仅因为是她住在城里；更糟糕的是，穆加希德胡言乱语的风烛残年影响她的精神，她还不至于就此暗淡。于是她又回到曼苏尔和泽娜芭身边，让自己放心这是一桩美满婚姻；她也没有抛开在宰加济格的孩子们，孩子们也没抛开她，他们一直像是在这个大家族中的小家庭。他们叫她穆芭拉珂妈妈，而对苔菲黛和穆斯阿黛直接叫名字。她还有一个小婴儿，阿迪雅，儿子尤素夫的女儿，穆芭拉珂的女邻居从尤素夫兄弟们选择了他。

拉提芙，她丈夫是驻军苏丹的一名军官，等孩子们都去上学了，她就过来找穆芭拉珂，一起用柠檬做甜点。两人用钥匙从里面把门窗都反锁，脱掉衣服，开始互相帮对方身体脱毛。两人突然听到急促的敲门声，慌忙遮住身体，穆芭拉珂去开了门。

是尤素夫，拖着他的书，因为发热烧得满脸通红。穆芭拉珂赶紧拿过一条毛巾打湿了，敷在他额头上，拉提芙抱起尤素夫，把他放在沙发上,头枕着她的腿。十四岁少年,个子已经很高了，不过依然穿着短裤去上学，露出稚气未脱的鲜嫩的腿。

穆芭拉珂把毛巾递给拉提芙，转身去厨房为尤素夫准备一杯加糖柠檬水，回来时，拉提芙已经解开了他的衬衫扣子，正在按摩他的头、脖子、胸。穆芭拉珂把尤素夫扶起来，他一口气全喝光了，似乎着急治好病。接着穆芭拉珂把尤素夫的头枕在自己腿上。拉提芙坐在地上，一直给他按摩，偷看了一眼他短裤鼓起的裆部，被孩子察觉了，急忙把两腿并住，感到这姿势也不能掩盖好，于是又翻身趴着，面朝下。拉提芙的手让他痒痒的,很享受,快感带来的战栗和发烧引发的发抖混合在一起，他的反应把穆芭拉珂吓坏了。

“别怕，很快就好了。”

拉提芙说道，起身到房里拿了一个被子，盖在尤素夫身上，又坐回原来的位置，给他测体温，拍着穆芭拉珂肩膀安慰她。

拉提芙每次来找穆芭拉珂都是很晚才走，直到孩子们从学校回来，有时听到他们脚步声时，她会站在楼梯边。孩子们像一群小鸭子进屋的时刻，穆芭拉珂开始担心孩子们会遭到这个女邻居的毒眼。她察觉这个一年才和丈夫见上一面的三十多岁女邻居，喜欢和孩子们嬉闹，打量、聊天，都不过是压制自己的欲望，没想到女邻居盯着其中一个，就是尤素夫，拉提芙也知道他到现在还尿床。

尿床问题让他成了孩子们中最害羞最内向的，他没睡过整觉了，不到三个小时就醒一次，他借口复习功课实行这种强迫起床的努力，两晚或三晚，第四晚熬不住了，一大早，又一片潮湿让他醒过来。换下衣服去洗了，趁没人看到之前试着在火上烤干。妈妈安慰他，说别人也都这样啊，还跟他分享了自己的秘密，在成为新娘前也是一直都尿床呢。不过好在她是家里唯一的女孩，爸爸对她每天早上情况一无所知，那时也没向任何人求助。不过她开始为儿子寻找治尿床的办法，问邻居们有没有方子，其中就问过拉提芙，此后提拉芙要她把尤素夫派到她家去，替她给丈夫写封信。

“怎么就偏偏找尤素夫啊？”

穆芭拉珂问拉提芙，她立马说：

“他兄弟们都说他书法好看。”

穆芭拉珂觉得这还是比要萨利姆去好点，她嘲讽地想到，这个女邻居或许是想要少年在她身上撒尿吧！不过她抛开了嘲讽的念头，问道：

“杜哈不是也能写么？”

“她会写，阿卜杜胡看不懂她的笔迹。”

尤素夫精致的笔迹写了两封信，拉提芙在远方的丈夫也就收到过这两封。因为妻子觉得用这个少年来排遣思念比让他代书要好。

“这儿离客厅远，听不到楼梯那边喧闹。”

第一次领着尤素夫到她卧室时，拉提芙这么说的，少年看了看，只有一张床，床上是蕾丝蚊帐，于是疑惑不解地看着她。

“怎么了，在床上不能写吗？”

拉提芙娇嗔道，拉着他的手。尤素夫趴在床上，身下有张纸，手里捏着笔，等着坐在旁边的拉提芙口述。

“你就写，杜哈她爸，我们十分想念你。”

拉提芙声音像催眠药，手放在少年背上，开始抚摸他，按摩他的肩膀，扳住他后脑勺，把他脑袋转过来，正对着她抖动的胸部。尤素夫狡猾地笑了，把脸埋在她乳沟内。拉提芙压住他，捧起他的脸，亲他的嘴，舔他的脸，把他的衣脱光了，接着脱光自己的衣服，躺在尤素夫身上。过了一会，少年完事了。拉提芙把他的大腿抱在怀里，亲他的腿肚子，那儿被串串泪珠打湿了，少年能辨别出这种眼泪中愉悦的慌乱、不安和害怕。拉提芙把尤素夫的腿擦干，给他拿过衣服，帮他穿上，接着把他推房间外，跟在后面一起穿过客厅，她张望了一下，看看女儿在哪儿，又拉住他，亲吻了一下，再次推开他。

“别跟你妈说，哦？”

开门前，她又问了他，他以沉默应许，刚想问她还会不会再找他来，她已把他推出门外，关上了门。

后来她又跟穆芭拉珂提了一次，需要尤素夫过来。后来很多次她就在自家门口等着他去上学或下学回来，有几次他趁着大家睡午觉时溜到她家。她把房间门锁上，把杜哈关在外面，或者打发她出去买东西。她把他拉进自己房间，先解开他身上的短裤拽到脚踝，短裤束缚着他活动，接着脱掉自己的衬衫。她坐在地上，对着他变硬的小鸽子头部哀求，用舌头绕着它打转，不断吞咽，接着把她的俘虏推到床上，他平躺着，她在他身上跃动，他被束缚在地上的双脚不断敲打着地面，好像颤抖的骏马，凶狠的女骑手逼着他冲入水中。

“例假还没来。”

穆芭拉珂问拉提芙为何最近总心不在焉，她沮丧地回答。

“怎么，看阿卜杜·萨姆德的回信也能怀孕了？”

“因为写信。”

穆芭拉珂明白了拉提芙的意思，她并没有指责这个邻居，不过满脸惊讶地问：

“怎么办？”

拉提芙告诉她，已经试过好多法子了：把床垫拖上房顶、在床上蹦跳，还吞过一种气味刺鼻、苦涩无比的蓖麻汤水。穆芭拉珂还试着拍她的肚子，又给她灌由香料商开出的、一种混合了多种草药的苦汤，差点要了拉提芙的命。各种方法都没能打掉那个决意在她子宫里继续待着的胎儿，她半死不活躺在家里时，穆芭拉珂握着她的手。

“这是真主的意思，让你把孩子生下来，就说是杜哈的。”

虚弱之中的拉提芙惊讶地张大了嘴，穆芭拉珂怎么想到让幼女替自己背黑锅？

“你女儿到了要结婚的时候，我们就把她嫁给尤素夫。”

两个女人找来了全权证婚人，他还带了一批见证人，趁着兄弟们不在的时候写下婚约。等到他们都回来了，穆芭拉珂把午饭端出来，用最简短的话告诉他们尤素夫将娶杜哈，不做任何解释说明。

尤素夫有必要在兄弟们面前表现得像杜哈的丈夫，他开始正大光明光顾邻居家，跟姑娘离得很近，而姑娘一直在缝制玩偶，用旧衣的碎布塞进去，他漫不经心地看着她。等到她开始给他缝制马和骆驼，他这才参与其中，跟她一起给小动物填充布料，还给她讲马鞍。

她没有要求拉提芙或尤素夫离对方远点，因为怀孕带来的恐惧种种早已让两人自动回避对方了。少年总想起邻居阿姨像小母马一样嘶叫的瞬间，他闭上眼，想起她身体那么白皙，当她在他面前第一次脱光了的时候，那是最让他震撼的。脑海想象着阳光在她脸庞、脖子、胸脯上方勾勒的黝黑轮廓，白皙究竟从哪儿开始，如同突然降临的光芒。欲望在他体内如蚂蚁爬动，当他幻想自己在拉提芙怀中时，浑身关节都在颤抖，就好像她会再次怀孕。而拉提芙一心只顾及遮掩日渐隆起的肚子，几乎已感觉不到这个少年的存在，她也奇怪当初怎么就鬼迷了心窍。

她再也不离开家了，也不让杜哈出门，两人生活所需都由穆芭拉珂采购，她都准备好了生产时必要的干净剃刀、清洗用具，一切都在保密中进行。

阵痛开始的时候，穆芭拉珂坐在靠近她头部的地方，每次用力时紧握她的手，另一只手探查着胎儿的位置。几个小时后，她的手指摸到了湿漉漉的茸毛。这时，她赶紧让杜哈去热水，她轻柔抻着婴儿的头，直到婴儿滑出来，她用手接住它，拔去它两腿间的污物，喊道：

“跟你一样，是个女孩。”

拉提芙睡过去了，没有听到。穆芭拉珂剪断了脐带，打了个结，给婴儿清洗了身体，再用一块干净的布把它包了起来。被认作婴儿母亲的杜哈在一旁惊讶地看着。

（十八）

穆加希德活了七十岁。欧希村大权又回到他儿子手中的那天他死了。葬礼上，中央过来的一名官员和四名军官来了，他的三十九个儿孙接受慰问。

萨拉迈坐在官邸大门附近靠着一棵芒果树的长椅上，像平时一样喝着下午咖啡，这时根据高贵的英国特使的意愿，英国人正在再次逼迫国王，要求召见多数派领袖，委任他组阁，特使很恼火少数派政党不能控制埃及民众对英国的敌对态度。

努哈斯帕夏一接到国王委任，立即召集几个月前跟他一起被辞的各位部长，并给他们委派了任务。第二天，内政部长又把老部下们都叫来，各归原位。第三天早上，中央官员们又把各位村长召来，使他们官复原职。

萨拉迈带回了决议，便投入到收回村长权力的各项安排。他下令砸开被砖头封起来的电话间，亲自监督接通，并放上了几部从欧斯福尔家搬回来的电话，运送的架势如同婚庆队伍。女人们忙着准备饭菜，迎接明天前来祝贺萨拉迈稳握大权的军官们。

半夜等他去睡觉时，想起了父亲，于是走进房间一看，只见父亲仰面躺着，两条腿蜷缩。他以为父亲睡着了，但借着从花园还亮着的灯泡泻进来的光，似乎父亲还睁着双眼，他喊了一声，没反应，摇了摇父亲膝盖，接着两条僵硬的腿就从床上滑了下来，但没有完全着地。他把父亲身体扳过来，找不到没有任何生命迹象了，接着他把父亲双眼合上，擦了擦嘴巴周围，使劲想把父亲身体舒展开，不想让洗尸工看到这个姿势，进而认定父亲是在孤单冷落中死去的。骨头因为他的两只手发出咯嘣咯嘣的声音，不过最终他让父亲显出安然睡去的样子。

他没告诉任何人，夜里年轻人在花园里消遣，三个女人忙着宰鸽子、和面做饼，准备迎接前来贺喜他重当村长的官员及其陪同人员。

死者遗容得体，他终于放心了，随手把门关上，漫长的一整天无比劳累之后他回到自己房间，也诧异自己如此理性平静地接受这一事实，童年记忆中只有微微一点刺痛，什么痕迹都没留下。那时穆加希德有着恶魔般形象，不许他们跑动，不许他们说话，只有等他离开屋子，他们才能自由地呼吸。

他脱下袍子，扑到床上，整张脸陷入柔软的枕头里，这又让他回到了波浪汹涌战舰摇晃的感觉，很快让他沉睡。

早晨，遗体已清洗干净，并在麝香中浸过，殓衣都被这麝香沾湿了，这样是为了不让气味散发出来，好在中午礼拜后下葬。尽管军官们来访是事先安排好的，但他们的出席给葬礼平添了些许庆祝色彩。官员骑着马在大伙前面；跟着军官们的四匹马；卫兵们和欧希村的哨兵们在两旁跟着小跑，簇拥着他们；后面是抬着灵柩的人；灵柩后面是萨拉迈，带领着兄弟们、儿子们，兄弟们的儿子。

自豪，是接受吊唁的那些人脸上唯一的表情，尽管逝者生前早已让人们感觉不到他的存在。子孙中有人对他只有糟糕透顶的回忆，让时间去遗忘；有人怜悯不已地看着他老去；还有人对他根本就没有任何感觉或印象。

另外，萨拉迈会很快想起无数事实，会说他很伤心，因为还有父亲在，他都没有感觉到自己已经五十岁了，没料到父亲一走，他不仅感觉自己如同孤儿，同时也上了一把年纪。

“只要你爸还在，你就是个孩子。”

他这么总结的，再往后多年，穆加希德的去世，而不是活着，都将是被人念想的缘由，因为当死亡被人理解、变得有意义之后，成为最近离去的人。一年后，欧希村人开始出现上吐下泻的状况。人们试过带着病人去明亚戈姆哈、比勒拜斯治疗，回来时他们惊恐不已，病人也没了踪影。工厂为了防止传染，已经停工了，官邸门窗紧闭，大家开始执行广播每天不间断宣传的指示，有关霍乱蔓延的消息也随之传播。

没人过问战争怎么结束的，没人期待德国人如何挺进，只盼着霍乱得到控制。瘟疫随着登陆士兵的行李从非洲上了火车，在埃及各个城市村庄里的军营里扩散。欧希村被感染的病例不断增加，萨拉迈向中央官员求援。他站在电话旁等回复，但是电话线捎过去的叫喊，直到两天后才有回声过来：“每天有辆卡车前来，任何病例均须通报，送至位于比勒拜斯棉花加工厂广场的政府检疫站。”

广播里继续播放着预防措施，最重要的是摒弃有害的情感因素，因为隐瞒一个亲人病情会夺走另一个未被感染的亲人。同时，在被称为“腐烂堆”的隔离检疫站，对于被忽略的恐惧蔓延开来，这儿的病人得不到任何救治，只是等死；时不时会被运到大坑活埋，用生石灰盖上，一堆堆生石灰上可以听到他们的呻吟。

笨重恐怖的卡车轰隆声本身变得如同敌军行动引发的骚动了。要是有戴着口罩的护士带着担架来到某家门前，肯定就是原本好端端的人出现了腹泻的症状。瘟疫没有带来欧希村在洪水火灾中有过的同情互助，健康人对于患者爱莫能助，反而由于害怕，邻居会报告附近某家隐匿病人，引发周围人怒火。萨拉迈第一次感到他和欧希村人之间的距离、权力给他招来了怨恨。根据一名通信兵送来的决议——他签收了的，他被令执行制度、保证医疗队安全执行任务。人们开始觉得，每一次把病人从其家人手中夺走时，就相当于宣判了死刑。

官邸在瘟疫面前也没挺多久，尽管有穆芭拉珂在广播指导下实行严格指挥的卫生预防措施。黄昏时，苔菲黛开始呕吐。一个哨兵在萨拉迈耳边悄悄说，他妻子被感染了，他离开守候的电话机，回到官邸里。他指示苔菲黛进自己房间去，远离他人。他没有接近她。从他脸上表情来看，显然那一刻她对于他来说只是一个危险源。她走了，一个眼神便概括了一生所有的责备和遗憾，她从没感到她的存在对于自己男人是必要的。她明白，他没再娶只因为他太忙，她还能待在这家里仅仅归于他的固执，不愿意让婚姻失败影响他对事业成功的骄傲。

“这下好了，真主帮你修正了这个错误。”

苔菲黛语带苦涩，同时竭力压住新一波涌上来的呕吐：这样他可以再娶了，第一次就不会被算作他的失败。

她拖着两条腿来到漆黑的房间，没有看到，他让弟弟阿里的头枕在自己怀里，双手接着阿里的呕吐物，穆芭拉珂站在旁边，端着桶在下面接着，并用毛巾擦干萨拉迈的手和阿里的嘴，不到一个小时，阿里死在哥哥怀里。接着，阿里的女儿萨米哈也开始呕吐，然后是曼苏尔、尤素夫。这个晚上，被感染的情况接连出现，不知道下一个会是谁。早晨，大卡车车尾冲着官邸，直到后面大箱装满了成堆的尸体、粪便和呕吐物。不知道卡车里究竟装了多少具尸体，只有等到瘟疫结束还活着的青年们回来之后才知道。青年们担心欧希村停滞的空气都弥漫着传染源，于是逃到野地里，靠吃植物过了几周。

萨拉迈和穆斯阿黛已经站不起来去送这些亡人，而穆芭拉珂站着，两眼无神，脸上也没有表情，像是看着邻居搬走旧家的家具。当两个全身捂得严实的护士把军车大箱子关上，并跳到戴口罩的司机旁边，她眼里终于落下一滴泪，向着一堆尸体上一双发光的眼睛挥了挥手，卡车开动了，她还能看到儿子穆斯塔法在求救。很快，悲伤的眼神消失在灰尘混合着破旧发动机冒出的烟尘后面。

她关了围墙大门，往回走时，发现了尤素夫的女儿阿迪雅，正在橘子树下玩耍，周围满是垃圾杂物，还有蚂蚁大军。

确定疫情结束之后，军校打开了大门，给学生们放一个星期假回家看看。萨利姆直挺挺地回来了，像被太阳晒干的一条鲱鱼，穿着黄褐色军装，肩上有两排金色编花。在官邸，他只看到妈妈，所有兄弟姐妹里只剩下马哈茂德和泽娜芭、小家伙阿迪雅、婶婶穆斯阿黛和她儿子卡米勒，而萨拉迈成了村长，这个村失去了一半人口，他只剩下一个儿子阿卜杜·马格苏德。

官邸变得空荡荡了，孩子们曾在四处的喧闹停止了，像整天不停嗡嗡的蜜蜂。他们沉浸在伤心之中，个个沉默不语，咽着一股怨气，却不知道该怨谁。萨拉迈开始心不在焉，记性差得开始误事。只要有点活动，就必须拿上小本子和铅笔，记下他认为必要的事。有时别人提醒他许过什么诺或该完成什么任务，他先翻开本子，然后才会生气或否认。

“这儿写了么，写了么？哪儿呀，你给我看啊？！”

他这么回应提问的人，问题不在于事情的重要性或必要性，而是为了证明他自身和小本子不会遗忘任何事。穆芭拉珂和穆斯阿黛变得比以前少言寡语了，她们专心照顾还活着的孩子们，以及唯一的男人，不关于她俩任何一位。

“大家别再难过了。”

居丧一年过去了。穆芭拉珂一边收拾着晚饭餐桌，一边要求萨拉迈同意选定泽娜芭和瓦菲克订婚的日子。瓦菲克是阿卜杜·拉兹格·欧斯福尔的长子，曾骑马绕着官邸外墙转，看到了穆芭拉珂给十三岁的泽娜芭梳头，让她坐在花园里一把高椅上，让头发不至于耷拉到地上。瓦菲克停下来，看着她俩。母女俩察觉时，他勒了一下马，走了。不过每天他都绕着官邸转悠，从马背上注视着泽娜芭，而泽娜芭一看到他，就跑进屋里，等到觉得亲切之后，她开始慢吞吞地离开他的视线范围。他派母亲来试探姑娘和母亲的意思，得到应许，她俩还表示要跟村长哥哥说这事，再把他的意思告诉他们。

“看来你很喜欢她爸啊？！”

萨拉迈这么回答她，意思是瓦菲克和年轻时的穆加希德很像。喜欢骑马、穿着讲究，没有工作。萨拉迈对这个意外有点困惑，这门亲事可以终结他和对手的斗争吗？两人斗争会毁掉他妹妹的一生？

萨拉迈没有找到问题的答案，但还是同意了，因为穆芭拉珂的坚持。日后，她自己会为这个坚持痛苦，到底为了什么要坚持。是因为她一直牢牢记得母亲的名言："好男人是女人胸前的金项链。"或者是因为她和瓦菲克母亲萨吉娜之间相互欣赏？萨吉娜是城里人，对于认识穆芭拉珂也很高兴，就像发现了宝。

热热闹闹定了亲。结婚准备工作开始了。穆芭拉珂把一些具体工作交给穆斯阿黛，比如挑选衣服布料颜色、家具、橱柜——新娘要带过去装酥油、豆子等等，自己则专心教导泽娜芭夫妻生活基本知识。她必须这样做，发现泽娜芭只是个孩子，不知道自己将迎来的是什么。她把能讲解的都讲给女儿听，破处时怎么办，在床上怎么做，如何不让男人看到自己的经血等，还给女儿算了算最适合怀孕的日期。

"等我怀孕了，就要离他远点，直到生孩子？"

泽娜芭无比单纯地问道，穆芭拉珂大笑起来，喊穆斯阿黛过来见识一下女儿的幼稚。

"萨吉娜的儿子啊，可怜了，得忍九个月！"

新娘搬出去后，官邸显得更冷清了。于是，萨拉迈开始催促阿卜杜·马格苏德、马哈茂德、卡米勒尽快结婚，也帮着挑选姑娘，后来又不这样做了，因为他把姑娘介绍给其中一个，同意了，他又把这姑娘介绍他兄弟。于是他干脆让孩子们自己选择，在本子上给每人专门留出一页，记住被挑选上的姑娘名字，然后开始请求约见姑娘家人，在同一页登记上每次见面情况。

他陪同三人参加了一次见面，这符合各家传统，有尽可能多的男性出席这种性质的见面。他要求订婚的人当天必须穿上大袍，以便与其他人区别开，并要求不能让姑娘名字再回到他的小本上。官邸之外的人并不知道这个举措只不过是因为萨拉迈的记性不好，竟然被欧希村人模仿，以至于小伙子不穿白色衣服去订婚就被视为不吉利。

三个男性进入别的女人管辖范围后，穆芭拉珂和穆斯阿黛只能争着照顾萨拉迈。她们提到萨拉迈和他儿子阿卜杜·马格苏德，还是叫他艾布·艾哈迈德，用他那霍乱中死去的长子他爹来称呼他。

“艾布·艾哈迈德吃了吗？”

“你把艾布·艾哈迈德的咖啡杯洗了吗？”

她俩互相问对方。如果其中一人在照顾吃饭的比赛上输了，就会跑去给萨拉迈洗衣服，或者叫他去洗澡，把衣服给她，尽管那衣服不过是他早晨刚换上的。

“天气这么热，你都出了一身汗，哥哥。”

她俩洗完大袍，晾在官邸花园里两棵树间的绳子上，两人在衣服旁站着或者坐着，直到衣服晾干，免得被鸟粪弄脏或有脏兮兮的苍蝇落在上面。

穆芭拉珂还记得苔菲黛如何嫉妒自己，但她并不清楚这嫉妒是因为萨拉迈，还是因为她的美貌，让萨拉迈总把两人做比较。穆芭拉珂记得苔菲黛言语和眼神总那么伤人。对于穆斯阿黛，就是另外一码事了。穆斯阿黛并不是跟她争着去照顾萨拉迈，而是协助她，就像母亲帮助女儿照顾其丈夫一样。穆芭拉珂算了算穆斯阿黛的年龄，知道了为何穆斯阿黛自从嫁来后就一直对她很亲近的原因，“七十人”的那一辈人觉得她就是孕育他们的母亲，婚礼那天她魅力四射，让男男女女意乱情迷。不过这并非穆斯阿黛避开跟穆芭拉珂竞争的唯一原因。萨拉迈目前还不属于她俩任何一人，可以成为穆斯阿黛的丈夫，而不可能再娶父亲的遗孀。穆芭拉珂骨子里是喜欢男人的，也是她远离同性诱惑的一个重要原因，哪怕欲火焚身。在宰加济格，两个女邻居艾哈拉姆、尼拉吉斯请求过，她明白如何拒绝，并不表现出生气或者谴责：

“我不喜欢。”

她淡淡地说，就像拒绝吃不惯的食物或饮料，但还是保持跟她俩的来往，照样在她俩面前脱衣服，请她俩帮忙拔掉自己双手够不到的某些部位长出来的毛。对于欧斯福尔的妻子萨吉娜也是如此，她第一次见穆芭拉珂是在葬礼上，第二天就来官邸拜访穆芭拉珂，两人握手时她亲了穆芭拉珂的嘴角；独处时萨吉娜哭着请求，以至于伤心亲吻了穆芭拉珂的脚，但穆芭拉珂既不回应，也并不生气指责。这个白皙的女人肌肤散发着魅力，并不死心，时不时来找穆芭拉珂，在她面前一坐就好几个钟头，讲生活里所有一切，说身上疼，请穆芭拉珂帮忙测测体温，穆芭拉珂照做了，并宽慰道：

“没发烧。”

穆芭拉珂平静地说，对女人身体的溃散视而不见，萨吉娜知道如何利用儿子和泽娜芭订婚的机会，让自己更接近穆芭拉珂，但未能降服她。

“世上没有男人的话，我就不要，直到真主把男人造出来。”

穆芭拉珂在心里重复着自己明确的信念，那些试图勾引她的女人们不能理解这一点，而男人们准确无误地感受到了：从穆芭拉珂的眼神；从她朱唇微启发出轻柔的声音；从她的认真倾听，那种专注让男人迷醉，感到女人正在吮吸他；从她的整洁，她烹饪的美食能给人带来沉醉于合欢般的享受，所有这些让萨拉迈像被催眠了一样趋近穆芭拉珂，哪怕当时父亲还在世时。如果这事能由他做主，他会选择这个比自己大两岁的女人，而不是比自己小十五岁的穆斯阿黛女人。不过穆芭拉珂并没让这种暧昧得以持续，她把吃的东西端到萨拉迈面前，坐在旁边，开口说：

“艾布·艾哈迈德，跟穆斯阿黛结婚吧！”

萨拉迈对此提议故作惊讶，不过显然他考虑过，而穆斯阿黛也一直在等他求婚。

于是两人结婚了，穆芭拉珂成了两人秘密的倾诉对象。穆斯阿黛跟她唠叨各种私密，她把两兄弟做比较。阿里生猛，而萨拉迈表现安分，在床上拘谨，在工厂睿智。

“姐姐啊，他反应太慢了，好像在做一笔买卖，生怕赔了”

不过穆芭拉珂知道，穆斯阿黛也成熟了，不再像从前；而萨拉迈就说过一句话，既可以单独对穆芭拉珂认真说，不至于产生罪恶感，或者拿来当着穆斯阿黛开玩笑，逗逗她：

“以前的婚算是白结了。”

穆芭拉珂听他说话时很认真的，想搞清楚他到底是认真的，还是开玩笑，然后她说知道了。她总想他怎么跟女人相处，男人闻到她唇齿间的芬芳便无法自持，便无法停止奔跑，如果闻到她私处的芬芳更当如何？

九个月之后，穆斯阿黛生下阿迪勒，穆芭拉珂负责照顾他。她把阿迪勒带到家里比萨拉迈先结婚的年轻人面前，夜里忙活也没见老婆们的肚子有动静。同时穆芭拉珂还要看着阿迪雅避免伤害阿迪勒，小姑娘把新生儿当玩具。

（十九）

欧希村近在咫尺时，驼背的娜吉娅惊恐起来，即便当年父亲把她丢给两个陌生男人时也未曾感到这种惊恐。她开始想象相见时的冲击，谁不在了？谁还活着？那些曾经竭力忽略她的存在的人，还记得她吗？尽管她跟他们生活在一起。娜吉娅走在女儿前面，很敏捷，脚下过去是田地，现在变成了铺得平整的路，原来那些木麻黄树依旧矗立在路两边，但枯萎沧桑了许多，有些只剩下短短的树桩，被虫蛀得差不多了。她发现，这些树的树冠已经遮不住渐渐在远处一片黄色的小麦地里沉下去的太阳。

她想，自己也变了，老了，现在带着女儿回来，两人都疲惫不堪，不过四十多岁的苗条女人仍然美丽动人，她胸前紧紧抱着个小包袱，就像当年母亲离开欧希村时带的一样。

几经周折，娜吉娅好不容易找到当年的大宅，欧希村面积比她离开时大了一倍，长长的，像只狐狸，因为新建的房子沿着农田排成一行，而过去房子彼此紧抱成一个圆圈。

两人站在宅子前时，工厂工人们停止说笑，打量着这两个就像生与死的女人，很费力才明白用巴勒斯坦方言问的问题，其中一个人站出来，指了指官邸，他们一家就住在那里。

“他们跟精灵住在一起吗？”

娜吉娅困惑地问，拉着女儿走开了，女儿不安地抱着包袱，把被自己美貌迷住的工人甩在身后。

她站在官邸大门口，记起到达马加丹的那天，被齐亚德扶着下了马，惶恐地看着梦见过多少次的房子此时就在眼前，艾布·谢拉赫拉着她的手，鼓励她进去，她的惶恐并非因为身在异乡，而是惊慌于这所有一切与她梦中所见完全吻合。这所大房子有两层，四周墙壁的石缝之间生长着青草和苔藓，古旧门梁上垂下来的枝条，给麻雀搭了个窝，也是她梦见过的。

此时穆斯阿黛正独自在花园长椅上坐着，看到门口站着的两人，以为是乞丐，便马上进屋了，过了片刻取了一个大饼回来，伸手递过去时，打量了年轻女性，从没见过有这么漂亮的乞丐。娜吉娅并没有理会穆斯阿黛递过来的大饼，把她推开，走了进去。就在官邸大门正对着的阳台上站着的穆芭拉珂看到了她。

“娜吉娅？”

穆芭拉珂喊了一声，就像看到死人行走一样惊诧，她的心开始狂跳，娜吉娅驼着背站在门口，这个画面让穆芭拉珂在一瞬间之内看到了她一生的缩影。两人之间并没有交往，让她害怕、或为她归来欢喜难过，只是看到她在眼前突然让心揪了一下，为儿子萨利姆。萨利姆从军校一毕业就随着埃及军队奔赴巴勒斯坦了，同时也想起了穆泰沙尔。她知道，巴勒斯坦是一个国家，的确不像埃及那么大，但它是一个国家。这个驼背的女人不必了解穆泰沙尔或者萨利姆，但她让穆芭拉珂挂念起这两人：

萨利姆在那里怎么样了？如果现在回来的是穆泰沙尔，而不是他叔叔的女儿？也许，娜吉娅带来了让她不安的消息。这么多年等待的煎熬，后来被家里另一个男人的气息淡化了，然而他也很快丢下她，消失了。

娜吉娅站在原地没动，穆芭拉珂定了定神，跑过来拥抱了她，牵着她的手，走过五级台阶，来到花园上方的阳台上。年轻的女人跟在两人后面。

“我的女儿齐娜。”

娜吉娅说，穆芭拉珂转身以更亲热的态度拥抱了这个美丽的年轻女人，并叫手里还拿着大饼站着的穆斯阿黛过来，给她介绍这位客人，当年已过了适婚年龄的娜吉娅离开欧希村远嫁他乡的时候，穆斯阿黛还在母亲肚子里。

尽管娜吉娅母女受到了家里的热烈欢迎，但她真没想过有一天会回来并逗留，她希望跟女儿齐娜住一间房，等巴勒斯坦一解放就回去。她保持着巴勒斯坦方言，比齐娜说的更浓厚。她总在每顿饭后表示对饮食不适应，各种食物让她肠胃紊乱，因为她习惯用橄榄油烹饪。

娜吉娅一直很怀念自己的往昔，欧希村没人了解那些过去，她可以随心所欲地创造。她讲起齐娜的父亲，他们结婚那时他的实际年龄就被她减去了二十岁，她的白天总是充满了各种新奇刺激，夜里则是疯狂的情爱追逐，那些地方的名字埃及人都不知道，“古老的橄榄树下”“山丘上”，各种房间的名字，如“阁楼”“外面”。

“唉，真伤心，太痛苦了！”

她停下来，望着远方，好像在回忆真实发生过的事一样，接着又继续说，很难过，说到情爱追逐带来了四次生产，只有齐娜活下来了，夭折的兄弟们长得都更好看。娜吉娅察觉到穆芭拉珂的眼神显得很好奇，在等着讲那三个男孩子，于是又吐出略带伤感的言辞，那三个天使从她肚子出来时，微笑着，闪着光芒，产后活了几个小时就死了。

故事编得连她自己几乎都信以为真了，甚至为丈夫未曾拥有的雄风而快乐无比，年迈的丈夫唯一一次进入她的身体，她感到从颤抖、疲软的武器中渗出了发咸的水，除了种子能滑进她的子宫，便没有任何效果，再也没有过第二次，在女儿齐娜两岁时，丈夫就死了。女儿自然不记得他，而是喊哥哥齐亚德“爸爸”，就跟齐亚德其他儿子一样。

她突然抹了一下眼中滚落的泪，又变得拘谨起来，想起那天艾布谢拉赫家里的女人们推推搡搡竞相去看父亲的新娘，等她们的眼神打量到她黑袍下瘦弱弯曲的身体，头上裹着黑纱，都马上使了眼色，一个个走到娜吉娅跟前，客气地握手、自我介绍，接着把她引到阁楼——那是她和她男人的房间。女人们都在她面前相继亮相，个个戴满首饰，穿着用金线绣花的大袍。她们显得有挫败感，为一个假想敌纠集一个军队很失败。不过她懂得如何消除这些儿媳妇脸上近乎蔑视的同情，也清楚此后如何让她们满怀敬意，即便她们一直未能按照习俗称呼她为阿姨。在马加丹她并未像想象中的那样去放羊，并未从拉法向马加丹会穿越沿着海岸蔓延的沙漠，除了住的地方跟欧希村不一样，现在和曾经干的并无区别，挤奶、过滤奶、做奶酪；还有，在欧希村是水牛，到了马加丹就成了黄牛。

她从早到晚在儿媳妇们中间团团转，吃过晚饭，走向她和男人的房间，男人很满意，有了个专门伺候他的老婆，在她面前也不用遮遮掩掩；跟自己渴了饿了时候还不好意思去叫唤的儿子儿媳们并非一码事了。

“真奇怪！男人可以随意在自己女人面前放屁，不能在亲生骨肉面前放屁！”

艾布·谢拉赫笑着说，同时半蹲着又放了一个屁，娜吉娅微微一笑算作回应，递给他一件干净的睡袍，然后躺在他怀里，他的气息带着烟草的味道，混合着杜松子酒特有的小白菊清香，让娜吉娅迷醉。

艾布·谢拉赫感到快乐的是，当娜吉娅向他请教以前在欧希村没见过的东西时，他都会详细地给她解释。晚上喝多了的话，他红光满面，躺在她旁边，紧紧贴着，把手伸到她的乳房，感触到坚挺的乳头，跟别人长着青涩茸毛的乳头没什么区别。他的手滑到娜吉娅的小腹，试探到她已经湿了，自己两腿间的那玩意也暖暖地运动了一下，但这种温暖不足以让他忘记娜吉娅的驼背和满脸皱纹，于是又收回手，搂着她，睡去了；她也在他怀里睡着了，两人都不遗憾。双方所求的不过是温情、安全感、一种并非来自厚羊毛毯子的温暖。他去参加在法吉拉附近举行的一场婚礼，一去好几个月，娜吉娅天天等他回来。他回来时，她帮他脱下斗篷，伺候他就寝。他的脸在壁灯照射下显得红彤彤的，像是要爆炸一样，膨胀的血管喷张，透过皮肤看得一清二楚，光滑的脸上没有一丝皱纹，她感到自己面前就是人们称为轰炸年龄的“热血沸腾”，她为他按摩身体、胸部、肚子，为他脱去衣服，按照她自己认为有效的方法让他狂乱的心悸平静下来。她把一块旧布打湿了，给他擦脸，注意到他内裤里有抖动，先引发她的好奇，接着变成了无法阻挡的欲望。

她脱下他内裤，开始抚弄他，沉睡的器官开始抬起头，在她手中变硬。她坐在它上面，感到子宫里有一滴咸咸的液体，很快就熄灭了。她一动不动地躺倒在他身边，沉醉在对那一滴的回味中，那一滴带着蜜一般的甜蛰了她，那是一群蜜蜂从柠檬花采集来的蜜。

“愿主保佑你！”

她感激地说，用双手抚摸男人的脸，一旁的他早已鼾声大作，她再也没有过那一次的体会，由于得到了那一次带来的齐娜，让她永远不会忘记，齐娜是对她身体畸形的最好补偿。

穆斯阿黛注意到这两个回来的女人心不在焉，就问为什么她们要回到欧希村，齐娜便讲如何听到传言，说德尔亚辛发生了大屠杀，犹太人闯进村庄，屠杀孕妇。

“他们打赌，是男孩还是女孩？剖开肚子看。”

齐娜缓缓地说着，似乎整个一生都活在战争中一样，苍白的脸上更多表现的是厌恶，超过其他任何感受。她沉默了一会儿，回顾一下有什么遗漏了。

“他们原本想吓唬我们，后来想让我们迁走。”

娜吉娅说，好让齐娜有机会回忆。然而齐娜陷入了沉默，呆呆地盯着一个地方看，似乎想看到幽冥。此时她丈夫的丧期还没过，当初犹太人来犯，村子人都开始迁移到别处，她丈夫在反抗战争中死去，她哥哥带着装满自家家具的车停到她家前面，他一家人都坐在上面，叫齐娜一起走，但她不愿离开自己家，于是她哥哥抱起她儿子，扔进卡车后面，跟他家人一起去生活。

“好吧，利亚德就跟我们吧，来叙利亚和我们会合吧。”

齐亚德坐到司机旁边，卡车开走了。齐娜并没有去追上他们，对于逃往哪里，她并没有选择的余地。两周后埃及军队进入马加丹，为了避免妨碍士兵们，减除其负担，便开始驱散当地居民。他们派来一大队卡车，装满一辆便走一辆，齐娜跟母亲上了开往拉法的车，并没有待在临时搭建的帐篷，后来娜吉娅带着她回到了欧希村。

“咱去看看你舅舅们吧，等到把犹太人赶走，咱们再回来。”

像所有难民一样，她坚信最多一个星期就会回去的。他们有人带着家里钥匙，有人把钥匙放在一家人平常习惯放置的地方：门槛下、墙缝里、橄榄树或葡萄树根下，让先回去的人能找到的。

回去的日子遥遥无期。齐娜整日坐立不安，作为待得太久的客人已经很尴尬了。大家从她眼里看不到任何神情，只有听到废弃的取暖炉上那个大广播时才会突然振作，当听到新闻播报的特别提示时，她便用心地听着，跟穆芭拉珂坐在一起捕捉着战场的消息，自从萨拉迈不再带报纸回官邸开始。

每次萨拉迈进城，就买一份《金字塔》报带回去，穆芭拉珂反复翻看报纸，寻找能宽慰自己能对萨利姆放心的消息，直到报纸在她手里被翻烂，等到萨拉迈带回新一期报纸，她才会丢下旧的那份。埃及军队被困费卢杰的消息接踵而至开始，他就不再带报纸回家了，她就只能守着广播，而广播不会播出报纸上所有的内容，接下来开始说阿拉伯联军节节败退，更多的难民朝四面八方逃生。

穆芭拉珂开始期盼儿子回家，而齐娜期待的还不止能回到儿子身边，等待为丈夫报仇，那天黎明她亲吻他的脚，为了让他留下，而他俯身搂着她的头，亲了一下，就用力推开她径直走了。中午他回来已是一具尸体。她坚持要看丈夫的身体：右胸被子弹射出一个洞，四周被烧焦了，有凝固的血块，齐娜用嘴把残留的血迹舔干净，她没有因为射入他心脏的子弹悲伤，没有哭泣，直到将她的双唇放在他的双唇上，她才忍不住落泪，那干裂的嘴唇让她确信，他死时非常渴。

齐娜不相信所谓建立犹太国家是天意或宿命，她相信那些白皮肤的人离开比巴勒斯坦好得多的国家来到这里，只是为了让她见不到格桑。她对穆芭拉珂这样说。当看到穆芭拉珂满脸诧异打量着自己时，害怕她把自己当作疯子，于是又说：

"你不知道格桑什么意思。"

穆芭拉珂注视着齐娜，并不是怀疑她的心智是否正常，而是想发现到底什么让她和这个皮肤黝黑、眼神通透的女人之间有种默契，除了两人都思念各自不在身边的儿子。她知道这个清瘦的年轻女人像狡黠的天使，趁主人不经意间偷走魔鬼的妖冶，两人命运也相似，都遇到过值得爱的男人，然而又失去了他。

阿拉伯联军撤回来了，联合国发布决议将巴勒斯坦一分为二，给巴勒斯坦人和犹太人，消息传来时，齐娜捶胸大哭。

"什么？马加丹算什么地方了？是我们的，不是他们的？"

齐娜问各位表兄弟，他们强调，阿拉伯人拒绝分割，联军将解放整个巴勒斯坦，把她的亲人们还给她。然而等了很久之后，她只好又问各位表兄弟打探哥哥齐亚德在哪儿，她要去找儿子。

他们竭力让她明白，叙利亚很大，他们不知道如何能打探到齐亚德的地址，可她根本不听，不断重复她的请求，泪流满面，说她要自己去找儿子。

夜里的哨兵把她送回来多次之后，萨拉迈在官邸大门加了一副大锁，而她就开始翻墙。他们开始严加看管她，她爬上了高大的桑葚树，说要跳下来，只有穆芭拉珂说服了她下来，把她搂在怀里，她一直呜咽着，直到平静下来，慢慢睡着了。

（二十）

穆芭拉珂站在阳台上凝视着嬉闹的孩子们。喜悦掩去了最剧烈的悲伤，幸存的孩子们替她向死亡复仇，新生的孩子们并未抹去那些逝去人带来的痛苦，她不去区分悲伤是为自己生的孩子，还是为苔菲黛或穆斯阿黛生的孩子，他们跟她在宰加济格生活的时间比跟两位生母的日子更长。

显然，萨拉迈终于在这把年纪领略了男欢女爱的真谛，在阿迪勒出生后他也没再生出孩子，阿迪勒虽然来得不是时候，像一颗被遗忘的芒果，长着酷似母亲的小眼睛，眼珠是绿色的。不管去哪儿，萨拉迈都带着他。年轻夫妻们的生育大赛一直在继续，为了让官邸子孙满堂，再现瘟疫前的景象。

她总关注着女人们的肚子，双手把新生命接到人间，给每个新生儿起名都会用到一个逝者的名字。除了阿迪勒，名字是萨拉迈亲自取的；儿子马哈茂德的第一个女儿，儿子坚持要叫她“穆芭拉珂”；他的第二个孩子，她给取名叫“纳吉”；还给阿卜杜·马格苏德的孩子们取名：艾哈迈德、尤素夫、阿里；给卡米勒的孩子们取名：曼苏尔、穆斯塔法、萨米哈。

阿卜杜·马格苏德和卡米勒都叫穆芭拉珂"妈妈"，他俩妻子都并不奇怪；不过再加上马哈茂德的妻子，三个女人对于穆芭拉珂干涉她们私生活有些不自在。

"不是没感情，不至于用手去把他抓来吧。"

卡米勒的妻子朱荷拉这么说。她父亲职业就是给欧希村的母牛公牛配种，她打趣地说，穆芭拉珂奶奶总会逐个房间巡视，把男人们架到女人们身上，用手抓住尿管让它进去，就像人们拽着公牛爬上母牛身体一样。穆芭拉珂对于这个白皙高挑年轻人的戏谑并不生气，也开始嘲笑她那套男人婆的风格，不仅因为朱荷拉确实身材魁梧，而且当她嫁进官邸时，嫁妆里面还来了肉豆蔻，一大早便抛下熟睡的新郎，早早地来到花园，点了火做了一杯茶，坐着抽起蜂蜜水烟，还让大家都习惯了她这一点，每天清晨没过抽烟的话，就无法开启做任何事。穆芭拉珂提醒她那对怀孕有影响。

"好，这两天别抽了。"

穆芭拉珂努力想让她在例假后的受孕期避免抽烟，了解每个女人的经期，在下个月同期还要视察。

"孩子，来月经了吗？"

她这样问其中一人，如果回答她"是"，她就怨恨地撅起嘴，一旦有机会与其丈夫单独相处时，她就教训他不够努力。如果有人出现怀孕迹象，她便开始百般呵护，把孕妇负责的家务活转交给另一个女人，或由她亲自接手。每个新生儿的第一声啼哭，便让她从死亡的账簿中勾销了一笔。

穆芭拉珂不仅想名字来纪念死去的孩子们，还试图让那些人的童年在新一代人身上再现，期待每人童年行为像前人一样。

她发现新的曼苏尔性格冲动，精力不集中，跟她儿子正好相反，死去的曼苏尔安静沉稳，擅长讲述谚语故事，小时候说话就像一个大人。还有，女邻居过来敲门抱怨艾哈迈德打她孩子，穆芭拉珂不承认，因为从来没人说过死去的艾哈迈德欺负别的孩子。孙子尤素夫还不到两岁，已经知道自己尿尿了，穆芭拉珂每次反复摸他的床单，惊讶为什么是干的。她看着他呆滞的眼神，又困惑起来，完全没有丝毫她儿子鬼机灵的光芒。不过她终究找到了血脉的延续，第一个尤素夫的基因，被他女儿阿迪雅全部继承了。阿迪雅长成少女前，一直尿床，像祖母一样气色红润，十岁左右便吸引了一批情窦初开的少年。官邸大门嘎吱一开就会引起他们注意。穆芭拉珂都看在眼里，想起当年小伙子们因为看到她而流露出来的欣赏，一个个战战兢兢；而现在少年们追着阿迪雅从学校到家里，甚至为了她互相公然打架。穆芭拉珂心想，到底是自己不如阿迪雅有魅力，还是现在年轻人脸皮变厚了？

阿迪雅的魅力不仅让外人着魔，也造成了堂弟们的怨恨，本该一致对付外人的无耻，那件事最终酿成了灾难。

有个少年竟然在官邸外墙上用大字写道："官邸，你的睫毛啊，进去了就没错。"堂弟们很快就把它擦掉了，也毫不费力找到了写这话的人，他半夜站在外面大喊：

"阿迪雅，我骑你一次就死而无憾。"

他话还没喊完，就被堂弟们围住了，曼苏尔冲出来，将一把匕首刺入了他心脏。这个不到十六岁的少年像只鸡一样在地上扑腾了几下，就一动不动了。萨拉迈亲自把警察叫来，以防死者家属报复孩子们。

搭载着士兵的卡车跟着警察局官员的专车后陆续开来，官员训斥村长，不仅没维护好村里的治安，居然孙子还卷入了凶杀案。在安全部队监护下，死者下葬了，曼苏尔被关进了拘留所。透过窗户目睹事件的阿迪雅，把自己锁在房间里整整三天，不管谁敲门都不回应，家里人在门外放了食物，她也没有开门取过。等到大家把门撞开，才发现她昏迷在满是尿渍的床上，头发凌乱，像被剪过毛的羊羔，地上一大堆碎发。大家急忙切了一颗洋葱过来，在她鼻子前擦拭，她打了个喷嚏，又撬开她的嘴，灌了些糖水，她便哭了起来。

阿迪雅恢复了气色，比之前显得更有魅力，尽管头皮还有一块儿露在外面。她有时会对着镜子站几个小时，满怀仇恨，就像打量一个敌人，每次都以去换一身衣服的方式结束这种站立，一次比一次更差更丑。

“就算披一身麻布，你还是你。”

穆芭拉珂对她说，看着她越是竭力掩盖自己的美丽，反而更添姿色，于是开导如何接受这样的命运安排。

维持治安的警车驻守了几个月，让上了年纪的人们又想起因为总督家族有个位于安沙斯的农户家牲口被偷之后，骆驼兵团驻守实行宵禁的日子，欧希村生活如同地狱，到了傍晚没有人能去地里浇水，最终各家各户的长辈都出来施压、说情，让两家和解，事情才了结了。萨拉迈给了死者家属一费丹土地作为赔偿，曼苏尔在惩教中心待了一年，回到原来的学校了。

这一事件所有后续影响都肃清后，萨拉迈因为弟弟萨利姆的功劳，也得以官复原职。这时，他决定分家。

“往后咱们各自安排吧！”

他说道，一边吃着晚饭，左右坐着穆斯阿黛和穆芭拉珂，两人都没接话。萨拉迈显得有些年迈了，他承担了杀人案的责任；她俩明白他开始面临着家里各项事务开销的困难，男人们在这个家里惯于养尊处优，那时年龄太小，接着在宰加济格居住，没机会教他们怎么经营纺织，加上生来就干不了农活，而现在他们的孩子们也大了，每天接送往返学校的负担越来越重。

纺织厂经营每况愈下。战乱的影响尚未过去，大纺织厂的布匹市场就跌入了谷底，萨拉迈维持着工厂完全是出于一种固执，不得已开始出售农田来弥补亏损、补贴家用。这时又来了军队运动，为了向欧洲人证明埃及不仅仅是一个种棉花的农场，还是一个工业化国家。军官们都接到指令，在城市近郊农田建设大工厂，这样城市立马变成了工业区。这样小作坊就更加举步维艰。接下来，私有工厂收归国有的举措更是致命的一击，国家垄断了棉花的交易和加工。在非棉花采摘季节窝藏哪怕一袋棉花，都要被定罪，类似贩毒。萨拉迈拒绝了一家国有工厂的邀请，手下工人们也一样不愿意去，他继而转向布匹生意，这成了养家糊口的生计，并非纺织带来的收益。他把官邸外墙凿开了几米，开了间小店，封掉了大院子里和穆芭拉珂旧家的纺织机，那上面已布满蜘蛛网。

萨拉迈花了三天时间去开罗看望萨利姆。趁他不在，这三天足以让孩子们打开两所房子、拆掉织布机，等他回来时，他们已经开始撬被锁的窗户、重新砌上建厂时修的围墙。等他回来视察时，无法控制自己，耳边萦绕着两代工人们的欢声笑语、织布机装上纱线的声音，工人们脚下娴熟的动作像似马戏团表演的魔术。然而，他从萨利姆那儿带回来了另一桩伤心事。

跟他一样，萨利姆的世界天翻地覆了，再也无法忍受排挤。由于军官内部对治国方针产生分歧，他们的运动很快冠上了“革命”名义，萨利姆站在那些认为军人应该回到军营的温和派队伍，然而最终激进派胜利了，所有支持穆罕默德·纳吉布中将的领导人都被排挤了，运动期间为他们效劳的诸如尤素夫那样的小军官们也被抛弃，不再信任。

经过几番调整，萨拉迈把大院子一分为二，给马哈茂德和阿卜杜·马格苏德，卡米勒则搬到穆芭拉珂的旧家。他终于舒服了，让年轻一代搬出官邸，让他们各自承担起养家糊口责任。大宅子里只有他、穆斯阿黛、阿迪勒，以及穆芭拉珂和阿迪雅，还有驼背的娜吉娅和女儿齐娜，大家把她们时称为“巴勒斯坦丑女”和“巴勒斯坦美女”。当年那场霍乱让记得娜吉娅如何离开欧希村的人都差不多死光了，没人相信那个皮肤黝黑的美人是她女儿。

搬走了三家之后，官邸里没了喧闹。

自从激进派军官运动带来了“平等”状态。萨拉迈这个被遗忘的村长，每天待在布匹店里，昏昏欲睡。几个世纪以来，欧希村就以妥协的姿态接受着“平等”，然而这回的“平等”带着报复的味道。它没有经历过把农民当作奴隶的封建制，穷人获得了土地，这些土地是依据农业改革法被没收充公来的，这样人人都有了自己的土地。

萨拉迈从来没表现得像个有权的，很多人都乐见傀儡村长，尽管空职一直被他和他弟弟马哈茂德继任，这一切仰仗于萨利姆的余威。军人政变衍生出来的保护使得他即便孙子犯罪后依然保住了村长的位子，这本身就影响了他的威风，有一种看法，认为年轻军官杰马勒·阿卜杜·纳赛尔，推翻了纳吉布总统而上台执政，对于整个埃及大地，他无处不在，谁都能联系上他，小学生给他写信能收到他的签名照片；大人小孩也经常拿他打赌：

“如果你爸是杰马勒·阿卜杜·纳赛尔……”

一人向另一方发起挑战，比如，看谁能跳过一条水沟；看谁有胆半夜里去坟地敲木桩；看谁敢吃一把辣椒等等。后来少年们玩球只有在萨拉迈小店门前他们才觉得过瘾。一人踢了一脚球，正砸在萨拉迈脸上，惊醒了原本打盹的他，他立马暴跳如雷，把球扣下，威胁说要用刀子把球割了。

“你要是敢割，我就给杰马勒写信，说你骂他。”

萨拉迈恐吓说要割球时，球的主人这么威胁道，他便把球又扔了过去，他们看到他一脸诚惶诚恐，便哈哈大笑。

年纪越大，越像个胆怯的孩子，有冲突需要调解时，他了结的结果就是偏向嗓门大的一方；若有人状告他家孩子，还没等人说完，他就点头哈腰、立马道歉。孩子们都看不过去，感到自家声誉败落在他手里了，尤其阿迪勒，跟他母亲一样，生性高傲，父亲笨拙的退让着实令他心痛。孩子们逼他辞了职。中心长官欢迎有意者来申请这一职位，不过最后还是委任了马哈茂德来替代。

（二十一）

留在官邸的四个女人都清楚从早上醒来该做什么。家里已经没有富余的钱雇佣女佣帮忙料理家务了，也不需像从前那样雇人，再也没有外地来的布匹商和工人来做客了。

她们干完家务，跟萨拉迈吃早饭，然后他去店里，女人们待着缝衣裳、纺毛线。娜吉娅还会教她们如何给孩子们织被子和窗帘，竭尽全力想让齐娜融入这里的生活，但无济于事，那个年轻的女人仍然自我封闭，只跟看不见的儿子说话。

泽娜芭满腔怒火地回来了，也加入了这些女人之中。丈夫瓦菲克·欧斯福尔带回来一个女人，就像市场里那些给家庭主妇下迷药偷走首饰的女扒手，脸长得像驴，双眼凹陷，胸平得像男人的肌肉。泽娜芭感到那个女人是对自己作为女人的最大侮辱。

“她也配！”

泽娜芭说的话，并非伤心，纯粹是出于愤怒的反应，发自内心希望那个他宠爱的法尔杜思是一个美女。

“就当他死了吧！”

萨拉迈试图劝说泽娜芭回去，毕竟还有孩子们，但她拒绝了。虽然，她早已无视瓦菲克的存在，只要他远远地待在开罗，她就开心；只要他在，连孩子们吃肉或水果都顾不上了。于是萨拉迈不再坚持，并说他们不会嫌弃她的孩子们，尽管他觉得孩子们最好在父亲家里长大，他提醒泽娜芭，当初他就不愿意泽娜芭嫁给瓦菲克。

泽娜芭不用多想就能明白为什么萨拉迈当初反对她的婚事，但她跟哥哥一样，害怕失败，之前她从没向别人透露过自己的遭遇，维持着表面的成功，尽管最终她发现，丈夫比她父亲更糟糕。

“我爸至少不胡言乱语。”

婚前她没发现瓦菲克贪吃和厚颜无耻，她曾以为他喋喋不休、几十次无聊重复同一话题都是对她爱的表现、渴望一直跟她说话，如果一时没找到合适的话题。后来她发现，瓦菲克贪吃，从不觉得饱，也不顾及别人；爱唠叨，没有消停的时候，也不觉得那话说过一百遍；如果有人跟旁人说话，得到的印象是他根本没长耳朵，不耐烦地瞪着，等到说话人说完，才发现他根本什么都没听进去。

“除了吃和说，还有别的么？”

穆斯阿黛开玩笑地问她，泽娜芭那张继承了母亲标致五官的脸，本来就无比严肃的，拒绝参与任何“空谈”。她忘了婚前从母亲那儿学来的床上技巧，也想不起学来的烹饪知识，让贪吃男人狼吞虎咽，而不品尝。

他败光了父亲的所有积蓄，用于自己享乐和马匹保养，买大麦、肉、水烟，啤酒——他是把啤酒带到欧希村的第一人，并且一直保持着穿西式服装的风格。去开罗时形同逃跑，给四个孩子和父母只留下了那匹马，阿卜杜·拉兹格把马卖了，买了一块地，很高兴终于也有点地产了，即便不善耕种，但这是留在村庄的纽带和唯一理由。

泽娜芭学会了缝纫，买了台机器，就靠着它养活孩子们与公婆，三个大点的孩子在欧希村念完小学，准备要去比勒拜斯了，而她还没凑出路费。于是一大早趁孩子们还没醒，就来到娘家，在萨拉迈家窗户上轻轻敲了几下，他给了她想要的。

他佩服妹妹在瓦菲克失踪这段时间仍然能撑住，也不想施加压力让她跟一个祸患女人生活、忍受两人种种荒唐，两人偏爱在大庭广众吵架，就像狗一样。

“那女的整宿都在笑，就像他在挠她；一大早躺着坐着，她的腿都搁在他腿上。”

泽娜芭幽怨不已，忍受了一个拙劣薄情的丈夫，不能再忍受他再加上同样不要脸的祸害女人。女人等着她做饭，端到两人跟前，然后连盘子也不洗就送回去。女人跟他抽烟、喝酒，两人拎着袋子装上空啤酒瓶去比勒拜斯换酒，回来时他一手拎着袋子，一手搂着女人，引得路人指指点点，不过议论更多的是为什么泽娜芭待在家，接受这个状况。

马哈茂德坚持要她离婚，即便那两人能守规矩，萨拉迈却觉得不必，他认为，离婚对她孩子们的未来不利，特别是两个女儿。

“你妹妹又不打算再婚，干吗要离婚？”

他这么说，为了马哈茂德不再劝她离婚，他派人去接她的孩子们、搬走缝纫机，她公公亲自把缝纫机搬来。此后他和萨吉娜每天来看泽娜芭，妻子跟官邸的女人们在一起，自己在萨拉迈布匹店里消磨时光，一起回忆当兵岁月，聊起各自开始败落的生意，相互竞争也没带来过冲突或伤害。

娜吉娅对于泽娜芭的回家很开心，觉得有一个跟齐娜年龄相仿的女人在的话，能让齐娜不至于太沉默，试着齐娜去教泽娜芭缝制巴勒斯坦特色服装，一种红底罩衫带着蓝色竖条纹，或者胸部和袖口绣着金色螺纹。欧希村姑娘们发现，这种华丽长袍不失为折中良策，解决了读过书的女人的尴尬，她们既不愿再穿胸口有个褶边口袋的农村长袍，又不敢穿招致农妇们白眼的都市气息连衣裙。

“不守传统的叛逆姑娘！”

她们指着反对穿这种大袍的人，不管人家的教育水平和职位。于是大袍开始走俏，泽娜芭一个人已经应付不了那么多订单了。姑娘们已经开始对样式有要求了：条纹或绣花的，还借用了马加丹的叫法，如“天堂与烈火”“夜莺之巢”。

泽娜芭的长子塔哈在舅舅家住得并不自在，尽管大家都很疼爱他和弟弟妹妹，他总是很孤僻，感觉被遗弃，他经常给弟弟妹妹提意见，特别是芭迪娅：

“我们不是在自己家，慢点吃。”

爱说笑的芭迪娅哈哈大笑，当着所有人把塔哈的话重复了一遍，塔哈闪着酷似妈妈的黑眼睛，涨红了脸，从此更放不开了。妈妈把挣来的钱给他看，但他仍然摆脱不了寄人篱下的感觉，变得如同几乎看不见的影子。每天他带着两个妹妹从学校里回来后，妈妈就让他单独吃饭，因为发现他跟大家一起在饭桌上很痛苦，即便如此他还是吃不了多少；他一个人躲在花园某个角落复习功课，然后早早地去睡觉，从来不和表兄弟们一起玩。没过多久，他决定带着芭迪娅和娜嘉回到父亲的身边，年幼的法鲁克则留在妈妈身边。

家里人都没有拦着他，妈妈希望他时常记得她，受了委屈不要忍着，更不要逼迫两个妹妹忍受不愿接受的事情。塔哈感到脸上滚烫，他下巴已经冒出了一些小短须，开始坚持做礼拜，但仍然没摆脱忧郁。回来看望妈妈时，也没有讲过那边家里的情况，两个妹妹每天都跟妈妈讲各种事情，跟妈妈待在一起的时间比塔哈多。

钱花光之后，法尔杜思开始跟瓦菲克吵架，两人用最恶毒的话辱骂对方。瓦菲克的母亲觉得该趁机赶走这个无耻女人，自从她来之后，他们家就成了全村的笑柄。

“你再狠狠心，让他管孩子们，让他和那个贱人管。”

萨吉娜嘀咕着，不过泽娜芭明白，就算孩子们辍学了他依然无动于衷。

“把那个女人逼走，试试，不给他们洗衣服！”

泽娜芭照着做了，她告诉孩子们别把脏衣服拿到官邸来，并告之瓦菲克。这个主意的效果来得比她俩预计的还快。瓦菲克叫法尔杜思洗孩子们的衣服，她当着孩子们吼他：

“他们跟你说我是佣人？”

两人厮打起来，他宣布休妻，于是她带上东西就走了。萨吉娜请求泽娜芭回来，省得孩子两头为难。阿卜杜·拉兹格要萨拉迈劝劝泽娜芭，泽娜芭同意了，但有个条件。

“以后我和他划清界限。”

她不允许他靠近她房间，里面放着缝纫机。孩子们都大了，要她别干了，塔哈还带她去朝觐了。回来后她就天天坐在毯子上，做礼拜、诵经。多年以后，孙子们围在她身边，问她做礼拜时，有没有替爷爷祷告。她怒目圆瞪：

“替这个脏鬼祷告，毁了我一世清白。”

孙子们都笑了，提醒她真主允许男人娶四个老婆的，爷爷只不过多找了一个而已。

“这个问题上，应该有人开导他的。”

她怒火中烧地回答，劈头盖脸把他们骂了一顿，勒令他们不许再提这个话题，他们都去睡觉了，她独自一整夜做礼拜，请求真主原谅。

陆军上校萨利姆被裹在一面旗帜里从也门回来了，旗帜的绿色已然接近死亡的颜色：黑、白、红色。哈婕[①]穆芭拉珂冲着几个士兵们摆手，示意他们远离箱子，拒绝由士兵抬他下葬。

“你们该做的都做了，已经把他杀了，让我们来埋吧。”

穆芭拉珂冲着他们大喊，她挡在墓穴前。“返乡团”长官命令士兵们后退。她指着欧希村瘸腿挖墓人——已被军官们肩章上闪亮星星吓坏了：

“下去，穆赫塔尔谢赫！”

穆芭拉珂命令他，还给他腾了地方，谢赫拖着萎缩的残腿往前挪，一不小心滑倒在墓坑里。她指挥孩子们把尸体从箱子抬出来。

士兵们朝天鸣放了二十一发子弹向烈士致敬，当然怎么也无法让她以为是在一场婚礼，她强忍到所有仪式结束，用手捂

① 哈婕：朝觐过的女性穆斯林。

着脸说：

“只有真主永存，让我和他待一会儿吧！”

她只让泽娜芭、赫尔柯丽雅陪在身边，还有两个小孩纳吉布和杰马勒。她一直待到太阳落山，对着萨利姆讲他不在的时候发生的一切；讲每次他匆匆归来时，她还没来得及说的所有，他每次奔赴安沙斯军营时，叫司机拐到欧希村去，事先全都没安排的。

在所有丧事、离别时刻憋住的眼泪，此时都倾泻给了萨利姆，那些时候她没有哭，反而带着自豪。她当着几个沉默不语的女人们开始刨土，让她们跟着一起哭。

“哭啊，你们这些不干不净的，没有他你们早死了。”

悼念时，萨吉娜坐在她旁边，脸上罩着面纱，这是孙子塔哈要她戴上的，他还要泽娜芭和两个妹妹都带上面纱。萨吉娜用手绢为穆芭拉珂擦拭眼泪，芭迪娅透过面纱安慰姥姥说：

“太太，信仰真主吧。先知死了，我们为自己而哭，而不是为先知哭吧？”

一滴泪珠没从穆芭拉珂眼里落下，她生气地说：

“先知？他亲人哭他，我哭我儿子，你这没教养的！”

来吊唁的女人们都把微笑隐藏在黑面纱下，有人小声祷告，祈求真主不要怪罪这个伤心的女人。萨吉娜在穆芭拉珂身边不声不响地坐了几分钟，握住她的手攥了一下就离开了，整个丧期再也没来过。

她不停地哭，直到两眼都干了。等到他们带着各种奖牌前来时，她不允许奖牌进官邸。

“我们家铜器多得用不完，这些都不知道往哪儿放。”

为了表彰烈士，他们决定请她和遗孀去朝觐，她说，跟死去的儿子去过了，他在那儿特别孝顺，让她吃到了一辈子没尝过的美味，不必再去一趟。孙子们劝她，她吼道：

“我干吗再去一趟，破坏了谁家庄稼，毒死了谁家牲口？”

遗孀也不需要这样的款待，她奇怪为什么他们不知道她是基督徒。

当年萨利姆决定跟她结婚时，提了一个条件，就是穆芭拉珂接受她。他带着她来到欧希村。就在赫尔柯丽雅第一次踏进家里的那一刻，穆芭拉珂就竖起了大拇指表示满意。她悄悄对儿子说，第一次见到欧洲女人是她去比勒拜斯买嫁妆的时候，后来在宰加济格又见过，都不是她喜欢的类型，干瘪得像男人，身上汗毛茂盛。她喜欢这个新娘，丰满颀长、眼珠黑黑的、秀发乌黑及腰。

“您知道吗？她的名字在希腊语里是幸福的意思，可惜她是基督徒。”

听到母亲一个劲儿夸赞姑娘，萨利姆开玩笑地说，母亲反对道：

“什么可惜了，没出息的，这是真主的安排。”

萨利姆把母亲的话讲给赫尔柯丽雅听，她告诉他说自己也真的非常喜欢他母亲，就算他抛弃她了，她也会跟穆芭拉珂往来的。此后她来的次数比萨利姆多，他太忙，从一场战争转到另一场。后来她生了一对双胞胎儿子，把他俩放在车里来到欧希村，跟穆芭拉珂一住好几天。她俩有说不完的话。赫尔柯丽雅只有自己母亲丽莎的几张照片，关于父亲马尔科·西格里，她仅仅是从一张皱巴巴的纸上知道了他被人遗忘的名字。他曾是她母亲的男友，后来她母亲抛弃他，投向了另一个男人，之后发现怀了他的孩子。在生她之前，她母亲又有了第三个男人。要生产时找不到任何人，除了一个卖炸薯条的男人愿意用他名字来登记新生儿，由此他得到了一磅报酬。之后她母亲再也没见过这人。

“哈婕，瞧，就因为这样，我喜欢吃薯条，好像爸爸的味道。”

她笑着说，看到穆芭拉珂因为这段讲述而动容，双眼闪动着泪花。她掏出自己与母亲的合影给穆芭拉珂看，很年轻，像姐姐，而不像母亲，年纪约三十五岁。跟萨利姆结婚的时候，赫尔柯丽雅已经三十五岁了。军人政权稳定下来时，亚历山大这座城市完全变了，男人们开始一个个离开她，丽莎就回了希腊。她是个诗人，她自己这么说的，不过赫尔柯丽雅对她的作品从来不以为然，发现她那些朋友们也仅仅在相识初期关注一下。美丽、冷漠，抽象得如同一个符号。丽莎穿梭在不同的男人之间，圣洁的身体总是很快就抛弃了淫荡的灵魂。她和每一个男人在一起的初期，她费尽心机钻进他心里，表现出一个花痴女人如何迎合男人的期待，于是他赞美她的诗歌。然而她很快陷入悲哀，躁动的身体一边在放纵，而因为嫌弃体液的肮脏一边感到萎缩，于是她开始疏远这个男人，这个男人也开始疏远她。她在酒精中麻醉自己，直到开始寻找下一个男人，敞开迷惑的假象，仅仅短暂的狂热。

“以前我们住在公寓里，又破又小，哈婕，这么小，我听见她跟男人们睡觉，就觉得她叫声很痛苦。”

赫尔柯丽雅说着，那种同情证明一个秘密：她梦想的就是跟她母亲性格不一样的。从九岁开始，她就经常谈恋爱。对男人的条件只有一条：不能是诗人。她梦想成为一名家庭主妇，生十个孩子，和丈夫一起照顾他们。在亚历山大市拉玛勒车站电影院门口，她被萨利姆深深吸引住了，他当时跟两个同学，她带着一个女友，她一直观察着他，一场电影她什么也没看到，只顾着在黑乎乎的影厅里观察他。出来时她故意慢吞吞地，等到他过来时，她起身离座，跟他撞上，包掉到地上。

“被暴露的埃及运动！”

每次她说起当年的小伎俩让他拾起包，道歉着还给她，接着两人一起出去，萨利姆就笑。之后每次约会，她内心越来越坚定认为：他就是上天给她的安排。

他俩婚后第一次去欧希村时，穆芭拉珂还担心赫尔柯丽雅万一遭遇厄运，因为感到这个世界不允许极度的喜悦存在。她欣慰又不安，看着赫尔柯丽雅如何照顾萨利姆，担心一旦离开将给儿子造成多大痛苦。没料到，走的人是儿子。此前他已经历过三次大难不死：在费卢杰，当巴勒斯坦陷落时；在开罗，他们废黜国王时；在塞得港，以色列、英国和法国联合起来要给阿卜杜·纳赛尔一点颜色看看的时候。

“好，勇士们，犹太人把你们打败了，国王被你们赶跑了，在也门又跟谁打呢？”

穆芭拉珂自言自语，幻想着儿子的身影，还记得当他从巴勒斯坦战场回来时，就是半夜偷偷摸摸地溜进家的，就像越狱的逃犯：留着大胡子，穿着大袍。除了叫他“萨爸爸”的阿迪雅，别人劝他洗澡换衣服，他根本不听。阿迪雅抱着一堆干净衣服走进萨利姆的房间，坐在他的怀里，搂着他脖子，开始撒娇。看他没反应，阿迪雅一脸厌恶地推开他，说：

“萨爸爸，你的胡子都是臭的。”

他闻了闻自己，发现身体气味确实无法忍受了，被小姑娘这样嫌弃他很不好意思。他追上阿迪雅，抓住她，把她抱起来，阿迪雅在他手里挣扎了几下，他使劲亲了一口，就把她放下了。然后抓起衣服就去洗澡了。

萨利姆在欧希村住了几个月，直到有一天来了一辆小型军车，下来两个和萨利姆一样的陆军中尉，跟他在房间单独聊了一会儿，然后来到花园里。萨利姆丢下他们，去刮胡子，换上军装，吃过午饭便一起走了。此后他几个月才能回来一次，每次时间不超过几小时。收音机里宣布军队正在掀起一场好运动，萨利姆是参与其中的最年轻军官之一。欧希村没人知道他到底起多大影响，也不清楚他跟穆罕默德·纳吉布中校到底多亲近，不过他的地位已经带来了切实的好处，欧希村修了路，还是铺着柏油的，也盖起了占地面积达到五费丹的庞大服务区，由迪布家捐献的土地。服务区大门上挂着牌匾“欧希村综合区”，马上要改成“烈士萨利姆·迪布综合区”，包括小学、中学、医院、青年中心、球场、小型发电站、邮局、净水池。

街道也铺装了电线，村民们可以申请给家里通电通水，需要交纳一定费用。不过他们觉得没必要，因为路上的灯光够亮了；服务区公共水龙头加上欧希村已有的四座清真寺的水龙头。家里接了电、接了水龙头的只有欧斯福尔家和迪布家。

综合区开张那天，尊贵的贝克帕夏杰马勒·阿卜杜·纳赛尔来了。他跟萨利姆在临时搭建的庆典帐篷里亲密耳语的照片挂上了官邸的墙上，是挂在家里的第一张照片，也是最后一张。穆芭拉珂专门选了前厅一个显眼位置挂这张照片，在萨利姆牺牲后，她在照片一角缠上了一个黑布条。

多年后，孙子们想在家里挂上从学校领奖的一些照片时，每次都被穆芭拉珂坚决拒绝了，她已经觉得挂照片是不吉利的，预示着消失，人开始变成一个记忆。她所有的心愿就是让孙子们都留在欧希村，不要去外地，哪怕为了求学。她认为，欧希村的死神她已经熟悉了，如果外地的死神不够英明的话，他们的性命就没保障了，万一冷不防，如龙卷风般带走一个如花少年，类似火车、汽车、战争等小孩子意识不到的危险。穆芭拉珂跟这些孩子的父亲们说，让孩子们留在欧希村，但是父亲们已经不再对她言听计从了。当赫尔柯丽雅带着两个孩子来看她时，她恳请把两个孩子留下来。

“你们吃得惯他们的饭吗？”

穆芭拉珂这么问他们，目睹其中一个父亲因为孩子得到一份在海湾国家的工作兴奋时，她不关心时代变化，不在意孩子们不能没有工作，不管现在地里能剩多少东西让他们吃饱，她只知道还没跟萨利姆待够。

（二十二）

阿迪勒没考上普通高中，除了法语，所有科目都通过了，别人看来法语课程要求低，也没什么用，还是提高总分的好机会，大家都嘲笑他，他郁闷地说：

“要是没了法语课，高中也不过是开个玩笑嘛。”

他安心拿了个初中文凭，找了份邮递员的工作，不过从未送出过一封信。他穿着西式制服，在邮局门前小土堆上躺着，独自一人，不声不响，或有时跟几个没事干的朋友在一起，把跳棋棋盘搁在土堆上，开始玩，还得追着树荫跑，不停换地方，直到太阳西沉，各自散去。随后，阿迪勒就把邮局门关上，回家去。

要是有人来邮局询问邮件，阿迪勒就指着桌子上的一堆信，让他们自己去找。以前他把信直接扔到街上，经过多次调查、处分有很多人投诉他，出于对邮局方面的顾虑，他如今做到这样子就算不错了。

“这世道的事，关你们什么事？”

他就这么打发抗议的，还强调一下：他们要是去管其他地方有什么动静，离生活在同一屋檐的自家牲口远得很，就过不上太平安宁的日子了。大家反而认为悲惨可怜的是他，而不是他们；说他要是谦虚点，把邮件送上门，得到小费收入增加几倍的。不过大家都知道，不会有任何力量让一个住在官邸里面的人让步，哪怕是就要饿死了。

饿肚子问题远远触动不了阿迪勒的，重要的是衣着整洁，兜里有烟叶可以卷烟，每次赢了一局棋他就要大喊，棋艺也给他带来了姻缘。有一次他跟阿卜杜·萨米阿对局，两人用卷烟和纯烟叶做赌，不分胜负，直到天黑仍然打了个平手，于是决定最后一局玩个更大的赌注。

“你赢了我的话，我就把巴勒斯坦美女给你做老婆，我要是赢了你，你就把女儿嫁给我。”

阿迪勒赢了，他和阿卜杜·萨米阿·杰哈希一起回家，看看他女儿萨米拉什么样：姑娘胸部还没发育，皮肤像蜂蜜色，两眼发绿，跟阿迪勒很像，就像他妹妹一样。

萨米拉从母亲那儿得知这位客人来访意图后，吃了一惊，她仔细把自己打量了一番，看看是不是有什么自己没注意到的，觉得自己根本还不到结婚年龄啊。父亲呵斥道：

“上完高中有什么用啊？”

妈妈说，迪布家的儿子就算不穿体面衣服，也是体面的。不过姑妈扎齐亚担心不已捶胸喊道：

“这邪恶的一家！”

她悲戚地说，竭力争取嫂子站在自己一边，劝哥哥拒绝阿迪勒。阿迪勒的叔叔纳吉当年向她提亲，后来抛弃她，并荒诞消失了，她对此一直耿耿于怀。两个女人都不知道，阿迪勒娶萨米拉只因为一场赌局。又过了两晚，阿迪勒跟叔叔马哈茂德一起来向棋友女儿提亲，因为父亲身体不适未能前来，为此表示歉意。

最小的儿子订了婚，穆斯阿黛很开心，陪他去看望新娘，每次都不让他空着手进去，总会带着头巾、点心、水果、布料等。

“订婚后姑娘最骄傲了。”

她说，每天晚上都要花很长时间挑礼物，迟迟出不了门，阿迪勒都等得不耐烦了。她便强调，他跟新娘以后肯定怀念这段无忧无虑的时光。她宠爱着萨米拉，按照自己嫁给阿里而不是嫁给萨拉迈时曾经渴望得到的那种宠爱方式。萨拉迈，让她出门都满怀嫉妒，起初她还笑，很快这嫉妒有些错乱了。

“你跟阿卜杜·萨米阿那废物消夜啊？”

他用类似问题纠缠她，以至她尽量减少出门，有时跟着几个女伴去悼念亡人，然而萨拉迈让她足不出户的嫉妒又发展成了一种疯狂的占有欲。只要她在床上一躺下，他就开始吃力地脱衣，要求她也脱衣，艰难摸索到她的“果实”。

“把这条腿抬起来。”

于是她抬起了两条很紧实的腿，而不是一条腿，他反应很恼火，晃了晃自己把被子撑起来的一只脚。

她请求他让她睡去，于是他又生气了，转过身，蜷缩像个胎儿。

一早他坐在长椅上，看到阿迪勒正要出门，就喊他过来一起喝杯咖啡，阿迪勒推辞说上班要迟到了，但他硬把他拉住了。阿迪勒并不喜欢咖啡，勉强小口小口地抿。父亲先说了一些开场白，接着切入了他想告之的秘密，这个秘密不能跟苔菲黛的儿子阿卜杜·马格苏德说，也不能跟叔叔阿里的儿子卡米勒说，他凑过去，小声说：

“你妈下面被缝住了。”

阿迪勒的脸一下子就红了，笑了一下。

“哈吉，愿真主赐福先知吧！”

“你不信？我同意让哈婕穆芭拉珂给你妈瞧瞧。”

“别瞧了。我跟她说说吧！”

两人陷入了沉默，他请求父亲不要再跟别人提了，并答应会跟母亲交流一下这个问题，随即头也不回地走了，除了鸡叫声便没有其他动静。晚上结束跟未婚妻约会之后回来时，踮着脚溜进自己房间的，生怕被人察觉。

他一直躲着父亲，每次鼓起勇气想找父亲说话时，最终退缩放弃了。不过父亲开始虎视眈眈，从他那儿探听母亲的反应。阿迪勒只好去跟母亲提这事，尴尬挤出几个词后，母亲羞得捶胸大喊：

“对不起啊，你爸胡说八道些什么！”

阿迪勒低头耳语恳求道：

“看在我的份上，让他快活点吧！”

“儿啊，他整晚把我捏碎了，现在不行了。”

阿迪勒把母亲的反应转达给了父亲，求他别再指责了，结果自己又伤心了一会儿，因为请求的语气带着责备，毕竟这个男人到了只能哄的年龄了。他又宽慰自己犯这种错可能因为慌乱，为父亲难过，父亲变得像个孩子了，需要有人来纠正错误缺点。以前父亲说话就如同架在别人脖子上的利剑，不乱说，说出来就掷地有声。

接下来几天，阿迪勒用心关照父亲，修复两人关系，不过没多久就忘得一干二净了，完全被未婚妻吸引，而萨米拉也开始对他产生了感情。

从天而降的重视，让她惊喜，不敢相信自己竟然成了家里的焦点。她开始憧憬结婚，陶醉在昼夜之间的巨变，原本一个被逼着复习的小丫头，大家都不在意她，也不让她跟大人坐在一起，突然变成了一个女主人，大家尊敬她，不只是在家里，在学校也一样：老师们不再要求她完成作业，即便那是因为明白他们的努力即将白费，姑娘初中一毕业就要做个足不出户的家庭妇女。

她开始在阿迪勒面前放松了，感到他温柔体贴，并非人们眼中那个自大狂妄的印象，也并非她预料跟她父亲相似——一个不负责任的人，把她和兄弟姐妹扔在一边，从不过问她母亲如何独自辛苦打理一切事务。阿迪勒，尽管看上去一副纨绔子弟的样子，但总认真倾听她说话，让她更加觉得自己是个成熟的姑娘，所有事情还找她商量，会跟她谈梦想，比如生几个孩子，还问她想给第一个孩子取什么名字。

日子一天天过去了，两人愈加如胶似漆，他在学校门口等着她放学，送她回家，她盼着他每天晚饭后的来访，他慢慢不愿意母亲陪同前往。两人坐在一起，她母亲在旁边，等到母亲犯困了，两人开始热烈地相互抚摸，几个钟头对视、充满情欲的眼神，滚烫的欲望燃烧着。迷迷糊糊的母亲睁开眼，看到他的手在女儿胸部，女儿的手在他两腿之间，于是又闭上眼装睡，好让两人把手撤回来，相互离得远一点。两人坐得远了一些，设法遮挡住他袍子上一些湿漉漉的斑点，开始慌慌张张地闲聊，有一句没一句的，空洞无聊。

母亲睁开疲惫的双眼问现在几点了，想提醒他该走了。他明白她的意思，但偏要装傻，回复她，身子一点也没动。母亲想加入两人聊天，但一个词都没说完，又困了。

“我管不了你女儿，跟你一样脸皮厚。”

纳德拉特一早生气地跟丈夫抱怨。白天在田里和家里忙碌一整天，她无法再熬夜守着姑娘，于是她责备阿卜杜·萨米阿对女儿缺乏责任心，他出去消夜了，把阿迪勒撇在家里，就像他已经是自家人了。

“行了，咱们写婚书，考试最后一天就让他们结婚。”

阿卜杜·萨米亚烦躁地回答。他们要阿迪勒定一个日子签订婚约时，阿迪勒对此提议很兴奋，这样要确定他和萨米拉的关系了，她要正式成为他的妻子了。

距婚约前几天，突然来了指示要阿迪勒参军。阿迪勒被派去了宰加济格，没能回来签订婚约。就在订婚约那天，他收到了入伍装备，被送到了训练中心。

关于以色列军队在叙利亚边境大规模集结的消息接踵而至，阿卜杜·纳赛尔声称，进攻叙利亚就等同于进攻埃及，新的一场战争一触即发。阿迪勒去了四十天，在一个短暂的假期回来了，完全变了一个人，胸膛变得结实了，身材挺拔，黝黑的皮肤像是烧得过头的陶器，有些悲哀，似乎有股神秘魔力掏空了他眼里的傲慢，又填上了谦逊，令人心疼。

四十八个小时，阿迪勒把这点时间分给未婚妻和家人，想尽量跟他们多待一会。岳父很通情达理，让萨米拉陪阿迪勒上他家里，帮着家里女人们一块准备午饭，阿迪勒跟他们在一起，萨米拉去哪儿，他就跟到哪儿。

离开之前来了个工作人员，登记家庭情况，给阿迪勒的父母照了相，萨拉迈问他为什么要照相。

“为了发养老金的，要是…有什么不测的话。”

那人尴尬地回答，脑袋一直埋在照相机的黑布后头。

“他们现在有经验有准备了，就是死呗。”

萨拉迈嘟囔了一句，竭力不让脸颊上的泪滴掉下来。来人假装没听见这一评论，收起照相机放进包里，折叠好支架，架在胳膊下，又赶往下一家。阿迪勒和家人都一言不发地吃着午饭，就像梦境一样，没人把手举到过嘴边，他们基本认定正在跟一位烈士吃饭。

阿迪勒跟家人一个个拥抱，穆斯阿黛和萨米拉搂着他的脖子哭；穆芭拉珂也哭，哭得像当年萨利姆下葬时那么厉害；齐娜也哭了，当年齐亚德把她儿子扔进卡车上那一堆人中间，卡车不知道去了哪儿，她都没哭过。

（二十三）

孩子们从大学回来了，不过家里不再像往年暑假那样，仍然没什么活力，开罗已经把他们一个接一个地留住了。

继叔叔萨利姆之后，阿迪雅是家里第二个通过高中毕业考试的人，耽误了两年，第一年她没参加考试，当时涉及一起人命案；第二年她留在家里自学，期末没能考过，班里男生们只有少数考过了，老师上课说什么他们听不进去，晚上复习时书上写的什么他们看不进去，满脑子想的就是她，但自从那个案件之后，没人敢表白。

阿迪雅比家里霍乱后出生的孩子们早一年进了大学，在女生城住了一年。后来，孩子们陆续上大学后，家里觉得有必要租两套房子，一套给男孩们，另一套给女孩们。这是叔叔萨利姆最后一项家庭任务，去也门前，他在杜格区一所楼房里找到二楼和三楼的两套房子，置办了必需品。尤素夫的女儿阿迪雅、马哈茂德的女儿穆芭拉珂住在三层，后来卡米勒的女儿萨米哈也住了进来；二层住的是男孩们，好让他们盯着楼里上上下下的人，保护女孩们。

租金对于一个只能继续卖地的家庭来说已经相当吃力了。孩子们也很体谅家里。到了三月中旬，就回欧希村老家待两个月，复习准备考试，到家时正赶上官邸院子里仅存的一棵橘子树开花。

他们会回到官邸，跟着父母搬到了另外两个土砌院子的人，从来只当那儿是过夜的地方。他们一回来，家里洋溢着欢乐，焕发出生机，他们开始打扫花园，焚烧垃圾，清理玻璃瓶子、空的铁皮盒——家里女人们积攒下来的，其数量可以统计出家里消费了多少人造奶油，穆芭拉珂哈婕觉得这种奶油进入官邸是一种耻辱，每当穆斯阿黛去买东西时，总嘱咐她购买时别让人看见，要小心。

“你要买杀虫剂的话，别让人看到。”

她把人造奶油比作棉花蛆虫杀虫剂，把福气都杀没了，她很不解为什么人们称这种气味难闻的东西为奶油；有蛋糕端到她面前，她闻了一下，毫不客气地说：

“我不吃杀虫剂。”

已经五月中旬了，自从阿迪勒当兵走了之后，孩子们还没回来。两个月时间里，他们在开罗等着阿迪雅回来，她和一个木匠私奔了，那人是他们雇来修理两套租房里的家具的，也不知道木匠怎么能让一个医学院女大学生跟他私奔的，两人怎么一拍即合的，木匠在女孩们房子里干活时，曼苏尔和阿里步步紧随地看着他，付了工钱后，看着他离开的。

木匠来过几天后，阿迪雅像往常一样去上课，但再也没回来。穆芭拉珂和萨米哈从所认识的她同学那儿四处寻找，但没找到，男孩子们走遍了所有医院和警察局，也没有发现无名女尸或者通报未认定犯罪的记录。萨拉迈无意间看了一眼阿迪雅的书桌，发现摆放整齐的书旁边，有厚厚一摞纸。

全是在三年间男孩子们写给阿迪雅的情书，按照由大到小的顺序排列。最上头的是艾哈迈德·阿卜杜·马格苏德写的情书，接着是曼苏尔·凯米勒、阿卜杜·马格苏德·尤素夫，然后是穆斯塔法·凯米勒、纳吉·马哈茂德、阿里·阿卜杜·马格苏德。

堆积如山的情书上面，阿迪雅留下一封短信，告诉大家她要和木匠结婚，不必费力去找她，让他们好好过自己的生活，她的心已有所属了。这封信回复了所有的情书，他们都给她写过情书，堂弟纳吉，其他人该管阿迪雅叫姑姑，有的比阿迪雅小好几岁。

他们无比沮丧地互相看看，望着这堆情书，有的曾被偷偷塞在阿迪雅记事本里；或放在装菜的袋子里，她拿那些菜跟其他女孩子们一起烹饪；有人还把情书跟零钱夹在一起递给她。

他们决定再等等，告诉家里学校的课还没结束，期望着阿迪雅迷途知返，这样一来欧希村也没人知道发生过什么。然而她没回来，直到颁布了一项决议：由于局势可能引发战争，学校停课。

那个因为战争不见踪影的人让全家无暇顾及这个因为爱情失踪了的人。所有人的耳朵都挂在广播上，数着集结在西奈半岛与敌人进行殊死对抗的武器数量。奶奶穆芭拉珂哈婕没有什么变化，除了手指不停绕动。她一听到新闻广播，每只手四指就开始动，如同围绕虎口的一扇门。每播放一条新闻，就像为萨利姆的坟墓又刨了一把土，尤其自从赫尔柯丽雅来欧希村的次数逐渐比以前少了，她牵挂两个小孩，便愈发思念亡人。

小穆芭拉珂告诉她堂姐失踪的事后，她一只耳朵听着这事，另一只耳朵继续跟踪广播，小姑娘每说一段，奶奶一声未吭，而手指绕动更快了。

播音员洪亮的声音传来，宣布战争爆发，对阵头几小时内击落两百五十架敌机。齐娜手舞足蹈，娜吉娅脸上也开始放光，心想着有希望回到德尔亚辛了，萨拉迈握着穆斯阿黛的手，宽慰她。

“阿迪勒没事的，孩子他妈。”

穆芭拉珂哈婕不发表任何意见，手还在不停地绕动，直到广播停止播报新闻了，没人再听任何挺进或后退了，她的手才停了下来，似乎感到灾难已经大到不能够用她的手指表达了。然而，她、或任何其他人一样，都无法知道后来被称为“挫败”究竟有多大。后来阿卜杜·纳赛尔在广播里发表辞职讲话，表示自己为“所有发生的后果”负责，没人清楚到底发生了什么。官邸里的人第一次带着收音机到了屋子平顶上，在早已关闭多年的布匹店门口，听着阿卜杜·纳赛尔的讲话在其他收音机里萦绕，大家一片寂静，屏住了呼吸。

早上青壮年开始朝着田里出发了，他们扣压了每辆经过欧希村的卡车、农用拖拉机，跳到车上，命令司机往开罗方向开，加入开罗大街小巷的游行队伍，反对阿卜杜·纳赛尔辞职。萨拉迈拄着拐杖往外走，家里人以为他也要跟着去游行，但他走到大门口就停下了，坐在门后气喘吁吁，挡着孙子们不让出去。

“安生点，人命闹着玩的吗？”

他其实不需关门。孙子们没一个靠近过大门，哪怕好奇心都没有。即便从开罗回来的年轻人们都没一点动静。这一场失败又翻开了萨利姆牺牲带来的伤心，掺杂着因为阿迪雅私奔感觉的无助，加上对阿迪勒安危的担心。他们不敢看父母的眼神，装作看书，其实什么也看不进去。

一切都结束了。阿卜杜·纳赛尔收回了辞职的决定，阿迪勒没从战场回来，欧希村年轻人不止他一个失踪的，一起去的还有四个，只有一个士兵回来了，骨瘦如柴，神情恍惚，沉默无语，还穿着战前离开欧希村某天穿的袍子。睡醒过来就是为了再睡过去，大家求他开口说话，那些失踪者的母亲恳求了几天几夜，想知道孩子的任何一点情况。

“你们以为西奈跟欧希村一样小啊？”

赛义德忧郁地说，沉默了好久才再次开口说话，更像在自言自语，而不是对周围听众。

“我谁也没看到，除了死亡。”

这个回来的人描述的战场一片混乱，在那种状况下，参战的人根本无法知道任何情况。年轻的人们就这么对穆斯阿黛解释的，但她不懂，或者不想懂，她只是迫切想知道小儿子的情况。

她跟着几个失踪者的母亲们一起去了那个回来的人家里，跟那人的母亲在门前坐着，希望他再讲点新东西，他母亲进去，又抱歉地过来，他一直在睡觉。终于等到他出来了，回应了，她们看着他的脸，像要把话从他嘴里扯出来似的。

“他们打我们就像打蚊子一样。”

女人们不理解他痛苦的原因，怎么回来也不高兴呢？他开始投入地讲述，因为她们听得认真讲得更起劲了，他解释被捆着投进河里是怎么回事。

分到装备时太紧急了，都没有来得及打开，盔甲也没试是否合身，脚都没蹭进鞋子，几辆大卡车就来到征兵基地，把成千上万穿着便服的新兵带到了西奈半岛。他所在的营被一支很小的以色列军队包围了，这个小队的头儿操着贝都因口音要求他们把步枪扔掉，他们还没学会怎么开枪，于是扔掉了步枪；那人又命令他们把装备中的挖掘工具拿出来，其余东西扔到一堆步枪上面，然后又指示挖一条长长的战壕，挖完后个个气喘吁吁。

“当时我不在乎死活了，就想有口水喝，连口水都流不出来了，他们知道的，就开始用水折磨我们，问谁渴了，谁举了手，就给他杯水，接着一枪崩了他。”

他眼泪掉了下来，竭力止住呜咽，以便继续说话，为了满足伤心女人们的好奇。

“他们挑了我们几个站成一排，两手交叉放在头上。”

他的嘴唇抖动着，转过脸，深深吸了口气，接着讲以色列军官命令士兵一个个走上前来，瞄准双号俘虏胸膛开枪，又命令还没死的俘虏把同伴们尸体拖到大坑，掩埋起来。随后命令他们登上一辆卡车，去凑够俘虏人数。以色列人让剩下的人活下来了，但是不停地戏弄他们，从吉普车上冲着前面装俘虏的卡车胡乱开火。四十天，赛义德靠着吃能找到的昆虫野草生存着。终于他到了苏伊士运河边上的芒果园。

“我们没有打仗，而是被他们宰割。”

年轻人说道，抛下这些女人，走开了。

过了几周，来了有关一些失踪人员的个人消息，已经被认定为烈士了，村子里为他们进行了主麻日之后的祷告。阿迪勒仍在失踪人员名单里，穆斯阿黛和其他女人坐在一起，比较着各自的情况。

"至少，你们知道孩子什么命运了。"

"连尸体都见不到，你至少有希望儿子能回来。"

穆斯阿黛感到，共同的灾难开始演变成相互嫉妒，于是起身离开了那些烈士的母亲们，她们家开始四处奔走讨要赔偿金。她则在家里跟几个女人一坐好几个小时。自从小穆芭拉珂和萨米哈又回学校后，身边就只有萨米拉——她已经成了家庭一员，一直陪着伤心的婆婆；穆斯阿黛很感激她，觉得她带着阿迪勒的气息，她的坚持是他会回来的好兆头，她只等着爱火重新燃烧，不会熄灭的。

"合理么？我们就这么坐着等吗？失踪到底什么意思？"

她喃喃自语，他的兄弟们没听见，持续六天的战争结束后他们就已经把阿迪勒当作烈士了。她决定和萨米拉一块去趟比勒拜斯，问问失踪到底什么意思，儿子到底怎么了。两人没有得到答复，不过带回了邻近几个村庄类似的故事，几个失踪者家庭交往开始变得紧密，相互出主意。

还活着！阿迪勒陆续被几个算命师、术士肯定还活着；一些好人也说得到了上天启示，他们要求他家人承诺为真主宠爱的信徒们做纪念，等阿迪勒回来时兑现。各种说法彼此矛盾，按他们说来阿迪勒在不同地方过着迥异的生活。不过每种说法，都能被穆斯阿黛或萨米拉或家里任何一个失眠女人梦中某个场景印证。安沙斯当地就剩没问瞎女人海迪洁了。

"除了她，就没占卜的了。"

法齐哈，来自谢勒谢拉蒙的胖女人，只要穆斯阿黛去比勒拜斯都能见到她在征兵中心门前一辆铁皮车里，车由一头驴拉着，驴背上还捆着一堆干草，她盘腿坐着，两只胳膊搭在车厢两侧，面前铺了张报纸，堆着大饼、炸丸子、茄子、油炸辣椒。等她丈夫出来时，这一堆吃的就没有了。男人把驴身上的饲料袋卸下来，扔到车后面，拉着驴到路上，跳上车前面就走了。

“这些糊涂的人什么也不知道，让海迪洁帮你看看吧。”

穆斯阿黛听了法齐哈劝说，带着阿迪勒离开欧希村前穿过的最后一件袍子，只身一人来找海迪洁。瞎女人把袍子剪碎，扔到火里，燃起的烟混合着香，她开始深呼吸，食指在沙上画出一道道阿迪勒自从战乱开始走过的轨迹，她给穆斯阿黛描述那个贝都因人的样子，他把阿迪勒藏起来了，躲开了犹太人。她又往火里扔了一块布条,这次看到了阿迪勒,在一群男人中间。

“婚礼，是婚礼，新娘在哪儿呢？”

她沉默了一会儿，两眼死死盯着火焰，接着说：

“全都是男人，啊，他们习俗就这样的。”

海迪洁自问自答。穆斯阿黛付给她五镑钱，带着这个瞎女人描述的有关她儿子的情形回去了，确信阿迪勒还活着，生活在贝都因人中间，跟老婆孩子们在一起。穆斯阿黛给大家讲述时，顾及萨米拉的情绪，故意省略了婚礼场景。萨米拉又继续上学了，要回应一些上门求婚的追求者。日复一日，阿迪勒跟贝都因人生活在一起的事实在穆斯阿黛心里确凿无疑。她想叫孙子们陪她去找阿迪勒，她先跟卡米勒说了这个想法。

“你跟那些小鬼说说，让谁跟我去吧。”

卡米勒恳求儿子们顺着奶奶的意思，即便她错了。她梦到阿迪勒在放羊，看到了他的妻子和孩子们，他妻子还用奇怪的口音跟她说话。她睁开眼，对这个梦非常兴奋，因为不记得这一辈子醒着时听过这样的口音，但又想起多年前就从两个巴勒斯坦女人那儿天天听到了，这让她有些沮丧，不过她决心去沙漠找儿子，亲眼看到他的梦没有变。

她并非唯一怀揣着这种梦想的母亲。当小萨利姆答应陪她去时，她立马浑身焕发了活力，跑到邻近的米特苏海乐、巴拉旭、格拉米勒村告诉那些失踪者的父母，约好了日子，跟她一样在儿孙们陪同下出发了，到了苏伊士运河西部、伊斯梅利亚农村，便结束了行程，那是允许普通百姓能到的最远处。

他们见到一群混杂的人，既不是农民也不是贝都因人，对着他们讲自己如何英勇，如何伏击以色列士兵，营救幸存我方士兵。来访的父母们急不可耐拿出失踪儿子们的照片。

"谢赫，您见过这人——我儿子吗？"

"哈婕，有可能吧。"

问得那么焦躁，却得不到答复。他们又劝慰去问问一些占卜师，再去新地方找找，不用带着孙子们的，她和同伴们已经知道路了，然而寻子行程一次比一次更让她们困惑，不过她仍然没有停止，直到有一天，孙子阿里回来了，由于战败后敌人反扑导致的冲突，他失去了一条腿。她的活动从此仅限于节庆纪念日跟寻子的朋友们互相拜访一下，大家都跟她一样身心憔悴，于是组织了大朝觐[①]、小朝觐[②]，抓住敬爱的先知陵墓外的小窗[③]，以此平息灼烧的心火。

① 大朝觐：伊斯兰教每年伊历十二月八、九、十日前往麦加圣地的正式朝觐。

② 小朝觐：除了十二月八、九、十日任何时候前往圣地的朝拜。

③ 伊斯兰教先知穆罕默德的陵墓外围有小窗口，可以透过它看看陵墓。

（二十四）

萨拉迈历来善于把握时机，这方面一辈子都没失误过，不过死的却不是时候。

他快咽气时靠在床上，穆斯阿黛扶着他，马哈茂德、穆芭拉珂哈婕、驼背女人娜吉娅都看着他虚弱的喘息，这时电视画面中断了，开始念诵古兰经。

他点了一下穆斯阿黛的手，示意要喝柠檬水，于是她用两只手指在杯里蘸了一下,润了润他的嘴唇。他又指了一下周围人，大家把他放平了，他打了个深深的饱嗝，就不动了。马哈茂德低声念经，把萨拉迈双眼合上；穆斯阿黛把被子拉上来盖住他的脸。这时电视停止了诵经，传来虚弱的声音："同胞们，全人类失去了一位最伟大的人、最高尚的人、最勇敢的人、最忠诚的人，总统杰马勒·阿卜杜·纳赛尔……"

声音听不见了，巨大的声音开始摇晃着窗户玻璃，就像无数飞机低空掠过，欧希村人见识过这气势的，没人待在屋里，尽管停电后四周一片漆黑。阿里从轮椅上扑了出去，嗷嗷直叫，加上家里姑娘们的叫喊、混合着外面的喧闹，长辈们都僵立在萨拉迈尸体前。

就像人们等着死在异乡的儿子遗体归来，一整夜都不进屋里，上了年纪的谢赫们女人们占据了大街小巷的空地，年轻人在村外公路上游荡，但没有等来一辆灵车运来任何尸体。但这次悲剧让欧希村人回到了久违的患难与共的状态，自从大坝修筑完工后，他们几乎遗忘了一起经历过的火灾频发的夏天、洪水袭击，阿卜杜·纳赛尔用这座大坝扼住了尼罗洪水的脖子，让它不再肆虐。

早晨一队鼓手费尽力气从人群里挤了出来，大家都在哭，很奇怪他们来干什么，领袖去世的消息并不需要他们来宣布，没人听到鼓手喊的是萨拉迈的名字。

尸体被抬到清真寺了，欧希村男人们都为他祷告——不过是凑巧而已。伊玛目[①]哭着主持昏礼，为“永远的领袖杰马勒·阿卜杜·纳赛尔”的灵魂祈祷，他又补充了一句，不过没人注意到：“还有那些死去的穆斯林兄弟”。

伊玛目和所有人念诵祈祷时口齿都含糊不清的，哪怕一个字母都没发清楚过。结束后，萨拉迈的儿孙们聚集拢来，抬起灵柩，轻得像根羽毛，在人群上方晃悠，阿卜杜·马格苏德看到父亲快要飞起来似的，开始赞念真主。

“注意，孩子们，真主至大，真主至大。”

抬灵柩的人调整了一下，以便适应“轻盈”，一边喊着“真主至大”，越往墓地前进，队伍就越来越小。他们揭开绿色丝绸盖布时，没看到尸体，灵柩里装着当季采收的棉花。马哈茂德才

---

① 伊玛目：带领穆斯林做礼拜的人，也可理解为伊斯兰法学权威，可引申为学者、领袖、表率、楷模、祈祷主持人。

明白过，哥哥的灵柩被抬错了，抬成了领袖的“义柩”，他们赶紧重新搭上盖布，跑去到处找，正是人们围着哀号的那具尸体。

很多人心里还不相信萨拉迈去世了。因为吵架、财产分割、被休女人的权益等等，他们拒绝让马哈茂德仲裁，要求“找老村长”；穆斯阿黛去祭祀，女人们还问她老村长身体怎么样了；孙子们也时常出错，不记得萨拉迈已经死了，办理征兵入伍、求职时，还在家庭人员里先写上他的名字。不过，萨拉迈去世对于官邸来说很沉重，如同之前所有死亡事件的进一步渲染。

“他就这么走了。”

弟弟说，他比欧希村其他人更笃信萨拉迈才是真正的村长，自己在这个位置所作所为，不过是辅助萨拉迈，做些他力不从心的事。他儿孙以及官邸所有人都觉得在萨拉迈最后几年亏欠了他，未能体谅他对阿迪勒的默默悲伤；他身体日渐衰弱，所有人仍然觉得他会一直活着；总看到他在长椅上一坐几个小时，看着进进出出的人，有些人也不跟他打个招呼；他睡过去接着醒过来，拿着小牛尾巴做成的蝇拂赶赶面前嗡来嗡去的苍蝇，又睡过去了。

只有孙子阿里偶尔跟他坐一会儿，沿着楼梯上专门为他修的一段斜坡，把他的轮椅从阳台推到花园来，阿里像驾着赛车一样，把轮椅摆到坐在长椅上睡着了的爷爷跟前，爷爷听到轮椅制动的声音就惊醒了。

“醒来吧，哈吉！”

阿里先喊道。萨拉迈哈吉一转眼看到阿里黝黑的两条大腿根部带着褐色，透过透明的长衫若隐若现。孙子看到爷爷眼里满怀关爱，逗他道：

“赞美真主吧，我到您这儿来还是穿了一个小裤头，总比没有好吧。”

爷爷呆呆地看着孙子，听着他讲军队训练、军队精神，欣喜地发现他眼里流露的坚毅。

“精神？他们娇生惯养，平民孩子去送死了，还说精神？”

爷爷说，阿里回答：

“现在不一样了。”

萨拉迈摆摆手，表示不相信。

“领袖来村里的时候，我一点都不高兴”

阿里大笑。

“爷爷，您其实当时高兴得飞起来了吧？”

“尽地主之谊而已，你想知道关于他的什么情况？”

阿里扭转爷爷的观点。等到广播突然中断节目，播出了阿卜杜·蒙伊姆·利亚德中将牺牲的消息，他是埃及军队参谋长，驻守在跟敌军对峙的最后一个交火点。阿里冲到萨拉迈面前，就像赢了一场赌注。

“这也是娇生惯养么？”

阿里结束了在工程系最后一年学业，主动报名参军了，就像堂兄弟们、几百万青年一样，一心想着报仇雪恨，让每个家庭付出一名烈士这样的打击，必须还回去。

基本训练之后，他加入了工程兵部队，冒着敌军飞机轮番轰炸的危险，肩负起修建导弹防御系统的任务。最终他们成功地让一座防御工事拔地而起，这是复仇计划的一个重要组成部分，阻挡了以色列战斗机侵犯埃及领空。

他仍然无法改变爷爷的观点——老人家说这是生活经验，

并非臆想，自家产业和生意正是在军官运动时败落的，战争让他失去了兄弟和儿子，没有任何准备卷了进去；有一个孙子回来了，变成了残疾；不知道还没回来的其他孙子们会有怎样的命运；有的利用短假回来，有的路过待几个小时，还不够慰藉母亲的牵挂，吃一口她亲手做的饭。

“我们营正在转移，首长批准我回来看看。”

孩子说着，坐立不安，像个浑身不自在的客人，看手表的次数比看人的次数多得多。后来他站起来拥抱亲人们，似乎在永别。

萨拉迈从未表露过对阿迪勒失踪的痛楚，也一直不认为穆斯阿黛的寻子之旅有任何作用，然而他不愿增加她的痛苦，每次默默倾听着她出门的经过，欣喜看着她眼睛里点亮的希望之光，对战争的恐惧，远远超过对与村里其他任何家庭产生矛盾的担忧。

萨拉迈一天天衰弱，但直到生命最后一刻，一直很清醒，流口水了、某个举动不得体，他都会不好意思。他开始单独吃饭，即便跟孙子们，也保持着很多人没有的得体礼数。有一次，他注意到纳吉·马哈茂德在用相机偷拍他，捕捉他出神的一个瞬间。

“你在拍我，纳吉？”

纳吉示意继续拍照。

“行，你不应该先征得我的同意么？”

年老力衰的他发表这一意见，纳吉后来在医院反复讲给同事们听，并说很多大学毕业生也没有意识到他大伯捍卫的这种权利。

“我要是会写诗，要为你们爷爷写一本书，跟《一千零一夜》

那样的。”

村长马哈茂德对阿里和孙女们说，萨拉迈的去世如同一次手术，根除了最近几年的衰弱。他们只记得他辉煌的那些时光：站在一排工人面前，发放一星期的报酬，或在当地人见证下排忧解难，没人反驳；或是从官邸归来，战胜鬼魂。

然而他为官邸播种的生机开始消失殆尽，死亡的味道在四处弥散开来，从废弃的花园到阴暗的房间，阳光雨水都涌到窗前,厨房也没人再用了,女人们在花园一角落里安置了一个炉子，蜥蜴在旁边蹦跶，躲进柴火堆里，或是跳到储藏起来当燃料用的牲口粪便上。

穆芭拉珂又开始为萨利姆念经了，穆斯阿黛也在为阿迪勒念经。齐娜听着广播，里面说：“费萨尔·艾布·阿瓦德致汗尤尼斯乡亲们的信,我们都很好,请你们要保重”,她听得全神贯注，听到一长串名字如马德夫、巴勒阿维、哈姆杜纳等，她开始渴盼，下一刻就能听到一个熟悉的名字，比如齐亚德或者利亚德。没人能说服她，这些信来自埃及战败的难民，并非巴勒斯坦灾难的难民。

“什么战败、灾难，马德夫、希贾兹、巴勒阿维，都是马加丹人，我们邻居。”

齐娜说着，泪如雨下，家里两姑娘赶紧安慰她，这两人完成学业后，还没人来求婚，欧希村没有，同学中也没有。小穆芭拉珂找到了一份在明亚戈姆哈棉花加工厂当会计的工作，很高兴能每天有几小时可以远离官邸那些伤心的女人；萨米哈在“萨利姆烈士小学”当老师。穆芭拉珂哈婕看着萨米哈身材颀长，遗传了她母亲漂亮的长脖子，愈发惋惜这样的美丽一天天流逝。

有时她暂时忘却各种忧愁，轻轻拍着姑娘，责备道：

“就不知道找个男人吗？”

“我能怎么办呢？能见到的男人都让他们捉到军队去了”。

孙女开玩笑回答奶奶的话，却是现实。欧希村只剩下妇女、儿童，跟她父亲一般年纪的老头们，还有一些瞎子、在战斗中残疾了的士兵。

“女孩子的青春跟灯盏似的，没几年，就熄了。”

家里女人只有奶奶穆芭拉珂担心两个姑娘变老这个问题，不过她俩并非欧希村姑娘们的例外，还有萨米拉·杰哈希，获得了商科文凭，每天坐等阿迪勒回来，日复一日反而更有信心，这让一个小村子的女人们对此决定感到惊讶，议论纷纷。

“可能他走之前，跟她做了错事了。”

姑娘并不在意背后的闲言碎语，坚持等待，开始时很困难，等到所有年轻人都被召入伍、没人上门求亲，母亲也不再施压了，她便自在了，便有了时间每晚给阿迪勒写封信，一封封信摞起来，她说这些信有一天他会读到的，只不过晚一点，就像他曾经处理别人信件的方式。

（二十五）

他们谨慎小心地接受着向前挺进的指令，害怕又遭遇一场骗局。大溃败的前几天上演的诈骗伎俩在他们脑子里还记忆犹新的。以色列广播——即便在欧希村也能听得很清楚——强调，埃及胆敢贸然闯入埋藏了地雷的约旦河东岸，将导致苏伊士运河变成血海，士兵们肉体会被以色列用凝固汽油点火烧烤。人们由此后发布的简报里嗅到了消息确实的气息，以色列人还没发过假消息，人们开始高兴起来。

欧希村最后一位村长马哈茂德为这样的复仇行为而兴奋，尽管还没有收到慰问——安慰他家里当兵的孩子们全都会从前线归来的。当时他正一心虔诚把斋，将医生警告抛之脑后，再加上晌午的酷热便晕倒了，还以为那新闻不过是晕倒前的幻觉而已。等醒来时，他躺在床上，也不问别人听闻是否属实，不过马上确认别人也听到了，从他们的喜悦声中断定他没在做梦，也并非临死前的谵语。

“马上能迎接孩子们回来了。”

村长马哈茂德对坐在旁边的母亲说，母亲轻轻按摩着他冰凉沉重的四肢，显得比他还年轻，岁月如梭，母亲身体栉风沐雨，并未虚弱，很娇小，骨骼硬朗，体质一直很好，唯愿替儿子受罪。

“真主，让我们换换吧！”

她自言自语，接着又沉默，想起这些年来亲手掩埋的亲人，活得太久，埋葬了孙子之后又送走儿子。

战争结束了，士兵们开始一个个返乡，短时期探亲，然后回到部队完成退伍手续。每当有士兵回家，母亲抱着他时也是尽可能地不声张，担心儿子遭人妒忌；或者照顾未得到有关儿子一丁点消息的妯娌们的感受；或者顾及爷爷威严，尽管时日已不多，醒来不过为了再睡去而已，感到孙子们回来的动静了，以为自己在梦里。

全都回来了，除了卡米勒·穆斯塔法。他父亲每天往宰加济格跑，那里挂着明明白白的烈士和失踪者名单。卡米勒做了晨礼之后就出门了，这样赶在政府大楼门口队伍变得拥挤前，开门前一直站着，两个名单里都没查到儿子的名字。回去时，带了几袋水果，他对阿琪泽说，见了一些人，都叫他放心。他竭力挺住，进门的样子直接影响朱荷拉能否正常，或是癫痫病发，她会昏迷一整天，醒来之后好几天精神不济，舌头呈紫色，吃任何东西都很痛苦。

他发愿，如果儿子平安回来，他就重修萨克特谢赫的墓地，那里已经破败，房顶落到了坟墓上。他每天都没带回任何消息，自己也快散了架，也不带水果或科纳法甜点了，开始带咖啡豆、彩陶咖啡杯套装。

“你在哪儿，穆斯塔法，回答我！”

深夜他大喊，一直没睡着，直到曙光溜进屋里，又出发去宰加济格。不过咖啡杯在村长葬礼上还是派上了用场。他站着迎接来吊唁的人，迷迷糊糊的，想起这是叔叔的葬礼，不是自己儿子的葬礼，便暗自欢喜地回应着人们。

几个月之后，卡米勒正在宰加济格翻阅失踪者名单时，一个身着军装的士兵敲门了，在家的朱荷拉·艾布·贾姆斯出来了，披头散发，只穿了件大袍。

“穆斯塔法贝克向你们问好，他很快就回来了。”

士兵说，朱荷拉一把抓住他，捏他的胳膊，捏他的脸，看看是不是个活人。

“是人，还是鬼啊，你，兄弟？”

“我叫马哈茂德·萨伊姆，穆斯塔法是我的长官，谢天谢地，他很好，很快就会回来的。”

士兵费力挣脱朱荷拉的手就走了，留下她大喊、发愣。人们后来才知道，这名士兵从德福拉斯瓦尔要塞回来，一个有损埃及胜利威风的地方，以色列人在那儿打开突破口进攻埃及军队，从内部进行牵制，没人知道被包围的埃及军队损失到底多严重，因此那支部队军官和士兵们的名字都没有反馈回来，既没在烈士名单，也不在失踪者名单。经过了几轮解决冲突谈判后，一些区域被封锁，双方开始交换战俘，穆斯塔法回家只是时间问题，欧希村出去的士兵不会拿这种事情开玩笑的。

卡米勒和朱荷拉一连好几天没有睡觉，恍惚感到有个影子回来了，极度疲惫中辨认出穆斯塔法，身着战地军装、松松垮垮的肩上有鹰隼徽章，腰就几根手指头那么细，系着一根皮带。两人终于认出面前瘦骨嶙峋、抱着他们的就是儿子，便开始放声大哭，接下来三天三夜，他俩睡着没有醒来过，把每天三顿饭备足肉食、法特泡饼[1]，让穆斯塔法骨架贴上肉膘的责任交给了其他人。

卡米勒醒过来了，补偿了几个月以来恐慌带来的失眠。他决定，要做的第一件事就是兑现发过的愿。

萨克特谢赫墓地像坍塌的一堆土,位于一座座红砖水泥——已开始取代泥砖木头——盖成的房子之间，墓室跟低矮的外部建筑一样破败。卡米勒亲手从潮湿地面下掏出残留的骨骸，地面潮湿程度可以证实，欧希村人世代相传说村子是在一片沼泽地上建起来的，的确不假。他扛着萨克特谢赫的遗骨回到家，再折返进行拆除，开挖新墓穴，带着一筐筐碎石、沙子、红砖，开始砌墙。墙砌完后，装上绿色氖灯，谢赫遗骨被移回墓室，还办了一个歌唱之夜，请来了东部省所有民间歌手来轮番唱歌，没多久这些歌手又回来庆祝婚礼，热闹的婚礼补偿了数年忧郁的寂静。

“你们就和堂妹表妹们结婚，自家的油还在自家面粉里。”

穆芭拉珂哈婕这么认为的，当兵的孩子们都听她的，每人都从堂妹们中间逃了一个心仪对象,送上一条手帕。艾哈迈德·阿卜杜·马格苏德看上了穆芭拉珂·马哈茂德，弟弟尤素夫看上了萨米哈·卡米勒，曼苏尔·卡米勒跟芭迪娅·欧斯福尔结了婚，他弟弟穆斯塔法则跟她妹妹娜嘉结了婚。只有两人没按照这样的家族内部婚配:阿里，跟一个不识字的穷姑娘结了婚;纳吉·马哈茂德，坚持拒绝进入“牢房”，他可以比兄弟们更早结婚，作为父母的独子，被免除了兵役，毕业后就到艾尼宫医院工作了，不过离开欧希村的时间跟那些当兵的兄弟一样，因为多年局势

---

① 用肉汤或牛奶泡大饼。

动荡直到十月战争[①]胜利，医院都处于紧急状态。

婚礼队伍穿过欧希村，欢庆人群来到村长官邸门前，歌手们站在靠着围墙、作为临时舞台的农用拖拉机上，新人们坐在下面一排椅子上，阿里坐在轮椅上，新娘在他身边，踏上地毯时，她脱下鞋，拿在手里。阿里抓过鞋，扔到新娘脚下，示意她穿上。整个婚礼过程中她一直坐在椅子边上，奇怪怎么要跟家里年轻人坐在这里。

集体婚礼招来一些人嫉恨，还有些人觉得稀奇。

“自家人互相骑！”

“不比外人来骑好吗？”

议论每个姑娘小伙的谱系问题成了人们晚上坐在平顶或水渠旁消遣的话题，从战场上回来的青年们对胜利的军旗没有任何评论，开始在床上战得酣畅，且没有声响——这是父辈们未曾见识的。穆芭拉珂夜里贴在各房间门偷听，听不到有动静，等到新娘们出现怀孕迹象，她才确信一切发展正常，分析不出声是因为小伙子们从战争中学会来的警惕。

“那新娘们又怎么回事？”

她不解，推断了一会，记得自己并不怎么出声，不过她的男人们都叫喊。穆斯阿黛的鼾声，欧希村人直到她因为阿迪勒失踪痛喊才忘却。穆芭拉珂得出结论：世道变了，读书和打仗

---

① 第四次中东战争，又称赎罪日战争、斋月战争、十月战争，发生于1973年10月6日至10月26日，起源于埃及与叙利亚分别攻击六年前被以色列占领的西奈半岛和戈兰高地。战争对多个国家有深远的影响，相比六日战争埃叙约（约旦）联盟的惨败，阿拉伯《戴维营和约》使得以埃关系正常化，埃及成为首个承认以色列的阿拉伯国家，几乎完全脱离苏联的势力范围。在战争结束时签署的和平协议是自1948年的战争以来，阿拉伯国家与以色列首次公开进行对话。

摧垮了他们，不过很快她就不再惋惜了，九个月，按照日子一天天算过之后，新生命的啼哭便驱走了死亡曾经给村长官邸带来的恸哭。

他们给新生一代取名“七三年一代”，从战场回到家里后继续以赋闲的方式庆祝，在餐桌上高谈阔论，聊起战场故事，一直到睡觉时间。显然,战争留给每人的伤痕都不浅。艾哈迈德·阿卜杜·马格苏德发誓说，埃及军队跨越苏伊士运河的那天中午，他爬上闪电部队[1]部署在巴列夫的防线，看到天使们正轻松地待在没有防护网的沙滩上，他们挡住了以色列装甲车的第一次开火。

“我亲眼看到一个天使抱着坦克发射器，不断发射让它颠簸得厉害，它抓着发射管，就跟挂在上面一样。”

他瞥见尤素夫在一旁偷笑，恼火地发誓说，以色列人见此情形吓坏了，即便这么残酷开火，挂在坦克发射器上的天使让导弹偏移了轨迹，却没流一滴血，更没掉下来，他们赶紧把炮塔打开，逃跑了。

尤素夫问穆斯塔法：

“我没看见过，先锋阁下，您见过天使？”

“跨越运河那时我没空去看，等天使把我们包围了，就有时间了，不过天使们这样保护我们真的不可思议。”

穆斯塔法说笑着，艾哈迈德也不计较了，看了一下手表，起身前往清真寺，为了追求改变，他开始蓄胡须，淡出聚会，要求小穆芭拉珂戴头巾，不跟家里其他男人往来相处。

“头巾，我明白的，天天跟我姐妹们、她们的孩子们在一起，

① 闪电部队：埃及军方最精锐的特种部队。

有什么必要戴呢。”

小穆芭拉珂说，艾哈迈德回答：

“兄弟，堂兄弟，你爱见到他们的。”

所有人都反对他这种态度，注意到大家相互往来已经开始日渐疏远，这并非他们一个个离开欧希村的唯一原因。三年里，村长官邸和另外两处宅子又见到了满堂孩子，他们长得很像，似乎从同一个工厂同一生产线出产的，按照纳吉说法，他们生自“内部交配”，形容家族内部婚配就好像单细胞生物分裂。

为了养活这一大家人，已经没东西可卖了，他们开始找工作了，陆续收到了中小学、大学、公司任命函。

他们在开罗、宰加济格租了公寓，各自带着家人和结婚时置办的家具搬了过去，一起约好每逢放假时回到欧希村相聚。然而回来的次数越来越少，只剩开斋节[①]、宰牲节[②]才回来。

从战场回来的一辈人里，还留在欧希村的就只有阿里了，住在官邸里。他决定重新开店铺，清扫灰尘，掸掉货架上的蜘蛛网，这些货架还是爷爷萨拉迈在世时做的，除了把布匹尺子换成秤，别的都不需要，他经营杂货和饲料，不过很快倒闭了；他再次准备了一番，结果还是倒闭；只好关了店铺，回到忧郁的失业状态。纳吉出了些钱又让他重新开张。

原本生意还不错，可小杂货铺挣的利润还不够填上他老婆海妮姆的消耗，她的嘴闲不住，什么都吃。这回是第三次，阿里不再卖那些诱人食物，如糖、酥糖或焦糖点心之类，即便这

---

① 开斋节：时间在伊斯兰历 10 月 1 日。穆斯林在斋月（第 9 月）全月斋戒，斋月最后一日寻看新月，见月次日开斋，即为开斋节。

② 宰牲节：时间在伊斯兰历十二月十日，开斋节后七十天左右。这一天要宰杀牲畜献礼。

都是所有杂货店最好卖的货，不过对于海妮姆，什么都能吃的，就算豆类如蚕豆、豇豆等，她也能当作瓜子花生一样的休闲食品吃起来。

“瓜子从她嘴里进去，瓜子皮从她鼻子里出来。”

阿里形容她跟顾客说着话，仍然不停吃东西的方式，就像在描述一台小麦收割机。他不断陷入店铺倒闭的循环，兄弟或是堂兄弟们有人回到欧希村时又来接济他一把，从自己口袋掏点钱让店铺再开张，他也曾要求兄弟们跟他合伙经营，不过大家心里都清楚，店铺过不了几个月会再次倒闭的。

（二十六）

萨达特从耶路撒冷回来了，走下飞机舷梯，后面跟着十个曾出现在失踪者名单里的战俘，摄影机拍下了那些脸庞。穆斯阿黛看到电视屏幕上只有阿迪勒的整张脸时，定在原地，抽泣起来。

总统对此访很骄傲，觉得自己又实现了新的胜利：他到了以色列议会，用和平协议挑战了以色列人；他并非空手到访，为他们带去了一个自己亲手释放的以色列间谍。以色列人也决定以礼相待：从数百名战俘中挑出了十名释放，十年来以色列一直否认他们的存在。

阿迪勒回到欧希村的时候，大家尽量不提他父亲已去世，怕刺激到他，他却并没领情，似乎已经得知萨拉迈和马哈茂德去世的消息，休养前的第一件事就是祭拜了他俩的坟墓。

他毫不诧异于岁月对每个人的改变，当年走时一个才十五岁的女孩至今仍然在等他，他也没惊讶，当着簇拥着他的全家人，他要看她写的信。

“我要每天读一封，就像你每天写一封那样的。”

她奇怪他怎么知道的，他只要闻一闻装信的袋子，就能准确猜出里面有多少封信。他对萨米拉身体的变化也清楚，走时她两颗乳头不过是圆锥形两个模糊的小凸起，分不清性别的，如今变得——正如他准确估计的——饱满得像两粒蚕豆了。唯一没料到的一点，是突起的下体长着的浓密阴毛，他兴奋地叫了，同时又觉得像被诡计耍了有点痛苦，就像职业赌徒最终却没得到自己预料的赌局。

以色列人刚俘虏他时，发现他不过是一个缺乏训练的士兵，所以并没审讯他试图获取战事情报，也没剥掉他的盔甲，而对于他们清楚了其地位的被俘军官就没这么客气了，尽管野战服都一样，不显示军衔。阿迪勒怪异的举止引起了他们注意，对他软硬兼施，审讯，带他去见狱医、心理学教授甚至美国派来的医学专家团，最终却都没有定论。无论是休息、排队检查、吃饭或是打扫卫生，还是任何情况，阿迪勒都旁若无人，机械地执行着命令，喜怒哀乐在另一个地方。他一声不吭，突然却拍掌大笑起来，接着跟空气中隐形的一只手握手，然后掸掸衣服的尘土。当他看到同伴被折磨，可能会在一旁笑；而在轻松场合，别人唱着歌，他却生气地皱着眉头或是竖起中指，他们在他睡觉的时候往他身上洒一些灭跳蚤药，他仍然纹丝不动睡在水流或喷雾器下面。有时狱警听到他跟空气调情，注意到他两腿间的裤裆逐渐隆起，于是被挑逗的狱警上前踢他。

他一直是一团谜。他们不知道他在监狱每天都从摆放一盘虚拟棋盘开始的，整个白天他都在与虚拟对手下棋，如果赢了就鼓掌，如果输了，就像平常一样耍赖，撅起嘴，不认账。要是到了欧希村邮局指定关门时间，他就和对手握握手，然后走回村长官邸，吃点东西，休息一会儿，再和父母说说话、开开玩笑。最后他会满腔热情地跑去找萨米拉，确信她每晚都在等他，对着萨米拉的耳朵滔滔不绝地讲情话，于是她的身体软绵绵的，任他双手摸索。他用热乎乎的泥巴捏成萨米拉的样子，等待太久，他给小泥人身上加的泥巴越来越多，于是迎来新任务——给她腰部瘦身，从背部和大腿上挖部分土给她做屁股，再从肚子上挪出一部分堆成两个乳房。他做得两手指甲冒出了疣子，甚至溃烂了，以色列狱医却找不到原因。

纳德拉特希望将婚礼推迟一周，以便准备得更周全，毕竟这是她唯一的女儿，不过阿迪勒和萨米拉都觉得没有必要。萨米拉拒绝妈妈给她脱毛，妈妈对女儿突如其来的害羞感到奇怪，她做好了柠檬甜点又一次央求道：

“哪怕只是手上和腿上呢！”

她撅着嘴拒绝了，母亲求道：

“那好，你自己来。”

母亲发动了邻居亲戚中的女眷们来劝她，不过新娘并没有退让，想让他看到这么多年等待在她身上留下的痕迹。在十年期待与幻想，阿迪勒已经洞悉一切，臆想着所有曾无法看到的美景，甚至指尖触碰她肌肤的手感，全跟想象没有差别。他俯下身子，闻着萨米拉两腿之间的味道，想确认那便是令人迷醉的、薰衣草混合着醇香水果的香气，他在监狱里夜夜遐想萨米拉时，萦绕鼻尖的味道。不过那些像长辫子般的体毛妨碍了阿迪勒鼻子在她两腿间溪流里航行，当他的鼻子碰到那些被她作为贞操带编成的辫子，她又疼又兴奋，要他用牙齿解开。

她这个主意来自一本杂志上一个非洲女孩头像照片，看到头上编的一条条精致的辫子，很喜欢，埃及女人不会编这样的。萨米拉选择在她身体最私密部位编织，从腹部直到阴部上方，她横着编成了好几绺，在小溪两侧编了竖的两绺，从这两侧直到大腿根部的汗毛也跟着编在了一起。

他将竖着的两绺撇到旁边，让粉色花心露了出来，挑衅似的对着他的鼻子，刚一碰到，喷泉就涌出了，湿了他的脸，也湿了辫子，两腿间溪水泛滥，他开始舔，吮吸着辫子，用牙拆开它。

泉涌，上天给她的恩赐，在他被剥夺自由、成为以色列人手中的俘虏前就知道的。只要两人屏住呼吸开始相互抚摸，哪怕她瞌睡的母亲在身边，她那块地方便湿漉漉的，非常明显。当她不得不站起来送别他的时候，便背对着他走开，或者将袍子掖在两腿间。他没想到，她会为了他蓄着硬硬的粗毛，触摸着他细软的短毛。

“我一直坚持等你。”

萨米拉天真地说，他用牙咬开了一绺辫子，用拇指和食指捏着，细细观察。她演示了如何解开辫子，梳理好，再编成辫子，做的时候都不用看着手。

两人在夜里交流着各自这十年积攒的点滴，搂抱成一团，胳膊和腿交缠着，如同一堆灰烬，只有两人眼睛发出像猫眼一样的光。

她伸手从枕头下掏出一根银项链，举在空中晃了晃，像晃着她的辫子，挂坠一面刻着几个交错的字母，另一面的玻璃下是他的照片。她平时就戴着它，将金属那面朝外，当有人上门提亲时，她便按照妈妈的要求笑脸热情相迎，等到给求婚者敬茶时，便将带有阿迪勒照片的那面翻过来，除了求婚者别人都看不到，然后又悄悄将金属那面翻过来朝外，仅这一招便足以让求婚者去找别的女孩了。等到村子里所有可能的求婚者都上了战场后，她仍然继续等着，将有阿迪勒照片那侧戴在了外面，即便洗澡时也不取下来。

两个人的动静让穆斯阿黛想起当年跟他叔叔阿里的往昔。风儿从耳边吹去了羞涩，两人激情汹涌时，不分任何地点任何时间地做爱。他要她补上迟到的幸福，赶上兄弟们生育出的第二轮后代——“胜利后一代”。

“我们只能赶上和平一代了。”

他开玩笑地说，等她告诉他没来月经时，他就伏在她肚子上听动静。萨米拉不仅赶上了，更超过了她们。她从不用任何避孕措施，幸福地看着她生出的一窝小猫——孩子们像他俩一样都长绿眼睛，生孩子的劲头就像殖民者扫荡过欧希村之后被遗忘而留存下来的一家人。

阿迪勒又回到了邮局的工作，还成了局长，手下有三个职员——都是在他不在期间聘用的。邮局工作范围扩大了，不再只负责收发信件，还管理养老金和烈士家属抚恤金的发放。不过阿迪勒不进办公室，仍然坐在外面，跟还健在的老朋友一起，其中包括他岳父——由于患了血栓，行动明显迟缓了许多，不得不戒了烟。

阿迪勒每天安排没有改变，每当有文件需要他签字时，职员们就出来把文件交给他签字。经过多次调查审核，阿迪勒被认为玩忽职守，他自己从来都不知道有这样的规定，于是他离开了邮局，走时冲着调查员们唾口水，说他们不信任他，当初他告诉以色列人自己对战事一无所知时，以色列人都相信他了。

曼苏尔出手帮了一把，给他找了一份公共汽车检票员的工作。这份工作他干了没几个月，公司曾给他换了好几条线路，每条线路他都造成混乱和亏损。因为他有一个过人的天赋，很快能跟一些陌生村庄的人混熟、建立友谊，那些人怂恿他劝说司机，在公交车这站或那站多停一会儿。

“我儿子吃一口饭就来。”

一人求他多停一会，等着老婆给当兵的儿子宰的一只公鸭子做熟了，当面吃完之前她绝不会让儿子走的；他还帮人赶着羊上了车，羊儿在车上咩咩叫，拉了几摊尿；路上咖啡馆老板邀请他去喝杯茶抽口烟。有乘客不满抗议时，他就吼：

“着什么急？赶着去见大官啊？”

他影响了线路正常运行，没人知道公交车到底什么时候来、什么时候走。危害还不止于此，他坐在第一排特殊旅客座上，不停挖苦那些紧张的乘客：有些人生平第一次坐公交车；有人因为晕车呕吐时，他不仅辱骂还吐口水；乘客叫住他要买票，他再次磨磨蹭蹭，随后大嚷：

“钱扎你们手了？！”

有段时间公交车往返都没收过钱，公交公司负责人以为人们不再选择这条线路出行了，然而调查员上车后，发现车上载满了人，后来才知道，问题在于这个懒惰烦躁的售票员，公司扣了他几天工资，把他调到另一条线，他照样死性不改，公司只好决定将他辞退。

他感到了萨米拉的郁闷，只好去学了一门手艺——修瓦斯炉，这大概是最讽刺他的英俊儒雅的工作。他精通了瓦斯阀门修理，以惊人的专注态度投入这个工作，穿着围裙，数小时待在煤气灶面前，灶台冒出的烟把他皮肤都熏黑了。天黑了他才回到萨米拉身边，尽管她依然貌美如当年，然而他被岁月磨损得不成样子，脸上那层哀愁比焦油更厚重。

他放弃了消夜活动,开始努力地工作,挣来的薪水微不足道,仍然尽量让孩子们过得体面。只不过长久以来他对生活的轻蔑态度，也让生活有权力对他轻蔑一把。各村装都用上了中国制造的电热炉，瓦斯炉被取代了。

有天萨米拉一觉醒来，发现阿迪勒不在身边。他们四处寻找却未见踪影。那些从城里返乡的人带回了各种说法：有人信誓旦旦说看到他在蔬菜市场做搬运工；正当他侄子们准备动身去市场找他时，又有人说看到他在公交车上卖夹子；他看到他们觉得很不好意思，便从疾驰的公交车上跳下去了。

萨米拉日复一日、年复一年地等着他，忍受着母亲和姑姑的责备。姑姑炫耀般地提到她如何有眼力，反对这门婚姻。

“这人没有责任感，打仗是另一码事。”

母亲说。在物价飞涨碾压所有人的年头，萨米拉无法从家里继续获得施舍了。阿迪勒失踪整整五年后，萨米尔向有关部门提出了离婚，就在她再婚那天，他回到欧希村了，在她窗下痛哭。

尽管萨米拉的丈夫不断向阿迪勒的侄子们抱怨，但阿迪勒仍然整夜徘徊在他家附近。他不得不跟萨米拉离婚，回到不能生育的前妻身边，放弃了想要孩子的梦想，当初和萨米拉结婚就是为了生孩子。在两人结婚六个月间，他和萨米拉的孩子们相处融洽，于是他时常去官邸里看望他们，或在他们上学放学路上等着他们。

第二次，阿迪勒将手放在阿卜杜·萨米阿·杰哈希手上，诵读《古兰经》开端章，两人在证婚人身后重复着婚约誓词，只有萨米拉情况发生了变化，离过婚的，而非成年处女了。证婚人离开后，阿迪勒陪着萨米拉回到了那个见证他俩激情的房间，房间还保持着原来的样貌，只是两人再也找不到曾经熟悉的彼此。

她没有像从前那样一下脱光所有衣服，以便点燃他的欲火，她只脱去了大袍子，露出里面红色的睡衣。他仍然体会到了那种可以在妓女床上感受到的欲望难耐的痛苦，他关了灯，没再看一眼那件红睡衣，衣服遮盖住的部位已不需要再亲眼看了。她躺在他身边，两腿叉开，有一种懂得待客之道的女人的聪慧。他把手伸过去，伸到那柔软的地方，那里已经干净得没有一点儿毛了。他悲伤地回想起第一次结婚时的新婚之夜，快乐小辫子带来的惊喜。他脱光了衣服，以一种更偏向于报复者的心态扯开了她的睡衣，翻身压在她身上，很快在她的体液中沉浸平息了。他疲惫不堪地躺到一边，不知道该如何让她开口讲讲跟那矮个男人的婚姻，那人比他大二十岁，比她大三十岁。他希望她骗他，说那人没碰过她；希望她说那人的坏话，嘲笑他的矮小，嘲笑他那藏在头巾下的秃头——头巾就是他身高的一半。即便他不说，她也看得出他的意图，然而她觉得不必诋毁一个没有伤害过她的男人。

阿迪勒对萨米拉与她前夫的嫉妒之火熊熊燃烧，他越来越想知道他们晚上做的那些事，他开始随处挑逗萨米拉，院子角落、房间里甚至官邸中落满尘土的凉棚里，似乎两人又找回了曾经的节奏，然而却是无趣的烈火，烧起来的时候是熊熊烈火，但很快就熄灭，只留下被灼伤的痛楚味道。他开始提一些直接问题了，而她甚至都没提及过那人的名字，只用敬语指代，并竭尽所能避免透露任何私密细节；她说着苏莱曼哈吉如何善良，如何关爱她的孩子们，陪他们玩耍，她提到了一些常见的健康问题，也未透露那人床上功夫如何，阿迪勒脸上的怒气越来越大，萨米拉哽咽着问他：

“你到底想知道什么？”

她痛哭起来，他也跟着一起哭，像一个因为自己妻子不幸遭遇强奸的人，感到无比心疼、厌恶、懊恼；不过他心中对于这个女人的愤恨却没有平息，即便自己远在以色列监狱也对她曾了如指掌，她跟苏莱曼哈吉的那六个月对于他来说如同坟墓一样漆黑。

她逐渐难以忍受阿迪勒突如其来又迅速熄灭的怒火，她开始避免跟他独处，并试着催促他去找一份新工作，而不是靠着侄子们及其子女们的接济过活。有一次，已经当上了明亚戈姆哈市市长的曼苏尔回家探亲，萨米拉把她的文凭原件交给他，请他帮忙找一份工作。

“任何工作，让我离开你叔叔安静两小时的，都行。”

曼苏尔就在明亚戈姆哈市中心给她安排了一个差事，这样她每天出门，然后疲惫不堪地回到家里，挂念着孩子们，打点他们各种事情。她开始戴头巾，准时做礼拜，每当忙完了家务事，就拿起《古兰经》诵读起来，很多地方都读错了，穆芭拉珂就纠正她，直到失去耐心，于是责备她：

“行了，你女儿又尿了，看看孩子去吧。”

（二十七）

马哈茂德哈吉死后，欧希村又一次没了村长，但不可能又一次回到不为人知的状态，就像十九世纪初被穆罕默德·阿里派来的人发现之前。农村，目前已经被政府认为没必要重视，就连总督在地图上肯定过的平等地位也得不到了。那些去沙特和阿联酋工作的人赚到的钱，一到夏天就刮起一股旋风，夷平了土房，原地打夯建起红砖水泥筑成的房子。海湾国家先砸钱支持伊拉克打伊朗，又砸钱支持美国打伊拉克，等到它们自己面临重重危机时，埃及青年东去的路便断了。不过北上的路——更为慷慨的欧洲仍然敞开着大门。村里竞争进入了白热化：后来出国的人一定要在建房高度上超过先前出国的人。五层七层的房子随处可见，年轻人开始建房，然后出国筹集更多资金，好让房子完工，回来后带着家人住一到两层，上面各层窗户就留给阳光雨水了。这家阳台几乎贴着对面人家的阳台，鸟儿在阳台上都搭了窝。

晡礼①后，留在村里的农民在空地里闲谈的内容不再是播种或收成，或应付庄稼病虫害的最佳方法了，而围绕着钢筋和

① 约为下午三时至黄昏前进行的礼拜。

水泥价格、地基桩大小——这是大家相互比着要竭力扩大的，欧希村本地工程师进行设计，承包商负责施工，对于客户们的需求丝毫没觉得奇怪。

“你给我打二十二根桩。”

有人这样要求，设计师明白这人要超过邻居家的地基桩，完全不考虑建筑物面积或高度或地基桩大小。除了满足这样的要求，别无他法，否则客户就另请高明了。

在欧希村街巷里走走，就能知道谁家没有生男孩——因为房子显得寒酸，如同一个鸟窝淹没在街头巷尾，有男孩的家里早已拆除旧屋进行重建了，或者举家搬迁进城了。巷子因为四周房屋重建，被一层层土堆拔高了不少。再提村长官邸，就招致来嘲笑，这栋黄色的房子，四周房屋气势已经压倒了它，围墙也塌了，猫狗肆意出入，在一大堆鸡毛、周围房子从窗户扔出来的塑料袋等里面刨，找吃的。

“破败”并非引发周围房主嘲笑老宅子坚守“官邸”这一殊荣的唯一原因，还有里面住着的老人们，最高寿的那位老太太即将年过百岁，居然长出了新牙；两个男人其中一人腿瘸，另一个能力太差无事可干；他俩的孩子，面相、衣着都显得很穷。

阿迪勒和阿里两人前所未有地亲密起来。阿里小店最近一次倒闭后，再也没人出手相救了，他俩便一起混日子，彼此竭力走进对方世界：共同学习了国际象棋，抛开了跳棋；阿迪勒开始拜读阿里的藏书，深感像侄子阿里这样的残疾人，从未因为失去双腿悲伤过，也没因为丢掉工程师的工作痛苦过，折磨他的是跟哈尼姆结了婚，认为这才是人生中可能遇到的最大悲剧。阿里看着自己孩子们的相貌言谈，又看看阿迪勒的孩子们，感到很羞愧，确信差距在于两位母亲。

“真主说财产和子嗣是今世生活的装饰[①]，我的孩子们只能去装饰孤儿院。”

他对那些指责自己不好好教育孩子们的人说。如何矫正他们行为举止、收拾体面，他已经绝望了。那个被他形容为“如黑暗年头一样漫长”的女人，他对孩子们的所有教导，统统被她的无知摧毁。大家开玩笑说，阿里爱她，要不然没休了她，他苦涩地问：

“就像棵树，长得好看，你得小心它从根上长出来的刺。”

这回答中带着怨恨，也反映两人关系的变化：她早已抛开了结婚之初面对他时的羞涩，贝克阁下、工程师帕夏；接着改叫名字，再后来羞辱嘲笑他残疾了。

他开始把精力集中在自己身上，保持涵养，自己熨烫衣服，请侄子们带书，小说、诗集、政治学、百科知识等广泛阅读，读书自然是一种乐趣，但在更大程度上是为了拉大跟她的距离、进行反击。他开始尝试着写故事、诗歌、随想等，读给阿迪勒听，堂兄弟们特地从开罗回来，为他寻找出版途径。他自己也开始向报社投稿，每天打开报纸却发现没被刊登，就灰心了，后来便静下来写格律诗讽刺哈尼姆，逢人便读人听。哈尼姆理解不了诗里蕴含的讽刺，保持漠视的态度，有时还骄傲，因为自己成了诗歌的主题。

阿迪勒看到哈尼姆的肚子又鼓起来了，就问阿里，这么讨厌哈尼姆，怎么跟她做爱。

“身体的呼唤，一年一次。”

---

① 《古兰经》18:46。

阿里的回应无可辩驳，似乎已经思考过这个问题，同时继续在她和孩子们面前萎缩，孩子们跟她一样都长着跟骡子一样的脑袋，学业一塌糊涂、对待老师缺乏礼貌教养也证明了这一事实。自从阿里语录被大家流传、成为欧希村格言之后，哈尼姆再也不给机会了。比如他形容她“女人粪便上的搅屎棍”，或表示“作为女人，她绝对不会被火灼烧，而是必然熔化，她把鞋子扔给异教徒，她们会带着她进地狱。”

“他倒有这本事。”

哈尼姆简短回应，走了。她响应国家多生孩子的号召，每天很晚才起床，把孩子们扔给两个奶奶穆斯阿黛和穆芭拉珂照顾。去学校之前，她俩把能吃的都给他们吃，有时也没有别的东西，除了大饼、羊奶茶。有时两位奶奶看到残疾的孙子因为生了五个男孩忧郁得日渐萎靡，便交头接耳议论：

“妹妹，孩子生够了，他就快死了。”

“想生女儿，就让老婆生，又生不出，男孩太多了。”

两位老太太认定，哈尼姆无可救药。她俩把阿里和阿迪勒的孩子们送去上学后，坐在阳台空地上，聊起哈尼姆。穆斯阿黛沉默了一会，能看到的天空只剩下窄窄的一小块了，她竭力试图穿过这些高楼，遥望后面的地平线。穆芭拉珂自言自语，念叨着未曾分享的事：一生时光从头开始播放，花了好几个钟头讲她母亲，回忆了穆泰沙尔和哈米黛姨妈，对着她的隐身观众说。

“他说，上哪儿找比你更好的呢？既不瞎又不瘸的，傻瓜！”

阿里、阿迪勒的孩子们她觉得太像，分不清谁是谁，也不记他们名字，但对于跟随家长从城里回来探亲的孩子们，她总问个没完，似乎也记不清孩子们回答什么，比如回答她说，是尤素夫·艾哈迈德、或是萨拉迈·曼苏尔，尽管如此，她看来并未听到针对自己问题的答复，沉默一会后又问：

“你没看见堂兄纳吉布或者杰马勒吗？”

“哈婕，他俩是我爷爷的儿子，向您问好呢。”

小伙子从父辈那儿听过这对双胞胎的名字，是爷爷萨利姆家的，赫尔柯丽雅跟第二任丈夫把他俩带到加拿大去了。

她抱住了小伙子，于是他俯下身子，亲了她一下，她又开始对着亡人们说话，突然注意到坐在旁边的女人，撇撇嘴，疑惑地问：

“妹妹，你是谁啊？”

“哈婕，我是穆斯阿黛啊。”

“穆斯阿黛？怎么不说话、不絮叨了？”

“你没絮叨？我嘛，我想到什么就说什么。”

穆斯阿黛知道，她又要开始回忆跟阿里的热恋往事了，还没来得及回应，她突然说：

“哈婕，晡时快到了，晌礼你做了吗？”

“妹妹，哎，咱们还没做礼拜。”

穆斯阿黛站起来，拉着她的手，把她带去做小净，免得她糊涂犯错。穆芭拉珂挣脱她的手，拍了拍胸脯，想起来了：

“齐娜！”

她进屋，叫醒了这个几个月以来都不吭声的女人。

自从母亲去世，齐娜就爱蜷缩在角落，不跟人接触，觉得自己对于这个家、整个欧希村，不过是一个外人而已。现在她跟两个老太太坐在一起，感激她们坚持要她出来透透气，摆脱孤单。家里新一代对这个所谓的“巴勒斯坦美女”一无所知，齐娜也尽力跟他们亲近。然而自从得知利亚德牺牲后，便卧床不起了，除了穆芭拉珂进来时。她睡觉时抱着一份皱巴巴的报纸，上面有她儿子的照片——人们都叫他“艾布·尤斯尔”，巴勒斯坦伊斯兰圣战运动组织领导人，在塞浦路斯被暗杀了。

她在广播里听到过这条消息，儿子参与什么运动的名字对她毫无意义，然而报纸纷纷刊登了他的生平、真实姓名，纳吉带回报纸时也完全没有任何意图，无意中搁在了她面前。

报纸刊登了他的真实姓名：利亚德·艾布·谢拉赫，生平故事从孩童时代跟随舅舅逃难到叙利亚开始，讲他在霍姆斯的学校上学，后来到了埃及宰加济格医学院求学，创立了一个圣战小组。起初安全机构完全忽略这个小组织，等到越来越多的埃及学生加入之后，当局立刻决定把利亚德遣返了。

利亚德当时念大学四年级，再次回到了叙利亚，在大马士革和贝鲁特之间奔波，使用艾布·尤斯尔这个名字。后来人们在塞浦路斯一家宾馆发现他被杀，当时使用的是利比亚护照，名字是阿卜杜·萨拉姆·艾斯法尔。

齐娜读完时，大喊了一声，立即安静下来。家里人想让她哭出来，她却一直这么安静，除了跟儿子说话便不会开口。

“我这心脏，怎么没感觉到你就在我身边呢？”

利亚德在宰加济格生活的整整五年，错过了抱抱他的机会，那种痛苦超过了齐亚德把他扔上卡车的离别折磨，超过了他死去本身带来的打击。

“他曾离我那么近，就在宰加济格！”

她认为，任何巧合都不算什么，都可能发生，然而儿子曾离得那么近，她的心竟不曾感知，甚至没梦到。这是她的错，让她沉默，让泪水凝滞在眼里。

从官邸悲哀中逃往城市的孩子们，发现生活并没轻松多少，物价飞涨之中为了生存而挣扎。尽管工作还算体面，无力满足子女们的愿望，像父母经商或从事专业服务的同学们一样；或者像出国淘金回来的人，开着豪车，穿着世界名牌服饰，挥霍无度。

“他说得没错，十月战争确实是跟以色列打的最后一场仗。”

穆斯塔法评论萨达特的名言，萨达特率领军队跨越运河，签订和解条约，培养了属于自己派系的一大批力量，各大高校中的伊斯兰政治团体，导致埃及人内部斗争，在胜利纪念日阅兵仪式上，一颗子弹射入了他胸膛。

穆斯塔法的声音里透着绝望，开罗戒严之后他就回来了，决心要好好生活。他正在竭力抵抗病魔，肝肾衰竭已经成为个人无法忽略的头等大事；同时他又关注着边境线上战事停歇之后，国内开始打击极端主义的形势。

穆斯塔法已经达到专家顾问级别，后来又当了法院院长。他的肚子开始鼓起来，两条腿因为肝腹水肿胀起来。作为一名法律人士，自知死期将近的他痛苦的是，死亡的降临是作为对不洁食物或饮水无知的惩罚。

他要回归欧希村了。周末司机把他送到那里，远离跟老婆孩子们的争吵，清静两天。他们不停地责备他的饮食方式，让已经被丙肝病毒感染的肝脏衰竭越来越严重。躲开他们还并非唯一目的，他会到墓地待几个小时，穿梭在小道之间，认识一下他将会长期相处的邻居们，给他们诵读《开篇章》，然后在自家坟墓前休息，直到太阳下山。

“我想熟悉一下环境。”

当大家看到气喘吁吁地回来，一边掸掉宽松大袍上的尘土，他就笑着这么说。他开始找人修葺家族坟墓，重新粉刷，亲自种了一棵桑葚树，坚持每星期来浇一次水。树开始长高了一拃[①]，就像树根里睡着一个魔鬼。

穆斯塔法把头抵在阿里的头上，不停回忆着当兵岁月，那时读过最精彩的书、喜欢乌姆·库勒苏姆、阿卜杜·瓦哈比、法耶鲁兹[②]，而经历戒严之后，他学会了如何轻松生活，当作电影、戏剧某个角色去演绎它。妻子娜扎，是他堂妹，历来大度宽容听着从他讲起一些漂亮姑娘，尽管她并不知道他跟她们的关系处于何种地步，因为他每次提到这些姑娘时，总流露出真心喜悦。

孩子们也欣赏他的生活哲学：他从女性温柔中看到了人性的本质，从女性美丽中看到了公平的内涵。有时候他形容漂亮姑娘“这世上最美好的事物”，其次是美食，惹得孩子们哈哈大笑；他擅长做沙拉，各个步骤都是从经验总结出来的，他经常加上各种蔬菜，给孩子们惊喜；他懂得如何让孩子们摆脱电视广告中炸薯条、汽水的诱惑，用自创的蔬菜、肉类、水果混拼，装进陶制的塔吉锅，推入烤箱，教会他们的舌头尊重原汁原味。

“多种搭配的，绝不简单。”

他曾这样形容自己烹制的美食，引得他们表现出幼童般的惊讶。

---

① 一拃：拇指尖至小指尖张开的长度，通常为 9 吋，或 22.5 公分。

② 这三人均为阿拉伯世界家喻户晓的歌星。

他再也不能站在厨房里了，为了他，孩子们开始避开油腻食品。每当他放弃脱脂奶酪，他们跟母亲一样希望他能享受所热爱的一切美好事物，除了那些吃了便得进医院的东西。

他笑着给阿里讲他怎么打儿子——被他称作“小坏蛋”的麦吉迪，儿子不想让昏迷后刚清醒过来的他出门，跟娜扎密谋给冰箱上了锁，不过他不在意家里冰箱，因为有很多餐馆都开始送餐服务了。

“我一个人在家时，就要一斤烤肉，吃完了自己上医院去。”

他每次不遵守医嘱后，就会昏迷，刚开始他自己去到病房，后来就需要被人抬着去了。他知道总会有那么一次，昏迷过后就再也回不来。他交给叔叔阿迪勒一块大理石碑，装在一个密封纸箱里，委托他将此碑立在被打开迎接他的墓室里。上面刻了一句话——想对为他哀痛的人们说——“生命是一个奇迹，让我睡吧，你们要开开心心地离开，因为你们的奇迹仍在上演。”

（二十八）

阿迪雅听到敲门声，起身开门，发现一个人也没有。她喊了一声“谁？”,一个声音回答:“我是尤素夫,快来,你奶奶死了。”随后听到楼梯上脚步声远去了。

早上醒来时，她记得很清楚发生了什么，但不知究竟是真是梦，叫她的人是她素未谋面的父亲，还是尤素夫·阿卜杜·马格苏德？她心里希望是那个叫尤素夫的青年，家里所有男孩中对她用情最深的，意味着过去能被原谅。

她穿上黑衣，准备了一个小包，开着车朝欧希村奔去。村子规模膨胀了好几倍，房子变成了高楼，砖墙都没有抹上水泥，就像开罗的棚户区，她找到了破败的村长官邸。围墙外汽车停下来发出的噪音，让穆芭拉珂哈婕往外探头看了一下，看到她手里提着小包站在门口。

“你回来了，小妖精？”

她问，语气显然更多在总结过去，并非骂她。阿迪雅已年近六十，仅存些许微微撩动人心的痕迹，还得有敏锐直觉才能领略曾经的风华。她变得很像那时从宰加济格回来的穆芭拉珂——那时抱着嗷嗷待哺的阿迪雅，放在她姐姐怀里吃奶。

她并没闻到官邸中死亡的气息，以为不过是霍乱时期蔓延的呕吐物、粪便气味，也没感觉到混合着白奶酪、酥糖点心、油、奶油醇香从贮藏室里飘散出来，戳中她心底的是家里饭菜、香草布丁的香气，弥漫在整个官邸，家人把这些东西连同大饼和水罐，装上一辆车给工人们送午餐去。

只剩下三个女人老骨头的味道，像婴儿襁褓的气息。

就连哈尼姆四处乱扔的垃圾——阿迪雅不在期间——那股臭味也消失了，阿迪勒和阿里跟随孩子们去了意大利后，就直接在庄稼地里盖起了小楼，儿孙满堂，没人知道有多少人。官邸里只剩下穆芭拉珂、穆斯阿黛、齐娜。三个老女人看起来同龄，实际上其中一人年纪接近另外两人总和了。阿迪雅看着这三个女人，突然想到人在过了某个年纪之后，岁月就便无能再添加更多痕迹在人体上。

“你还要站多久啊？”

穆斯阿黛问她，收起大袍边给她腾个地方，跟她们一起坐在长椅上，椅子四脚已经嵌入地里很深了。阿迪雅把包放在两脚之间。

“你喝咖啡吗？”

齐娜一问，打破了良久的沉默。还没等阿迪雅回答，她就起身端过来一个托盘，上面放着咖啡壶、小炉子、三个咖啡杯，阿迪雅很惊讶，沙特比沙县出产的这种不带把的锥形小杯子已经不生产了，这还是她爷爷萨拉迈用过的。齐娜把小炉子点燃后，放上咖啡壶，大家又陷入了沉默。阿迪雅感到她处于一场相互考验的游戏，看看她和这三个女人到底谁定力更强，她想让她们讲这些年发生的事，而她们想听她的遭遇。最后，穆芭拉珂先开口说：

“你不换衣服吗？”

她感到奶奶抛来了一个救生圈，于是拎着包进屋里去了。她们也紧随其后。穆斯阿黛指了指，问她喜欢哪个房间：一楼房间都空着，她们三人都在穆芭拉珂房间睡觉，在一张床上。

“在一起能暖和点。”

齐娜补充了一句，阿迪雅决定睡在二楼她原来的房间。一只脚刚跨过门槛，门时，重重地打了一个喷嚏，空置多年的房间已积满了尘土螨虫；看着那张熟悉的床，她站在原地心里充满一种奇怪的感觉；衣柜那些叠起来的衣服里，藏了她多少秘密；还有那扇木窗，她在上面刻过一些交错的线条，就像她的命运。站在窗后，她被青春的记忆激荡得有些晕眩。此后她长时间地伫立，试图找一个恰当地比喻，来准确形容那一刻激动、害怕、高兴、好奇、不安等复杂的情绪。

“就像被困在下坠的电梯里。”

她并不确定别人听到这话时，是否知道在下坠电梯里尖叫着下滑意味着什么，但她认为这接近自己面对少女时代回忆的感受。她注意到，除了自己在窗、门、柜子、墙上画的那些线条，还添了一些涂鸦和线条，她试图来推断一下后来住她房间的人的性别和年纪。岁月悠悠最明显的痕迹莫过于那些从杂志上剪下来的照片，看来最后一位住在这房间的是个男孩，不是姑娘。歌星海伊法·沃哈比、南斯·阿吉拉姆、鲁比·阿里·沃拉格·马斯古勒的照片，已经取代了她曾追捧的歌星阿卜杜·哈利姆、艾哈迈德·拉姆兹、欧麦尔·谢里夫的照片，那时的色彩很原始，印在一张暗淡的纸上。阿迪雅一整晚都在打扫房间，似乎想回应内心要她留下来的呼唤，否则，仅仅一两天，没必要这样大动干戈。

阿迪雅回来两天后，尤素夫是第一个过来看她的。她没想到他胖成了这样子，看上去比她年纪更大。不过即便迈入老年，他的声音仍然不够自信，说话开始口吃，正如以前每次跟她独处时的情形，同样的紧张——他给她写信的笔迹表现出来，她感到缺乏条理的字里行间呼吸那么急促。

她听着他说话，就像听着催眠曲，她意兴阑珊他便欣喜不已，觉得她终于明白他当年曾多么心动。接着她说起曾经也有同感，听到他的声音很惊诧，跟自己在睡梦中听到的那个完全一致。她刚想问他是不是那天晚上去找过她，还是闭口不提了，只告诉他，自己想要留在欧希村，请他帮忙把家具从公寓运过来，自从丈夫离世后，她在那里独居多年。

“阿卜杜·法塔哈？”

尤素夫问她，似乎奇怪木匠怎么会死一样。阿迪雅并不吃惊这么长时间尤素夫还记得那人的名字。

“不是，是我第二任丈夫。”

阿迪雅哀伤地说，口气像是为当年那次改变她人生的冒险道歉。木匠把她带到了布拉克达科穆尔，被安置一栋房子顶层，一楼是他的作坊，二楼住着他老婆和孩子们，顶层三楼有两间房，对面那间空空的，傍晚时洒水，铺上草席，迎接朋友们夜里来消遣。阿迪雅就在这两房间里度过了两年，只有木头没有衣服，木匠称为“随性公寓”。

她要求离婚时，木匠没问什么，似乎一直等着这一天，就像两个陌生人在交叉路相遇，然后分道扬镳了。她起初找了一个化妆品销售代表的工作，然后又想完成学业，当时已不能回到医学院继续念书了，她把档案拿了出来，注册成了商学院第一批学生。毕业时她并不需要大学文凭，不过作为纪念而已。她进了一家私有企业，跟里面的会计结了婚，不过她没有生育。

“是我的问题，米斯巴哈不肯放弃我。”

两人一直生活在一起，直到十年前她丈夫去世。她申请了提前退休，丈夫那边的养老金加上自己的能满足基本生活。她一个人生活，好几天才出一次门，外面已经没有适合步行的人行道，她买够接下来几天需要的东西，回来之后总会头疼，鼻窦因为烟味感到灼痛。

男人们陆续来到官邸见见归来的姑姑，再见到他们，当年那种厌烦已经不再，跟他们一起住在杜格时，虚情假意的浪漫只不过是掩饰的欲望，甚至在欧希村青春萌动时朦胧的快感。那时她也不知道那种关注中，男性的欣赏，是出于手足关爱，还是出于保护家族荣誉。他们并不清楚她的存在带来欣喜的原因何在，因为昔日的神魂颠倒，还是因为幸福地重温了青春一页？他们的到来让官邸又焕发了活力，有时他们走了，把孙子们留下，阿迪雅奶奶陪着他们玩耍，一起坐在父辈们从意大利寄过来的电脑前上网。穆芭拉珂哈婕兴致勃勃地跟他们一起看着丰富的照片和文字。孩子们让她看世界地图，她惊讶不已，孩子们赶紧把地图放大，整个屏幕上只有埃及，再继续放大到东部省，等到给欧希村定了位，接着放大，直到官邸清晰显示出来，她不停念叨着请求真主宽恕。孩子们还给她展示电子邮箱，打开来自加拿大、德国、日本等素未谋面的朋友们发来的邮件，她击掌喊道：

“没有人类不知道的事儿了。”

她愣了一下，想起第一次看到广播、第一次到电视画面，又问：

“你们能帮我用这个发封信给我们的真主吗？”

他们知道，她又要开始抱怨，死亡一直掠过她，却用失去子孙的痛苦来损耗她。

（二十九）

三月的太阳羞答答的，穆芭拉珂哈婕坐在官邸平台上，微风掠过，带来股熟悉的气息，那气息不知道多少年前在她记忆里扎了根的。

她开始用鼻子使劲地嗅。这风一阵阵袭来，并非每次都让人疑惑，直到她看到来人越走越近，肩上背着个小包。她感觉到僵死的血管里血液又开始奔涌，两只手越抖越厉害，在胸前拍打着。她虚弱地喊了一声：

“穆泰沙尔！”

声音并没有因为虚弱被哽住，而是顾及她的尊严，天天只能坐着已经让她感到有损体面，不想再因为胡言乱语更加不得体。她请求真主保佑，看着来人越走越近，她惊讶到了极点，耷拉的眼皮瞪到了极限。就站在她跟前了，他的气息已将她彻底包围，她丝毫不怀疑了。

她眯起眼睛仔细打量：身材中等、胸膛结实、脖子粗壮、黝黑圆脸上还有两个酒窝，两只眼睛黑白分明。就是穆泰沙尔，他回来了，还是个小伙子，样子跟走时一样。他俯身亲吻了她颤抖的双手，她嘴唇一直蠕动着，声音已经哽住：

“穆泰沙尔？！穆泰沙尔，不是，不是？！”

她慌乱的手捧住他脸庞，颤抖着来回抚摸，没注意到时间过了多久，一直抱住他的头，她又温和地推开他：

“真主保佑，真主保佑我避开魔鬼。”

“是，我是穆泰沙尔，我是他孙子，他孙子，奶奶！”

他蹲到她面前，她的双手停止了颤抖，眼神恢复了镇定，嘴里仍然不停念叨着，刚刚听到的回答她并不信服，疑惑大自然真的可以造出如此相似的人吗？她又仔细审视他，找找岁月应该留下的痕迹，即便时间对他温柔，也总会有一点痕迹。她确信他就是穆泰沙尔本人，这么久他躲到一个不会被岁月啃噬的地方，而她的身体已被时间腐蚀了。

她给他挪了个地方，指了指示意他坐下，那气息包围了她，她又一次疯了一般盯着他的脸看。难道两人相似得连汗味都一样吗？她一直不知道如何形容那种气息，第一次闻到时她说这是男人的味道。后来她很长时间里一直从纳吉身上闻到这气息，知道了那就像棕榈花粉的气息。

她冲着他做了个手势，他把她从地上抱起来，她由他两手撑着往前走，像只在满大街废纸和塑料袋上一拐一拐走着的瘸腿鸭子。她倚靠着官邸大门，打开了门，穆泰沙尔扶着她跨过门槛，一直从背后撑着她。她瘫坐在长椅上，他在旁边坐下，闻着鹅粪和兔窝的味道，打量着这座房子，四周高出它的楼房围成一个圈，它就像圈中阳光的落脚点。

女人们围着客人听着他说话，没明白他和家里到底什么关系。爷爷穆泰沙尔离开欧希村时她们中年纪最大的人都还没出生。不过从穆芭拉珂眼里的光芒中，她们能掂量出来人非同一般。穆斯阿黛做好了咖啡，阿迪雅去为他准备房间，就连悲伤的巴勒斯坦美女齐娜也亲手做了美食，娜吉娅去世后她第一次开始活动，她从穆泰沙尔身上闻到了巴勒斯坦的气息，觉得如果利亚德像平常人那样活着，这人就应该是她孙子。

穆泰沙尔觉得充满了力量，确信从小巴士车抵达欧希村时，第一印象没错，感到终于来到了一片他永远眷恋、再也离不开的土地。他想独自待会，翻看一直带的相册，看看妻子娜齐珂在科威特海滨把女儿马依莎抛向空中，张开双臂接着她的照片。那样的幸福他俩以为会持续到永远。他确定周围没人时，就无声地哭泣，觉得很放松，不必解释他为何要来到这里。从过往经验中他学会了一点，倾诉悲伤，或许让他人也难过，而并不能减轻自己的难过。

她俩死去时的照片在他手中折磨着他。在沙漠迷路一周以后，随身带的水和食物都消耗完了。看着女儿越来越虚弱，悲痛吞噬着他，他把妻女留在沦陷于黄沙中的汽车上，自己去求救。脚下一片滚烫沙海，他才踏出去几步就疲惫不堪了，看到娜齐珂把马依莎抱在怀里，可怜的女儿瘦得皮包骨头，费力睁开皱得像老太婆的眼皮，祈求地看着父母。

女儿死了，娜齐珂把女儿消瘦的嘴合上，穆泰沙尔挖了一个坑，把女儿放进去，轻轻掩上沙子，就像为摇篮里的她盖上被子，寒冷的夜晚，他总会这么做。娜齐珂掩埋了马依莎从来都爱不释手的棕色玩具娃娃，让娃娃保持站立姿势，脑袋露出地面，如果他们能得救，可以再回来找到女儿的尸体。

他俩虚弱得没有力气哭泣，口水干了之后，泪腺也干了。

妻子在墓坑旁无言地坐着，穆泰沙尔拖着两条腿艰难地绕着车子观察，等待出现动静，无论地下或天上，他把衬衫做成了小旗子，准备随时挥舞，然而又过了两天，一个人都没出现。

天空碧蓝与大地金黄，两种颜色在远方融合。嘴唇裂开了，皮肤已皴了，没有可食用的虫子，从天空中的鸟儿也感觉不到近处有人活动。两人再也力气说话了，前几天他们还互相安慰，后来只能用虚弱的眼神交流，他劝说妻子喝下两人仅有的一点尿，她拒绝了。

“这么屈辱的话，就没必要活着了。”

她说完合上了双眼，他已没有力气掩埋她了。

他记得，就像梦一样，有架直升机像鹰一样降落，带走了昏迷中的他。醒来时他躺在一长排床中的一张上面，手腕连着一根输液管。弥漫着龙涎香的广阔天空浮现出娜齐珂干枯的脸，眼球变成了可怕的裂口。

他开始跟家人熟悉，先去找独住在儿子家一楼的阿里，阿里听他分析评论政治，穆泰沙尔回来后，他的观点影响到了所有阿拉伯人。

“就我这样我软塌塌跟屎一样的脑子，都闻得出政治的臭味。”

阿里这样说，让穆泰沙尔笑了，还感到有点痛苦。美国人侵伊拉克以后，他逃了出来。逃难，并非第一次，但他希望那是最后一次。

穆泰沙尔没见过母亲。很小的时候他就从约旦来到了伊拉克，对于约旦生活的记忆就只剩下那些逃离的时刻。在一个热得叫人窒息的夜晚，他爸爸叫醒他，把昏昏沉沉的他放在一辆车上，车随即带着他俩开走了。到达巴士拉时，已经是早晨了。

除了巴士拉，别的地方都没去过。他爱上了娜齐珂后，父亲同意他们结婚，但并不高兴，因为父亲提心吊胆在伊拉克旅居二十年，盼着回到故乡汗尤尼斯，以便叶落归根，给儿子娶一个巴勒斯坦姑娘，两人相互理解的。

伊拉克和伊朗的战争打了很久，吃掉了所有能被消耗的年轻人，旅居的巴勒斯坦和埃及人开始受到挑唆，想让他们自愿入伍。娜齐珂给她在科威特的舅舅写了信，希望帮助穆泰沙尔找份工作，然而夫妻俩在科威特过了不到两年，伊拉克就入侵了这个小国。他俩再次回到巴士拉,那时美国人已经订好了计划。

当磷弹点亮巴士拉夜空时，穆泰沙尔打开了父亲给的一个护身符，里面有他们在巴勒斯坦的家的钥匙。

“实在没办法的时候，你就打开它。”

穆立德从父亲穆泰沙尔接过这个嘱咐，又传给儿子麦吉德，麦吉德又传给儿子穆泰沙尔，麦吉德说完就哮喘病发作去世了。当穆泰沙尔打开这个宝物，他并没发现想象中的什么护身符，不过一张纸，上面写着欧希村地址，穆芭拉珂的名字，还有那个阴差阳错的求婚往事，用一绺黑头绑住。等到穆泰沙尔把这张纸放到她手里时，她两眼闪着光。

穆泰沙尔回欧希村一周后，开始定期前往开罗，复印了一些证件，把带回来的一些材料送去科威特和伊拉克大使馆，要求进行他在两国的财产损失赔偿、支付未领取的工资，他一直往返奔波，每次回来，发现那个原本应成为他奶奶的老太太都在等他。

穆芭拉珂哈婕现在试着用双腿支撑自己。依靠穆泰沙尔的搀扶，她能站立了，又开始发号施令了。

她要求把官邸打扫干净，尤其二楼脏乱不堪，风吹雨淋窗户上的油漆都开裂了，像一艘老船，木头上沾满了鱼鳞，散发出腐烂气味。她下令把自己临海的大房间给穆泰沙尔住。

她亲自监督工人们粉刷墙壁和独特的蓝色窗棂，地面重新铺装，他们在比勒拜斯找到最后一家还生产这种带有花草纹饰的传统水泥砖的工厂。官邸修缮完毕后，又清理了花园里的垃圾、移除鸟窝，废弃的燃气炉—女人们搬到新家之前支起来的，并种上了一些树。

穆芭拉珂哈婕坐在阳台上注视着官邸，轻轻松松掸掉肩上几十年尘土，重回青春，然而没人能为它带回那些故人的声音。里面传来她曾深爱的穆斯塔法·伊斯玛仪谢赫的声音，念诵着《尤素夫章》，女人们都听到了。她说："这就是你们为他而责备我的那个人。我确已勾引他，但他洁身自好。如果他再不听从我的命令，他势必要坐牢，他势必成为自甘下贱的人。"[①] 她随着念诵声出神，喃喃低语：

"失望了六十年，没人问过你吧？"

笑声传来，她才注意到穆泰沙尔就在旁边，她便跟他聊了起来。

"犯错的人给自己带来终生耻辱。"

她眼里又显出虚弱，穆泰沙尔问她：

"太太，您有多爱我的爷爷？"

他并不真要答案，只确认她还会好好活着。他到达欧希村时，注意到她脸庞苍白，她的手抖得厉害，喊道：

"我请求真主折磨我爸的灵魂，不管灵魂在哪儿！"

说完，她陷入沉默，岁月未曾翻过去的一页在眼中闪亮。

---

① 《古兰经》（12：32）此处译文引用马坚先生译本。